光文社文庫

長編時代小説

一分

坂岡　真

光　文　社

丹後
但馬
若狭湾
若狭
福知山
丹波
丹波
篠山川
丹波篠山城
王地山
まけきらい稲荷
今田村
丹波篠山
播磨
不来坂
摂津
琵琶湖
京
六甲山
西郷
西宮郷
今津郷
池田
大坂
山城
近江
伊丹
灘
尼崎
船場
芦屋
芦屋川
魚崎郷・御影郷
淡路島
河内
大和
伊賀
和泉

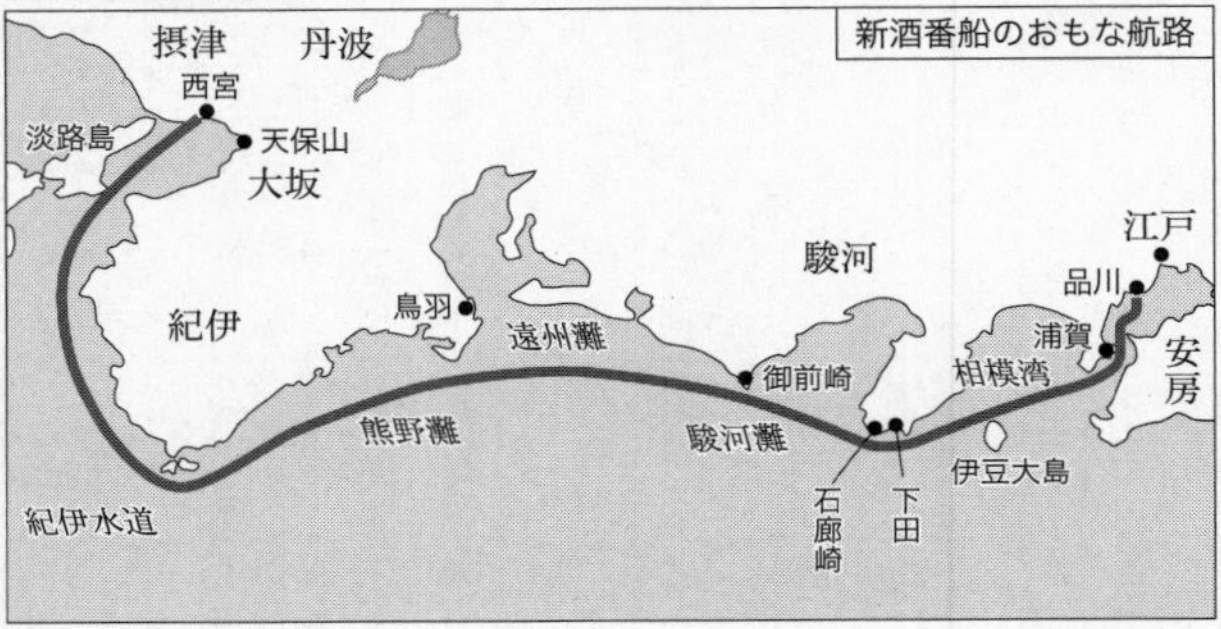
新酒番船のおもな航路
摂津
丹波
西宮
淡路島
天保山
大坂
江戸
駿河
品川
鳥羽
紀伊
遠州灘
浦賀
安房
御前崎
相模湾
熊野灘
駿河灘
伊豆大島
紀伊水道
石廊崎
下田

一分――いちぶん

章扉イラスト・立原圭子

第一章 負け嫌い

一

天保《てんぽう》十年（一八三九）、正月。

——びん、ひゅるる

鏑矢《かぶらや》が寒気を裂いた。

鏃《やじり》は四角い的の右端を削り、後ろの立木に突き刺さる。

ざざっと、枝から雪が落ちた。

多紀連山《たきれんざん》から吹きおろす北風が雪を呼び、篠山《ささやま》の城下一円は今朝から白い衣を纏《まと》っていた。斑《まだら》となって降る雪のなか、見物人たちの鼻は赤い。境内を埋めつくす人の数は五百人を優に超えていよう。寒さをおしてでも由緒《ゆいしょ》ある佐佐婆《ささば》神社へ足を運んだのは、恒例の流鏑馬《やぶさめ》が催されるからだ。

丹波《たんば》篠山藩六万石を司《つかさど》る青山家《あおやまけ》は徳川《とくがわ》譜代《ふだい》の名家、今は亡き先君忠裕公《ただやすこう》は十二年ものあいだ幕府の老中首座《ろうじゅうしゅざ》を務めた。青山家五代藩主の忠良《ただなが》公も英邁《えいまい》の誉《ほま》れ高く、江戸《えど》表《おもて》では奏者番《そうしゃばん》兼寺社奉行の大役を担っており、二代つづいて老中に選ばれる公算は大きい。

昨秋は七年ぶりの豊作となった。京大坂《きょうおおさか》の巷間《こうかん》では豊年《ほうねん》踊りが繰りひろげられているという。丹波の山里もにわかに活気づき、百姓たちは稲刈りが終わると酒造りに勤《いそ》しむべく、大挙して灘目《なだめ》などの酒蔵へ繰りだしていった。「百日稼《かせ》ぎ」と呼ばれる出稼ぎができぬようになったら、百姓たちは飢《う》え死にするしかない。もう飢饉《ききん》はこりごりだと、誰もがおもっていた。

——ひゅるる

馬上から放たれた鏑矢は、またもや的を掠《かす》めて飛んでいく。

「何しとるんや、気合いを入れんかい」

沿道から罵声《ばせい》を浴びせられ、狩衣《かりぎぬ》の射手は奥歯を噛《か》みしめた。

十数名からなる馬上の射手は、いずれも青山家の禄《ろく》を食《は》む徒士組《かちぐみ》の弓自慢たちだが、鍛錬を怠《おこた》っているせいか、三人目の射手まで的を外しつづけている。

「ふん、わしならど真ん中を射抜いてくれるわ」

吐きすてたのは、馬の世話をする若造であった。

名は小柴陽太郎《こしばようたろう》、十六にしては縦も横も大きく大人びており、月代《さかやき》も青々と剃《そ》っている。

「穀潰《ごくつぶ》しの小倅《こせがれ》め、減らず口をたたくでないぞ」

すかさず、年嵩《としかさ》の馬役《うまやく》にたしなめられた。

陽太郎はむっとしながらも怒りを抑え、悪びれる様子もなく、黒鹿毛《くろかげ》の艶《つや》めいた首を撫《な》でまわす。

「のう、疾風《はやて》よ。おぬしのごとき荒馬を乗りこなすことができるのは、家中でも三人とおるまい。そのひとりがわしじゃ。いつかおぬしの背にまたがり、あの的を射抜いてくれようぞ」

疾風と呼ばれた黒鹿毛は、新たな射手を背に乗せた途端、前脚を宙に泳がせた。

射手はたまらず、脇へ振り落とされてしまう。

「ほれみたことか」

陽太郎の減らず口は止まらない。

見物人たちからも失笑が漏れた。

振り落とされた射手は立ちあがり、大声で喚《わめ》きちらす。

「もう我慢ならぬ。百姓どもめ、侍を愚弄《ぐろう》すればどうなるか、わからせてくれよう」

射手は胡麻塩頭《ごましおあたま》の百姓を沿道から引きずりだし、足蹴《あしげ》にしたうえで腰の刀を抜こうとする。

「待て」

陽太郎はすかさず身を寄せ、射手を後ろから羽交《はが》い締《じ》めにした。

「おやめなされ。罰《ばち》があたりますぞ」

「ええい、放せ。馬役の分際で意見すな」

「ご自身の失態を棚にあげ、百姓を傷つけてはなりませぬぞ。そもそも、何故《なにゆえ》、あれしきの的を射抜けぬのでござるか」

射手は手を振りほどき、凄《すさ》まじい形相《ぎょうそう》で振りむいた。

「あれしきの的と申したな。小僧、おぬしに射抜けるのか」

「弓をお貸しくだされば、見事に射抜いてくれましょうぞ」

「外したら切腹じゃ。それでもよいのか」

「ようござる」

毅然《きぜん》として言うが早いか、陽太郎は射手から重籐《しげどう》の弓を奪いとり、黒鹿毛の背にひょいとまたがった。

「これ、何しよる気じゃ」

馬役の制止を振りきり、はいやと気合いを掛けるや、黒鹿毛は文字どおり疾風となって雪道を駆けだした。

陽太郎は内腿《うちもも》で馬の胴を締め、手綱《たづな》を離して弓を構える。

「あの小僧、射る気やぞ」

見物人たちはざわめき、つぎの瞬間には固唾《かたず》を呑んだ。

陽太郎には揺るぎない自信がある。

ぎりぎりと弦《つる》を引き絞ると、両腕に痺《しび》れが走った。

的が大写しになって迫る。

――びん
勢いよく放たれた鏑矢は風切り音を響かせ、四角い的のど真ん中に命中した。

「うわああ」

やんやの喝采《かっさい》を背に浴びながら、鳥居《とりい》を潜《くぐ》って外へ飛びだす。

疾風は止まらない。

西方に佇《たたず》む城までは約一里、雪雲の狭間《はざま》から一条《ひとすじ》の光が射し込んでいた。

城への途上にある王地山《おうじやま》の丘に登れば、大小の山々に囲まれた盆地の景観を一望のもとにできよう。

「それ、駆けあがれ」

鞭《むち》をくれると、疾風はなだらかな丘を一気に駆けあがった。

はっ、はっと吐く息は白い。

空気は澄んでいた。

雪雲は嘘のように消え、寒風すらも心地よい。

「おう、ふはは。いつにもまして、ええ景色や」

丹波篠山は京大坂と山陰《さんいん》余州を結ぶ街道の要である。山間《やまあい》の篠山城は神君徳川《しんくんとくがわ》家康《いえやす》公の号令一下、天下普請《てんかぶしん》によって築かれた。豊臣《とよとみ》討伐を目論《もくろ》む家康が大坂城を包囲すべく、彦根《ひこね》と姫路《ひめじ》を結ぶ線上に攻城の起点を置いたのだ。

縄張りを担ったのは築城の名手として知られる藤堂高虎《とうどうたかとら》だが、城に天守閣はない。天守閣のかわりに、入母屋《いりもや》造りの大書院が造られた。臣下たちが藩主に拝賀をおこなったり、公儀《こうぎ》の使者を迎えるところだ。

丘のうえに立つと、南北に流れる川の向こうに大書院の屋根をのぞむこともできる。黒岡川《くろおかがわ》と称する川は城の外濠《そとぼり》として掘鑿《くっさく》され、城の南方を東西に流れる篠山川へ注ぎこむ。

城の北方には多紀連山が聳《そび》え、城の後方にも播磨《はりま》との境になる山脈《やまなみ》が蒼々《あおあお》と連なっていた。南方に目を向ければ、篠山川を越えた向こうに「丹波富士」と称される流麗な高城山《たかしろやま》が聳えている。

陽太郎は疾風をのんびり歩ませ、王地山稲荷の本殿へとつづく石段の手前までやってきた。

疾風から降りて木に繋《つな》ぎ、幾重にも折りかさなる朱の鳥居を潜って、石段を駆け足で上りきる。

高みに建立《こんりゅう》された社殿は「まけきらい稲荷」と称される王地山稲荷の本殿であった。

愛称の由来は、幼いころに父から教わった。

「さほど古いはなしではない。江戸両国《りょうごく》の回向院《えこういん》では、毎年春と秋に上覧《じょうらん》相撲がおこなわれておった。ご先代さまがご老中であられたころ、わが藩お抱えの力士たちは負けてばかりでな、ご先代さまはたいそう口惜《くちお》しいおもいをなされておった。ところが、ある年の春場所、国許《くにもと》から忽然《こつぜん》とあらわれた八人の力士たちが上覧相撲で連戦連勝をかさねた。ご先代さまは大いに喜び、褒美《ほうび》を下賜《かし》しようとなされたが、力士たちは何処《どこ》にもおらぬ。家臣に調べさせてみると、八人の四股《しこ》名《な》はいずれも領内にある稲荷社の名称にほかならず、お稲荷さんの化身であったことがわかったのだ」

爾来《じらい》、四股名のひとつである王地山稲荷も藩から手厚い保護を受けるようになった。

なるほど、本殿の向かいには土俵が築かれ、上覧相撲で活躍をみせた王地山平《へい》左衛門《ざえもん》を祀《まつ》る祠《ほこら》も見受けられる。

陽太郎は祠に両手を合わせ、一心に祈りを捧げた。

「どうか、立身出世できますように」

洟垂《はなた》れのころから境内で相撲を取り、負ければ地団駄《じだんだ》を踏んで口惜しがった。誰にも負けたくない「負け嫌い」の性分《しようぶん》は、まさに王地山稲荷で培《つちか》われたと言ってもよかろう。

陽太郎は祈りを終え、いつものように境内の片隅へ向かった。

遥《はる》か眼下を見渡せば、吸いこまれそうな蒼穹《そうきゆう》が広がっている。

ぽっかり浮かぶ雲のかたちが、大きな帆を立てて走る船にみえた。

「番船《ばんせん》じゃ」

年端《としは》もいかぬころ、父に連れられて泉州湊《せんしゆうみなと》へ行った。

生まれてはじめて海をみたときの感動は、今も忘れることができない。

「貧乏でも、侍は志を持たなければならぬ。井の中の蛙《かわず》でおったら、つまらなかろう」

父は目尻に皺《しわ》を刻み、沖に浮かぶ弁才船《べざいぶね》を指差した。

「男は夢を抱かねばならぬ。あの船のように、誰にも邪魔されず、大海原に帆を立てて何処までも進むのじゃ。迷ったときは、面舵《おもかじ》いっぱいに舵をきれ。海峡を突っ切り、荒海を乗りこえて何処までも走りつづけよ」

宝のようなことばを噛みしめるために、陽太郎は一日に何度となく王地山稲荷を訪れる。そして、日頃の鬱憤《うっぷん》を晴らすべく腹の底から大声を絞りだし、まっさかさまに落ちるほどの勢いで石段を駆けおりるのだ。

「ぬわああ」

それは餓えた山狗《やまいぬ》の遠吠えにも似て、いまだ何事かを為《な》そうとして為せずにいる若者の悲痛な叫びにほかならなかった。

二

さほど広くもない道場には熱気が渦巻いている。

正面の壁に掛かる軸には、殴り書きの太い字で「無念」と書かれていた。

あらゆる雑念を捨てて無の心境になれという教えだが、無念は道場主である陽太郎の父、小柴陽蔵《ようぞう》の隠号でもあった。

「いやっ、たあっ」

陽太郎は若輩《じやくはい》ながらも、師範代のまねごとをしている。

父が病《やまい》がちなこともあったが、道場に集《つど》う門弟は百姓たちばかりなので、陽太郎の力量でも事足りた。

居合《いあい》を旨《むね》とする小柴流は地味すぎて侍に人気がない。藩内で隆盛《りゆうせい》を誇っているのは、名の通った一刀《いっとう》流や新陰《しんかげ》流や東軍《とうぐん》流にほかならず、そうした道場は城の近くに大きな看板を掲げていた。

「陽太郎どの、佐佐婆神社の流鏑馬で無茶をしよったらしいな」

声を掛けてきたのは、ひとつ年下の杉浦金吾《すぎうらきんご》だ。

元服《げんぷく》の際に烏帽子親《えぼしおや》になってくれた父の数少ない朋輩《ほうばい》の長男で、唯一、小柴道場に通ってくる上士の子息でもあった。すでに小姓《こしょう》になることが内定しており、役に就けば陽太郎とは身分に大差がつく。それがわかっているにもかかわらず、いつもそばにいる金吾のことを、陽太郎はじつの弟も同然に可愛がっていた。

「弓組の方々は、たいそうお怒りのご様子とか」

「的に当てられんほうが悪いんや」

「的を外したら、ほんまに腹を切るつもりやったんか」

「どうやろ。外す予感がこれっぽっちもせんかったさかいにな」

「はは、さすが陽太郎どのや。暴れ馬に懐《なつ》かれておるだけあるわ」

上役には大目玉を食らったものの、そもそも藩士見習いにすぎぬので、役を解かれることはなかった。むしろ、一目置かれたにちがいない。どのようなかたちであれ、城勤めの連中から注目されるのは悪いことではなかろう。注目されることで出世の糸口を摑《つか》みたいなどと、陽太郎は本気で考えていた。

侍の子は十五までに元服を済ませ、徒士の見習いとなる。二、三年で頭角をあらわす者もいれば、五年経《た》っても役替えされぬ者もいる。二十歳《はたち》の声を聞くまえに、道はふたつに分かれた。出世の道とそれ以外の道である。

家柄のよい者は親の縁故で小姓や馬廻《うままわ》り衆となって出世の道を歩み、そうでない者は刀か算盤《そろばん》で勝負しなければならない。刀で注目されるためには道場で折紙《おりがみ》を貰ったうえに御前試合で頂点に立たねばならず、算盤で一番になるには藩校の「振徳堂《しんとくどう》」で抜きんでた成績をあげねばならぬ。

陽太郎は剣も算盤も人並み以上にできたが、まだまだ修行中の身であった。

「やあっ、たとおっ」

竹刀《しない》で打ちあうたびに汗が飛び散り、道場の床を濡らす。門弟たちの気合いにまじって、奥の部屋から嫌な咳《せき》が聞こえてきた。父の陽蔵だ。

去年の霜月《しもつき》、初雪が降ったころからひどくなった。齢《よわい》は四十一だが、瘦《こ》けて蒼白《あおじろ》い顔は十も老《ふ》けてみえる。労咳《ろうがい》ではないかと、陽太郎は疑っていた。

父に「気にいたすでない」と言われても、気にしないわけにはいかない。かといって、高価な薬を買う余裕はなかった。

藩から二十俵の捨《す》て扶持《ぶち》を頂戴しているにもかかわらず、陽蔵はそのほとんどを貧しい百姓たちに分けあたえている。ゆえに、百姓たちからは慕われ、束脩《そくしゅう》代わりに芋やら野菜やらが持ちこまれてきた。ところが、薬を買う肝心の金はない。

何故《なにゆえ》、百姓たちに扶持を与えるのかと、一度だけ食ってかかったことがあった。おそらくはそれが、七年前に母と別れた理由のひとつにちがいないとおもいこんでいたからだ。

母といっしょのころは道場のある城の西寄りではなく、上士の屋敷が軒《のき》を並べる表門のそばに長いこと住んでいた。父はかつて、江戸詰めの馬廻り衆であったという。下士の家に生まれたが、抜きんでた剣技と才覚によって出世の手蔓《てづる》を摑み、佳津《かづ》という重臣の娘を娶《めと》る幸運にも恵まれた。

すぐに陽太郎が生まれ、数年後に父は手柄を立てて出世した。にもかかわらず、唐突に「城勤めを辞める」と言いだし、家禄の低い徒士たちの住む城の西寄りに居を移したのである。

陽太郎が九つの春だった。鮮明におぼえている。妹の早苗《さなえ》を産んだばかりの母は癇癪《かんしやく》を起こし、父を翻意《ほんい》させようと試みたがかなわず、半月ほどいがみあったすえに、乳飲《ちの》み子《ご》の妹を抱いて家を飛びだした。

母には戻る実家があったのだ。役目を辞した父の決断に納得せず、辛抱できなかったのは、自分は上士の娘という矜持《きようじ》があったからにちがいない。

母にも覚悟がなかった。添い遂げようと決めた夫をとことん信じる芯の強さに欠けていた。上士の欺瞞《ぎまん》や虚栄を子供心に察したからか、「おまえはどうするの」と母に問われ、陽太郎は黙って下を向くしかなかった。「一生芽が出ずに終わるか、上士の養子としてそれなりの地位に就くか、今この場で選びなさい」と迫られても、九つの子に決められるわけがない。

母は「おまえはむかしから喋《しゃべ》らん子でした。鈍重《どんじゅう》な牛と同じでな」とこぼし、淋しげに微笑《ほほえ》むと、こちらに背を向けた。

その肩が小刻みに震えていたのもおぼえている。

何故、父は母を止めなかったのか。

何故、役を辞さねばならなかったのか。

理由を質《ただ》したことはない。

もちろん、よほどの理由があったはずなので、父が黙っているかぎりは問うてはならぬとおもった。

今でも不思議に感じているのは、城勤めもせぬのに藩から二十俵の捨て扶持を貰っていることだ。理由は判然としない。捨て扶持のせいで、父は「穀潰《ごくつぶ》し」と陰口をたたかれていた。陽太郎も徒士の子らにいじめられ、元服してからも徒士組からお呼びすら掛からない。

父に食ってかかったのは、元服を済ませたばかりのときだった。長曾根《ながそね》数之進《かずのしん》という上士の子と取りまきどもに待ちぶせされ、せっかく誂《あつら》えた衣服や烏帽子を裂かれたうえに飼い葉桶に顔を突っこまれた。

泣きながら道場に戻り、何故、自分はこれほど惨めなおもいをせねばならぬのか。何故、藩から頂戴した扶持を、誰にも知られぬように百姓たちへ分けてやらねばならぬのか。おもいのたけをぶつけると、父はさめざめと涙を流し、黙って肩を抱きしめてくれた。

聞いてはならぬことを聞いたのだと察した。

そのとき以来、どんなに悲しい出来事に遭っても、意に介《かい》さぬと決めた。文句を言いたいやつには言わせておけばよい。いじめたいやつにはいじめさせてやればよい。そうおもうことにしたのだ。

「陽太郎どの、お覚悟」

金吾が大上段に竹刀を振りあげ、鬼の形相で打ちかかってくる。

「なんの」

陽太郎はひらりと躱《かわ》し、あっさり脇胴を抜いてやった。

――ばしっ

金吾はその場に蹲《うずくま》り、胃袋の中身を吐きだす。

板間には臭気が充満した。

「莫迦者《ばかもの》」

気づいてみれば、父の陽蔵が仁王立ちで睨《にら》んでいる。

「肋骨《あばら》にひびがはいったやもしれぬ。その程度の手加減ができぬようでは、とうてい折紙は授けられぬぞ」

「はっ」

陽太郎は項垂《うなだ》れるしかない。

すると、蹲っていた金吾が顔をあげた。

「先生……そ、それがしは、平気にござります」

額に玉の汗を滲《にじ》ませ、必死に訴えつづける。

陽太郎は泣きたいのを堪《こら》え、汚物の始末をしはじめた。

百姓の門弟たちも集まり、板間に雑巾を掛けようとする。

父が頭を振って居なくなると、金吾は蒼褪《あおざ》めた顔で笑いかけてきた。

やはり、肋骨にひびがはいってしまったのだろう。

陽太郎は身を寄せ、晒布《さらしぬの》で胸を強く締めつけてやった。

「うっ」

「痛むか」

「……す、少し……よ、陽太郎どの……か、かたじけのうござります」

「何も言うな。おぬしの面倒はとことんみる。そう決めておる」

親しい友がひとりいれば、それだけで充分だった。

門弟たちは散り、激しい打ちこみ稽古を再開する。

素振りの冴えはなくとも、気合いだけは一人前だ。

——所詮《しょせん》は百姓にすぎぬと侮ってはならぬ。

父がよく口にする台詞《せりふ》を、陽太郎は嚙みしめた。

三

藩校の「振徳堂」は真四角に近い城内の北西にある。

今から七十年余りまえ、青山家二代藩主忠高《ただたか》公によって開校された。さらに、四代目となる先代忠裕公によって学舎《まなびや》が増築され、漢籍《かんせき》を学ぶ養正斎《ようじようさい》と手習いをおこなう成始斎《せいしさい》が備わった。

学びを義務づけられた藩士の子弟は八つで入学し、十五前後の元服をもって修了。十六以降、希望者には算術を専門とする「中学」、「大学」の課程ももうけられていた。優秀な者は、将来は藩の柱石《ちゆうせき》を担う役目に就くことになっていた。

何をするにも一所懸命な陽太郎は誰よりも早く読み書きをおぼえ、難しい漢籍《かんせき》を読みこなすことができるまでになっていた。一年前に学業優秀な組にあがったのも、師範に努力を認められたからだが、上士の子らは陽太郎が手本にされることを妬《ねた》み、折に触れて悪戯《いたずら》を仕掛けてくる。文机《ふづくえ》を墨で真っ黒にされたり、草履《ぞうり》の鼻緒を切られたり、その程度の悪戯には馴《な》れてしまい、泰然と構えていたので、やがて、悪たれどもも様子を窺《うかが》うようになった。

今日は朝から心地よい陽気だった。うららかな春の到来はまださきだが、穏やかな日差しが雪面に反射し、学舎全体を温かく包んでいる。

こうしたときは、素読《そどく》をしていても睡魔に襲われる。

昨日は百姓の門弟たちに稽古をつけたあと、夜遅くまで道場の掃除や片付けをおこなった。町医者のもとを訪ねて父の薬を求め、下男の茂助《もすけ》を手伝って夕餉《ゆうげ》もつくった。もちろん、馬役として城へも出仕《しゅっし》せねばならず、言い訳はしたくないが、暮れからずっと用事に追われ、疲れが澱《おり》のように溜《た》まっている。

陽太郎は内腿を抓《つね》った。

痛みは一瞬で、すぐに瞼《まぶた》が閉じてしまう。

必死に眸子《まなこ》を開いても、文机に置いた漢籍は読めない。

文字がひとつずつ書から離れ、ゆらゆらと踊りだす。

かくっと、首が後ろに落ちた。

「こらっ」

怒声が飛んでくる。

はっとして目を開くと、ほかの連中が注目していた。

恐る恐る顔をあげれば、すぐそばに鬼師範が立っている。

手に竹刀を握っているのだが、叩こうとはせずに説諭した。

「不心得者め、ここは眠るところではない。学びたくとも学べぬ者は大勢いる。出ていけ」

じわりと、涙が溢《あふ》れてくる。

竹刀で叩かれるよりも、静かに向けられたことばが胸にこたえた。

仕方なく部屋から出ても、廊下で素読が終わるのをじっと待ち、鬼師範のまえで這《は》いつくばって謝り、どうにか許してもらった。

弱みをみせれば、隙《すき》を衝《つ》かれる。

悪たれどもが帰り道で待ちぶせていた。

おやまの大将は長曾根数之進、幼いころからの天敵だ。祖父の帯刀《たてわき》は国家老を補佐する中老で、養子の父も重臣に任じられている。藩内でも指折りの名家に生まれ、本人は我儘放題《わままほうだい》に育てられた。まわりにちやほやされるので、居丈高《いたけだか》な態度が身に染みついている。

「こら、へたれの陽太郎、素読で寝るやつは許さん」

数之進は棒きれを握っていた。

同じように棒きれを握る上士の子が五、六人おり、そのなかには胸元に巻いた晒布がみえる金吾も交じっている。

同格の連中から「おまえも来い」と言われ、断ることができなかったのだろう。事情はわかっているので責める気はないが、悲しい気持ちからは逃れられない。

「若さま、わしが楯《たて》になりますよって、お逃げくだされ」

小太りの茂助が囁《ささや》いてきた。

「そうはいくか。打たれ強いのは、わしのほうや」

陽太郎は強がり、先に立って悪たれどもに近づいていく。

父からは「外ではけっして技をみせるな」と、厳しく命じられていた。喧嘩《けんか》をするにしても、素手《すで》でやるしかない。

覚悟は決めていた。

五間《けん》（約九メートル）ほどまで迫ると、数之進が偉そうにうそぶく。

「鬼師範の代わりに、わしらが痛い目に遭わせてやる。それ、やったれ」

「わああ」

上士の子らが雄叫《おたけ》びをあげ、蜂のように群がってきた。

陽太郎は棒きれを避《よ》け、ひとり目を背負って放りなげる。

同じ年の子どもたちよりも頭ひとつ大きく、ひとつ年上の数之進が小さくみえた。

膂力《りょりょく》には自信があり、柔術の技も修めている。

しかし、多勢に無勢で、すぐさま旗色は悪くなった。

ふたりに組みつかれて転び、頭を抱えて地べたに蹲る。

こうなると相手は勢いづき、寄って集《たか》って撲《なぐ》る蹴るの暴行を繰りかえした。

「おやめくだされ、若さまが死んでしまう」

身を挺して庇《かば》う茂助も、ともに棒きれの餌食《えじき》になる。

悪たれどもが疲れて離れると、ふたりは襤褸布《ぼろぬの》と化していた。

「ふん、天罰じゃ」

数之進は吐きすて、くるっと背を向ける。

手下どもが笑いながら去っていくなか、金吾だけはぽつんと残っていた。

茂助が汚れた顔を向けてくる。

「若さま、ご無事で」

「心配いらぬ、これしきのこと」

動かすと腕や足が悲鳴をあげたが、骨は折れていないようだ。

「口惜しゅうござりますな。ほんでも、この口惜しさが後々の糧《かて》となりましょう」

茂助は時折、鬼師範並みによいことを口走る。

ずっと以前は、陶工だったらしい。関節の痛みで精巧な細工ができなくなり、父のもとへ住みこみで仕えるようになった。陽太郎が生まれるまえのはなしだ。

「御父上は仰《おつしや》いました。『厄除《やくよ》けの護符《ごふ》代わりに、そばにおってくれ』と。こんなわしに頭をおさげになった。わしは御父上から頂戴したおことばを生涯の宝にしておりますんや」

鬱陶《うつとう》しいほど何度も聞かされたはなしではあるものの、茂助がいてくれるおかげで、どれほど助かってきたかわからない。

ふたりは支えあい、よたよたと帰路をたどりはじめる。金吾が金魚の糞《ふん》のように従《つ》いてきた。

「陽太郎どの」

呼びとめられて振りかえる。

金吾は涙目で頭《こうべ》を垂れた。

「堪忍や。わしは恥ずかしい」

「気にせんでええ。わしがおぬしやったら、同じことしとったわ」

「許してくれるか」

「あたりまえや。おぬしの気持ちはようわかっとる」

「怪我はどうや。酷《ひど》い顔になっとるが」

「おぬしより骨は丈夫や。安心せい」

「言うたな」

金吾は泣き笑いの顔になり、そばに身を寄せてきた。

ふたりは肩を組み、後ろから茂助が嬉しそうに従いてくる。

「子曰《しいわ》く、教えありて類《るい》なし」

陽太郎は、孔子《こうし》の唱《とな》えた『論語』の一節を口ずさんだ。

人はおしなべて学ぶ機会を与えられ、学べば身分出自に関わりなく偉くなることができる。

百姓の子らも知っている一節であった。

「子曰く、性相《せいあい》近し、習い相遠し」

と、金吾があとにつづく。

こちらは、人は持って生まれたものに大差はなく、学ぶことで差が生じるという教えだ。

「子曰く、弟子《ていし》、入りてはすなわち孝、出《い》でてはすなわち弟《てい》、つつしみて信。ひろく衆を愛して仁に親《した》しみ、おこないて余力あらば、すなわちもって文を学べ」

陽太郎と金吾は、大きな声で唱和する。

親に孝行を尽くして兄弟仲良くし、嘘を吐《つ》かずに人々とひろく交わりながら人格を磨き、余裕のあるときは本に親しんで大いに学べ。

いずれも、鬼師範に叩きこまれた学びの根本にほかならない。

「子曰く、教えありて類なし。性相近し、習い相遠し」

茂助もふたりにつづき、日頃から親しんでいる『論語』の一節を口ずさんだ。

雪道はくねくねと曲がり、遥か遠くの山裾へ繋がっていく。

進む道は厳しくとも、身の引きしまる唱和はいつまでも途切れることがない。西の空にかたむいた杏《あんず》色の大きな夕陽が、三人の横顔を赤々と照らしていた。

四

弥生清明《やよいせいめい》、丹波の山里にも一斉に桜が咲いた。

城の南東には、霊峰富士にも喩《たと》えられる高城山が美しい稜線《りょうせん》をみせている。麓《ふもと》までは城から一里ほど、篠山川を越えた向こうだ。

かつては山頂に、丹波随一の武将と評された波多野《はたの》氏の城があった。山城は「高城」と名付けられ、城下一帯は「八上《やかみ》」と称されたが、難攻不落を誇った山城は丹波攻略を目論む織田信長《おだのぶなが》によって奪われた。

そのあたりの経緯《いきさつ》は、何度となく茂助に聞かされたものだ。

「時は今から二百六十余年前、織田信長公の命を受けた明智光秀《あけちみつひで》は五千の兵でもって城を囲んだ。守る波多野勢はたったの三百。にもかかわらず、籠城《ろうじょう》は二年余りにおよび、業《ごう》を煮やした光秀は和議に持ちこんだ。実の母御《ははご》を人質として城に差しだし、城主兄弟の助命を約束したものの、信長公は約束を破り、安土《あづち》城下で兄弟の首を刎《は》ねてしまう。これに怒った波多野方の守兵は光秀の母御を腰元ともども松の大木に吊るし、長槍でもって串刺しにせしめたのでござ候《そうろう》」

辻講釈師のように語られる内容に身震いを禁じ得なかったが、なるほど、山のなかには「磔松《はりつけのまつ》」や「血洗い池」が今も残っており、子どもたちにとっては肝試しの場所になっている。

陽太郎の足ならば、一刻《いっとき》（約二時間）も掛からずに山頂の本丸跡まで登って降りてこられる。

ふたりは登り口の春日《かすが》神社で参拝し、雑木が繁った裏手の杣道《そまみち》を登っていった。落城後に歴代城主の屋形が置かれた主膳《しゅぜん》屋敷跡、敵襲を食いとめる空堀《からぼり》跡、鴻《こう》の巣《す》と呼ばれる番所跡を経て、下の茶屋丸跡へと達する。上の茶屋丸、中の壇とつづく平地は砦《とりで》跡だ。そこからしばらく登っていくと、三の丸の石垣が散見されはじめ、谷底をふとみれば、真紅《しんく》の敷物のように椿《つばき》が群生していた。

西につづく平坦な台地は、全山に目配りのできる右衛門丸《うえもんまる》跡であろう。急な斜面を登っていくと左右に門柱の礎石《そせき》があらわれ、二の丸の入口であることがわかる。

ふたりはそこから、一気に本丸まで登った。

石垣に登り、眼下を睥睨《へいげい》する。

北側下には大勢の兵を集めさせた岡田丸《おかだまる》跡があった。堀切は敵襲への防禦《ぼうぎょ》陣地として谷の左右に築かれたものだ。空堀に落ちた敵を、谷の上に築かれた番所から一斉に射撃する。そうした砦跡がいくつも見渡された。

「光秀の軍勢なぞ蹴散らしてしまえ」

判官贔屓《ほうがんびいき》の子どもたちは、たいてい籠城側の大将になる。

石垣の上で仁王立ちになり、諸方へ命令を下すのだ。

そしてかならず、東南の谷間にある朝路《あさじ》池へ向かう。

籠城の際に命の水を貯めた池だが、落城とともに朝路という姫が身を投げた。水鏡に自分のすがたを映し、万が一美女にみえれば年内に死ぬとの言い伝えがあり、波多野氏の財宝が水底《みなぞこ》に隠されていると声をひそめる古老もいる。

いずれにしろ、子どもたちにとって、城址ほど魅力のある遊び場はない。

陽太郎は金吾と岡田丸跡に下り、崩れかけた石垣の上から城下を見下ろした。

「金吾、ええ景色やな」

「多紀連山がようみえる」

「御城下の南には、篠山川が悠々と流れておるぞ」

四方を山に囲まれた村の数は、二百を超えていた。

「たったの六万石やが、わしらにとってはかけがえのない故郷や」

「陽太郎どの、どないした」

「鬼師範が言うとったやろ。井の中の蛙のはなしや」

「ああ、それか」

「篠山に燻《くすぶ》っておったら、井の中の蛙になる。学を修める者は大海を知らねばならぬと仰った」

「ああ、仰った。蘭学や砲術を学ぶなら大坂に出なあかんと」

「それや。わしは医術を修めて蘭方医《らんぽうい》になりたいんじゃ」

「ふうん、出世はあきらめたんか」

「あきらめてはおらん。されど、よほどの幸運でもないかぎり、下士の子は出世できん。ましてや、父上はお役を辞した身や。藩から捨て扶持を与えられ、食わしてもろうておる」

「何でやろうな」

金吾は首をかしげた。

「江戸詰めの馬廻り衆までつとめられたのに、何で先生は城勤めをお辞めになったのやろう」

「わからぬ。父上は何も言うてくれぬ。正直、今は世捨て人も同然や。母上がおらんようになったのも、そんな父上を見限ったからや」

「前から聞こうおもうとった」

金吾は息を詰め、まっすぐにみつめてくる。

「陽太郎どのは、何で道場に残ったん。母上のもとへ行けば、上士の子として育てられたのやろう。そうしておけば、長曾根たちに嫌がらせもされなんだろうに」

「わしにも、ようわからん」

目を瞑《つむ》れば、真っ青な海が浮かんでくる。

あのとき道場に残ったのは、ひょっとしたら、父の言った台詞が耳から離れなかったからかもしれない。

「南に十里ちょいも行けば、摂津《せっつ》の西宮《にしのみや》や。六つのとき、父上に連れていってもらったことがある」

「そないなはなし、聞いておらんぞ」

「今しとるやろ。わしはな、この目で泉州《せんしゅう》の海をみたんや。凪《な》ぎわたった海原に千石船が帆をひろげ、何隻《なんせき》も行き来しておった」

父はそのとき、ぽつりとこぼしたのだ。

――わしはな、船乗りになりたかった。

その言葉が、今でも耳から離れない。

「泉州の海を頭に浮かべると、出世なんぞどうでもようなる。わしもいつか、あの海へ漕ぎだしてみたい。そうおもうのや」

「蘭方医になるんやないんか」

「蘭方医になって、海を渡るんや」

陽太郎の目の輝きが、金吾には眩《まぶ》しそうだ。

ふたりは山桜の狭間《はざま》を抜け、杣道を駆けおりていく。

「遅れるな。光秀の御母堂に捕まるで」

「待ってくれ、陽太郎どの」

葉漏れ陽が途切れることもなくつづき、吹く風すらも煌《きら》めいてみえる。

金吾の必死な顔を笑いつつ、陽太郎は跳ねるように杣道を駆けおりていった。

五

鬼師範は、名を河合理一《かわいりいち》という。

「おぬしら、白澤《はくたく》を知っておるか」

そう切りだしたのは、山桜が散って八重桜が咲きはじめたころのことだ。

「白澤は人のことばを解し、森羅万象《しんらばんしょう》に通じておるとされる聖獣じゃ。為政者《いせいしゃ》に徳があれば、すがたをみせる。見掛けは獅子《しし》に似ておるらしいが、どうじゃ、おぬしらも白澤をみてみとうはないか」

河合は好奇心に目を輝かせた教え子らを集め、鳥山石燕《とりやませきえん》の描いた『今昔百鬼《こんじゃくひゃっき》拾遺《しゅうい》』をひもといた。

「この絵はな、寺島良安《てらじまりょうあん》という大坂の偉い医師が編んだ『和漢三才図会《わかんさんさいずえ》』をもとに描かれたものや。『和漢三才図会』は明国《みんこく》の類書をもとにした絵入りの書じゃ。巻数で百巻を超える膨大《ぼうだい》な類書でな、今から百三十年近くまえ、大坂の杏《きょう》林堂《りんどう》から世に出されたのや」

偉い漢方医が三十年以上もかかって編纂《へんさん》した労作のはなしよりも、陽太郎は石燕の描いた白澤にすっかり魅せられてしまった。

そのすがたは獅子というより、一対の角を生やした牛に似ており、顎《あご》に山羊《やぎ》のような髭《ひげ》をたくわえている。額にも目を持つ三つ目の聖獣で、胴体の左右にも三つずつ目があり、ぜんぶで九つの目を持っていた。

「唐土《もろこし》で伝説上の帝《みかど》とされる黄帝《こうてい》が巡行したとき、白澤にめぐりおうたんや。白澤は黄帝に一万を超える妖異鬼神とその退治法について語り、黄帝は配下にすべてを書きとらせた。それが『白澤図』や。妖異鬼神とは疫病や天災のことでな、白澤は帝に苦難の切りぬけ方を教えたのや。畏《おそ》れ多くも、日光東照宮《にっこうとうしょうぐう》拝殿の上様御着座の間に嵌《は》められた杉戸にも、白澤は描かれておる」

江戸では道中守りや厄除けの護符として重宝《ちょうほう》がられ、札は吉をもたらす土産としても喜ばれるが、丹波の山里ではまだあまり知られていない。

「一昨年鬼籍《きせき》に入った欽古堂亀祐翁《きんこどうかめすけおう》は存じておるな」

と、河合はまったく別のはなしを切りだす。

「王地山焼きのご開祖で、藩の御用窯《ごようがま》を築かれたおひとや」

亀祐は京伏見《ふしみ》にある人形師の家に生まれた。摂津国三田《さんだ》藩の招きでつくった青磁《せいじ》が前藩主忠裕の目に留まり、領内で将軍や大名へ献上する陶磁器をつくるために招かれた。亀祐は王地山の麓に窯を築き、やがて、できあがった陶磁器は王地山焼きとして、江戸表にも知れわたるようになった。

　もとが人形師なので人物の置物を得意とし、柿本人麻呂《かきのもとのひとまろ》像や布袋《ほてい》像を好んでつくったという。焼き物は主に、青磁、染付《そめつけ》、白磁《はくじ》、赤絵《あかえ》などだが、高価なために金満家《きんまんか》しか購入できず、京大坂などでは「幻の陶磁器」と呼ばれていた。

「じつは、亀祐翁のお弟子さんが王地山焼きの白澤をおつくりになったのや。今日はおぬしらだけに、それをおみせくださるゆえ、心して拝見するように」

　亀祐の弟子が部屋にあらわれ、桐の箱から恭《うやうや》しく白澤の焼き物を取りだしたとき、陽太郎の興奮は頂点に達した。

「王地山稲荷の守り神にござる」

　弟子のことばは、大袈裟《おおげさ》でも何でもない。

　白澤は蒼白い光沢を放つ見事な青磁だった。

「後光が射しておる」

　おもわず、陽太郎はつぶやいた。

　触れたい衝動に駆られ、ぐっと我慢する。

　河合が誇らしげに胸を張った。

「買えば十両はくだるまい。じつはな、この守り神を寄贈していただけるのや」

どっと、子どもらの歓声が騰《あ》がった。

「触れたらいかんぞ。ただし、わしに断れば、みるだけは許してつかわそう」

河合のことばが不穏な出来事を起こす引鉄《ひきがね》になることも知らず、陽太郎は青磁の白澤に心を奪われていた。

帰り際、陽太郎は河合に用事を頼まれ、ひとりで師範の部屋へ向かった。

「ご無礼いたします」

何気なく部屋にはいると、誰もいない。

師範の机に近づくと、さまざまな書物が乱雑に積まれており、何とそこに例の桐の箱が置いてあった。

ならぬ、ならぬと胸につぶやき、葛藤《かっとう》を繰りかえす。

師範の河合は、いっこうにあらわれない。

陽太郎はついに辛抱できず、蓋《ふた》に手を伸ばしてしまった。

が、蓋に触れた瞬間、河合の声が聞こえてきた。

「おう、待たせたな」

急いで手を引っこめる。

心ノ臓が早鐘《はやがね》を打っていた。

師範は気づかずにやってきて、些細《ささい》な用事を言いつける。

残念さと安堵《あんど》の入りまじった心持ちのまま、翌日のことである。陽太郎は師範部屋をあとにした。

不穏な出来事が発覚したのは、翌日のことである。

河合は顔を真っ赤にして部屋へ踏みこんでくるなり、子どもたちを怒鳴りつけた。

「誰じゃ、これをやったのは」

手には青磁の白澤を携えている。

悲しいことに、白澤は胴のところでふたつに割れていた。

誰かが師範部屋に忍びこみ、白澤を手にしたのであろう。

そして、故意かどうかは知らぬが、壊してしまったのだ。

陽太郎は啞然《あぜん》とし、声を失っていた。

河合が怒鳴りあげる。

「正直にこたえよ。誰が壊した」

部屋はしんと静まりかえり、名乗りでる者はいない。

「黙っとるのか。おぬしら、正直に言わんと辞めさせるぞ。ここを辞めたらお城勤めの道はふさがれる。覚悟せねばならぬぞ」

しばらくして、長曾根数之進が手をあげた。

「先生、わしはみました。陽太郎が桐の箱に触れているのをみました」

「えっ」

ぎょっとして振りむくと、数之進と取りまきどもが嘲笑《あざわら》っている。

河合が鬼の形相で近づいてきた。

「陽太郎、おぬしがやったんか」

上から押さえこむように問われ、首を振ることもできない。

陽太郎は震えていた。

白澤がまっぷたつになった衝撃と、濡《ぬ》れ衣《ぎぬ》を着せられた事実がいっしょになり、奔流《ほんりゅう》のように襲いかかってくる。

巌《いわお》となって奔流を阻むには、まだ陽太郎の心は幼すぎた。

執拗《しつよう》に問いつめられ、涙がとめどもなく零《こぼ》れてくる。

「やあい、やあい、泣き虫のへたれ、やあい」

悪たれどもにからかわれる口惜しさと、たいせつなものを失った悲しさが綯《な》い交《ま》ぜになり、陽太郎は我慢の限界を超えた。

「ぬわああ」

大声で叫んだ。

「やっとらん。わしはやっとらん」

泣きながら訴えても、河合は信用しない。

「嘘を吐いてはいかんぞ」

と、叱りつけてくる。

陽太郎は学舎の軒下で、一晩中立たされることになった。

「ふん、罰が当たったんや」

悪たれどもはうそぶき、三々五々帰路についた。

金吾だけは仕舞いまで残ったが、河合に促されて申し訳なさそうに帰っていく。

やがて、河合もいなくなり、夕陽も落ちてしまった。

茂助が案じて迎えにきたが、勝手に連れて帰ることもできず、途方に暮れた。

暗くなると冷たい風が吹き、肌寒くなってくる。

からだが震えても、陽太郎は唇を紫にして立ちつづけた。

朝まで意地でも立ちつづけ、濡れ衣を晴らさねばならぬ。

「逃げたら負けや」

その一心であった。

夜更けになり、茂助に事情を聞いた父の陽蔵が様子をみにやってきた。

だが、遠くから息子をみつめただけで、何も言わずに帰っていった。

助けてほしいと泣いて頼む茂助に向かって、陽蔵は「あやつが自分で解決するしかない」と応じたらしい。「余計なまねはするな」と釘まで刺され、茂助は後ろ髪を引かれるおもいで去るしかなかった。

そうした経緯は、すべてあとで知ったことだ。

父が足を運んだことすら知らなかった。

丑三《うしみ》つ（午前二時頃）あたりから、毛のような雨が降りだした。

翌朝になっても雨は熄《や》まず、陽太郎はずぶ濡れの恰好で倒れていた。

高熱を発しながらも「逃げたら負けや、逃げたら負けや」と、うわごとのようにつぶやいていたという。

この日から、負け嫌いの陽太郎は少しばかり名が知られるようになった。

六

三日三晩、陽太郎は床に臥《ふ》せねばならなかったが、そのあいだに青磁の白澤を壊した者がみつかった。

何とそれは、杉浦金吾である。

どうやら、長曾根数之進にそそのかされて白澤を盗みだそうとしたらしい。が、そのあたりの経緯には触れず、泣きながら自分がやったと告白した。

金吾は学舎を辞めさせられはしなかったものの、しばらくは謹慎せよと命じられた。

師範の河合理一はわざわざ小柴道場へ足を運び、疑って申し訳なかったと、陽太郎に頭を下げた。

「鬼師範が仏様になった」

学舎の話題はそのことで持ちきりになり、陽太郎もふたたび元気に通いはじめたが、金吾のことがあるので気持ちは晴れない。

帰りに杉浦家を訪ねても、金吾は会ってくれなかった。

金吾へのいじめが酷くなったのは、去年の夏頃からだ。どうにかして元気づけようとおもい、あるとき、蛍を籠《かご》いっぱいに入れて持っていった。「これで書を読んで出世しろ」と言ったら、金吾は泣き笑いの顔で「まさに蛍雪《けいせつ》の功やな」とこたえてくれたのだ。

今は夏ではないので、蛍を持っていくこともできない。

「ひとりで鬱《ふさ》ぎこんでおるのだ」

自分がやったことにすればよかったと、陽太郎はおもった。

憂鬱《ゆううつ》な気持ちは、数日後、名状《めいじょう》し難《がた》い怒りに変わる。

数之進の手下たちが囁きあっているのを聞いたからだ。

「白澤を壊したのは数之進で、金吾に罪をなすりつけた」

すぐさま手下の胸倉を摑み、息が詰まるほど締めあげ、それが事実であることを白状させた。

陽太郎は鬼師範に告げ口せず、自分で決着をつけようと決めた。

数之進には積年の恨みがある。悪意が自分に向けられたものなら我慢もできるが、親しい友の金吾が立ちなおれぬほど傷つけられた以上、もはや、黙ってはいられない。

陽太郎は果たし状をしたため、手下のひとりに手渡した。

——夕七つ　王地山稲荷境内にて待つ
陽太郎は学舎を出て、背に夕陽を浴びながら城の東へ向かい、外濠の黒岡川に架かる橋を渡った。そのさきは河原町《かわらまち》で、千本格子《せんぼんごうし》の表構えやうだつを構えた商家が軒を並べている。

商家はいずれも、間口《まぐち》は狭いながらも奥行きは深い。

横道からはいって露地をいくつも抜けていくと、やがて小高い丘がみえてきた。

丘の麓には王地山焼きの窯があり、陶工たちが陶磁器作りにいそしんでいる。

陽太郎は見向きもせず、朱の鳥居が幾重にも連なる石段を上っていった。

次第に気持ちが昂《たか》ぶってくる。

石段を上りきると「負け嫌い」を標榜《ひょうぼう》する稲荷社の本殿があり、本殿と向きあうように築かれた土俵の奥には、将軍着座の上覧相撲で故郷に奇蹟をもたらした平左衛門を祀る祠もあった。

陽太郎は本殿に向かって柏手《かしわで》を打ち、平左衛門稲荷に勝利を祈念する。

夕餉の刻限が近づくと参詣客《さんけい》は減り、いつの間にか誰もいなくなった。

——ごおん

七つ（午後四時頃）を報《しら》せる鐘が鳴った。

数之進は来ない。

手下どもを連れてくることは予想されたが、来なければ勝負にならなかった。

じりじりとした時が経ち、夕陽も大きくかたむいたころ、石段のほうから人の声が聞こえてきた。

「来よったな」

数之進がすがたをみせる。

後ろには手下を五人ほどしたがえていた。

いつもの連中だ。

今日という今日は許さぬ。

拳をぎゅっと握りしめた。

もちろん、腰には何も帯びていない。

一方、相手は腰に木刀を差している。

わかっていたことなので、別に恐れもしない。

「へたれの陽太郎め、来てやったぞ」

数之進が叫んだ。

負けずに、陽太郎は問いかえす。

「青磁の白澤を壊したのは、おぬしなのか」

「それがどうした」

「金吾に罪をなすりつけたのか」

「おう、そうや。金吾は上士の風上にも置けぬへたれじゃ。ちいとお灸《きゆう》を据えねばとおもうとったところや」

「許さぬ」

「それはこっちの台詞や。ふはは、おぬしら、いっちょ暴れてやれ」

数之進にけしかけられ、手下どもが喊声《かんせい》を騰げる。

一斉に木刀を抜き、襲いかかってきた。

陽太郎は微動だにしない。

ひとり目の一刀を見切り、拳で頬《ほお》を撲《ぶ》った。

ふたり目は背に負い、後ろへ放りなげる。

三人目の袈裟《けさ》懸《が》けは躱しきれず、肩口に痛打を浴びた。

蹲って堪《こら》えていると、鋭い一撃を額に浴びる。

「うっ」

額はぱっくり割れ、血が流れだした。
傷は浅いが、死への恐怖が迫ってくる。
陽太郎は、地べたを這って逃げた。
「追いかけろ、逃がすな」
手の届くさきに、木刀が転がっている。
一瞬だけ躊躇《ためら》ったものの、木刀を拾いあげた。
鬼の形相で振りむき、相手の一刀を撥《は》ねかえす。
――かん
後ろから打ちかかってきた相手を、無心の一刀で叩きふせた。
――ばすっ
鈍い音がして、相手が倒れる。
膝を折り、両腕を震わせた。
場が凍りつく。
陽太郎の力量は、ある程度知れわたっている。
ただ、竹刀や木刀で渡りあったことがないので実力のほどはわからなかった。
だが、鮮やかな一刀を間近で体感すれば、どれだけ強いかは子供にもわかる。

おそらく、肌で強さを感じたのであろう。

手下どもは掛かってこなくなった。

「何じゃ、びびりおって」

数之進が前面へ踏みだしてくる。

このときを待っていた。

陽太郎は、鼻梁《びりょう》を伝って流れる血を嘗《な》めた。

木刀を握りしめ、青眼《せいがん》に構える。

切っ先を相手の喉につけ、ぴたりと止めた。

「ぬうっ」

数之進は一歩も動けない。

それでも、町道場で修練を積んでいる矜持がある。

手下どもの手前、退《ひ》いてはならぬというおもいもあった。

「覚悟せい」

小鼻をひろげて吠えあげ、大上段に構える。

掲げた切っ先は、夕陽を突いているかのようだ。

「やっ」

気合い一声、撃尺《げきしやく》の間合いを踏みこえてきた。
陽太郎には、相手の動きが止まってみえる。
上段の一刀を鼻先で躱しつつ、右八相《みぎはっそう》から袈裟懸けの一刀を打ちおろす。
――ばきっ
鈍い音が響いた。
骨を叩き折ったにちがいない。
気づいてみれば、足許に数之進が蹲っている。
からだを痙攣《けいれん》させ、口から泡を吹いていた。
手下どもは大慌てとなり、みなで数之進を担いでいく。
陽太郎は木刀を握ったまま、呆然《ぼうぜん》と佇んでいた。
勝った喜びは微塵《みじん》もない。
金吾の仇《かたき》を討ってやった感慨もない。
あるのは、木刀で人を傷つけたことへの後悔だけだ。
父との約束を破り、木刀を手に取って打ちあった。
ぜったいにやってはならぬことをやってしまったのだ。
奈落の底へ突き落とされたような気分だった。

陽太郎は木刀を捨て、とぼとぼ歩きはじめた。

七

翌朝、昨夕の経緯が父の知るところとなった。

茂助は「若さまは悪くない」と味方になってくれたが、厳格な陽蔵が許すはずはなかった。

「出ていけ」

けんもほろろに怒鳴られ、行く当てもなく城のほうへ向かった。

気づいてみると、上士の屋敷が軒を連ねる武家地を彷徨《うろつ》いている。

七年前に別れた母の実家があるあたりだ。

淋しくて、何度か足を向けたことがある。

もちろん、会ってはいけないと胸に囁き、いつも踵《きびす》を返していた。

実家の当主は桑田忠左衛門《くわたちゆうざえもん》、母の実兄で、陽太郎の伯父にあたる。物頭《ものがしら》の要職に任じられており、江戸家老から気に入られているという。藩では国家老の一派と江戸家老の一派が藩政をめぐって対立しており、伯父は一方の派閥で重きをなす人物らしい。
これに対峙《たいじ》するのが、数之進の祖父でもある中老の長曾根帯刀であった。
藩内に渦巻く派閥争いなど、陽太郎にわかるはずもない。
ただ、時折、無性に母と会いたくなる。
せめて、遠くからでも顔がみたい。
切実な願いに駆られ、足を向けるのだ。
門前を行きつ戻りつしていると、武家の母娘《おやこ》が歩いてきた。
「あっ」
陽太郎は急いで物陰に隠れる。
すぐにわかった。
母の佳津と妹の早苗だ。
ふくよかな佳津は、以前と少しも変わらない。
早苗は今年で八つ、ずいぶん大きくなった。
ふたりは門の向こうへ吸いこまれてしまう。
何処かへ挨拶にでも行った帰りであろうか。
迷惑だろうとおもい、声を掛けられなかった。

ほんとうは事情を聞いてもらい、慰めてほしかった。

そんなことができないのはわかっている。

陽太郎は屋敷に背を向け、城の南をぐるりとまわって河原町へやってきた。

篠山川には荷船が行き交い、蔵の並ぶ桟橋《さんばし》では荷下ろしがおこなわれている。

活気に溢れた桟橋へ近づいてみれば、荷役たちが桟橋に下ろされた酒樽《さかだる》を大八車に積みかえていた。

「寒むや北風、今日は南風、明日は浮名のたつみ風」

荷役のひとりが唐突に唄いだす。

すると、まわりのみなが一斉に調子を合わせた。

「今日の寒さに洗番《あらいばん》はどなた、可愛い殿さの声がする。可愛い殿さの洗番のときは、水も湯となれ風吹くな」

桶洗い唄のようだ。

灘《なだ》の酒蔵などへ出稼ぎに行った連中が唄う。

領内の百姓地で、よく耳にしたことがあった。

「殿さ酒屋へゆかしゃるなれば、送りましょうか生瀬《なまぜ》まで。丹波出てから早や今日は二十日、思いだします妻や子を」

酒を仕込むのは寒い時季だ。極寒のなか、冷たい水で大きな桶を洗うのはたいへんな作業である。手はかじかみ、あかぎれになる。それでも、泣き言は言えない。稼がなければ飢えてしまう。あかぎれなんぞ何のその、洟水を垂らしながら働かなければならない。篠山に残してきた女房子どもを思いだしながら、百姓の出稼ぎ人たちはみずからを鼓舞《こぶ》するように大声を張りあげ、懸命に桶を洗うのだ。蔵人《くらびと》たちの心情が詰まった唄を、気づいてみれば、陽太郎もいっしょに唄っていた。

陽は落ち、あたりは暗くなった。

泣きたい気分で家へ戻ると、薄暗い門前で父が待っていた。

茂助が飛んでくる。

「御父上は若さまをご案じになり、ずっとここでお待ちになっておられたのですよ」

「えっ」

驚いた。厳格な父が身を案じてくれたとは、意外すぎてことばも出てこない。

「おまえは、何ひとつ悪くない」

父は身を寄せ、ひとことそう言った。

ただし、相手を傷つけたことは謝らねばならぬゆえ、今からともに長曾根家へ向かうと告げられる。

陽太郎は重い足を引きずり、来た道を戻りはじめた。

いっしょに歩くのは誇らしいが、できれば父とはちがう日に歩きたかった。

武家屋敷へたどりつくと、あたりはとっぷり暮れていた。

茂助は提灯《ちょうちん》で足許を照らさねばならず、吹きつける春の強風が足取りをいっそう重くさせる。

際だって敷地の広い長曾根家は、すぐにわかった。

父は一片の躊躇いもみせず、門を敲《たた》いて用人《ようにん》に取次を願う。

しばらく待たされたのち、門の内へ招《しょう》じ入れられた。

飛び石を伝《つた》い、玄関へたどりつく。

表口には仁王よろしく、主人らしき人物が立っていた。

数之進の父でなく、祖父で当主の帯刀である。

鬢《びん》は白く、たいへんな貫禄だった。

さすが、藩の要職に就く人物である。

会ってもらえたのが不思議なほどだ。

帯刀はぎょろ目を剝《む》き、対峙する父子《おやこ》を威圧した。

陽太郎は怯《ひる》んだが、父は顔色ひとつ変えない。

拳を腰の左右につけ、折り目正しく挨拶をする。

「小柴陽蔵にござります。息子の陽太郎が数之進どのを木刀で傷つけたこと、本日は謝りにまいりました」

「軽々しく数之進の名を口にするな。上士の息子に怪我をさせおって、どの面《つら》下げてまいったのじゃ」

「平にご容赦を。されど、事の経緯をお聞きいただければ、どちらに非があるかは明らかとなりましょう」

「何じゃと」

帯刀は目を剝いた。

「その小僧に非はないと申すのか」

「いかにも。ひとつには決闘にいたった理由にござります。そして、もうひとつは決闘の中身にござります」

「どういうことじゃ」

「はい。決闘にいたった理由は、数之進どのが学舎の朋輩に王地山焼きの青磁を壊した濡れ衣を着せたことにございます。そして、決闘の中身については、陽太郎ひとりにたいして、数之進どのは五人の仲間を連れてまいりました。六対一の争いだったのでございます。以上の二点を鑑《かんが》みるに、非は数之進どのにある。ただし、木刀で骨を折ったことは、それとは別のことゆえ、お詫《わ》び申しあげねばなりませぬ」

「ぬうっ」

帯刀は黙った。

底意地の悪そうな顔つきだが、道理はわきまえている。

重臣としての体裁もあるのだろう。

「ふん、まあよい。子どもの喧嘩じゃ。それにしても、蛙の子は蛙じゃな。陽太郎とか申す息子、意地っ張りで頑固そうな面構えをしておるわ。ふふ、ま、わしが重臣でおるかぎり、息子に出世の芽はあるまい。覚悟しておくがよかろう」

帯刀は吐きすてるように言い、高笑いしながら奥へ引っこんだ。

父は一礼し、くるっと踵を返す。

陽太郎も、父の背にしたがった。

門を出ると、颪はいっそう強さを増している。

何やら、途轍《とてつ》もなく虚《むな》しかった。
出世させぬと重臣に宣言されたことが理由ではない。
父にあれだけの言い訳をさせた自分が情けなかった。
それにしても、長曾根帯刀は何をもって「蛙の子は蛙」と言ったのだろうか。
父のことをよく知っているような口振りだった。
ひょっとしたら、それは父が役目を辞したことと関わっているのではないか。
頭に浮かんだ疑念は、すぐさま、強風に吹きとばされてしまう。
陽太郎は立ちどまり、父の瘦せた背中をみつめた。
――挫《くじ》けるな、陽太郎よ。どん底を知る者が強くなる。
父の背中が語っているように感じられた。
そうだ。すべてはここから始まる。
わしは挫けぬぞ。
風音に負けぬほどの大声で叫んでやりたい。
ふたたび歩きだすと、父がふいに振りかえった。
ぎくっとして身構えれば、にっこり微笑む。
「帰ったら、一手指南いたそう」

久方ぶりにみる父の笑顔だ。

「はい」

陽太郎は嬉しそうに返事をし、弾むような足取りで帰路をたどりはじめた。

第二章　大義なき密命

一

五年後、弘化《こうか》元年（一八四四）夏。

――どん、どん、どん

城内には陣触《じんぶ》れの太鼓が鳴りひびいている。

大書院の前庭では、恒例の御前試合がおこなわれていた。

ただし、藩主の青山下野守《しもつけのかみ》忠良は江戸にあり、名代は国家老の別所長宗《べっしょながむね》がつとめる。

忠良は先だって老中に抜擢《ばってき》されたので、その祝いも兼ねての催しであった。

江戸では長らく幕政の舵取《かじと》りを担っていた水野越前守忠邦《みずのえちぜんのかみただくに》が、昨秋にいったんは失脚したものの、江戸城本丸の焼失を機に将軍家慶《いえよし》の鶴の一声で老中に返り咲くこととなった。豪腕でもって「改革」を推進していたころの面影は失《う》せたようだが、水野忠邦の再登場は揺れる幕府中枢の動きを象徴する出来事にほかならない。

もちろん、江戸表の動向など、篠山領内で暮らす末端の藩士たちが知るはずもなかった。御前試合に参じた者たちはみな、篠山藩随一の称号を得るべく白鉢巻《しろはちま》きで前庭に集っている。

大広間には重臣たちが居並び、後方には藩士たちが鮨詰《すしづ》めで座っていた。

上座に陣取る国家老の別所は、真っ白な髪を持つ狸顔《たぬきがお》の人物である。見掛けと同様に肚《はら》のなかがわからないので「狸」と綽名《あだな》されていた。

かたわらには別所の懐刀《ふところがたな》で中老の長曾根帯刀が侍《はべ》り、すぐ後ろには表小姓に昇進した孫の数之進が控えている。このふたりを後方から睨む恰好で、江戸家老の尾崎修理《おざきしゅり》に与《くみ》する者たちが控えているのだが、その中心に座っているのが陽太郎の伯父でもある物頭の桑田忠左衛門であった。

国許にあるかぎり、桑田たちのほうが分は悪い。しかし、江戸家老と頻繁に連絡《つなぎ》を取りあっているので江戸表の事情には通じており、大所高所から意見を述べて国家老派を翻弄《ほんろう》していた。

さまざまな思惑を秘めた重臣たちも、今日にかぎっては御前試合の勝負に注目している。

流派の形《かた》を披露する演武などはなかった。

あるのは強さを競う申し合いだけだ。

防具を付けず、三尺八寸（約一一五センチ）の竹刀で打ちあう。

すでに午前の部は終了し、したたかに打たれて昏倒《こんとう》する者が続出していた。

勝ちぬいた八人が二手に分かれ、今からふたりずつ申し合いをおこなう。

その八人に、陽太郎も残っていた。

下馬評になかった唯一の下士である。

ほかの七人は上士の子息だが、陽太郎は東馬出し口の門を守る番士にすぎない。

大広間に座っているのは上士ばかりで、雑用方の下士たちは庭先に控えている。ほとんどの者は御前試合の見物も許されず、城門の守りや警邏《けいら》に就いていた。それでも、八人のなかに下士がひとり残った噂はさざ波のように広がり、下士たちは勝負の行方に固唾《かたず》を呑んでいた。

一方、重臣をはじめとした上士たちは、下士ごときが四人のなかに残るはずはないと高をくくっていたので、それほど注目してはいなかった。

ところがである。

陽太郎は八強が激突する申し合いで苦もなく勝ちをおさめ、四人のなかに残ってしまった。

こうなると、重臣のあいだにもざわめきが起こる。

「あの者は誰じゃ」

国家老の別所までが配下に素姓を質した。

「父親は町道場を営んでおるようですが、なあに、これまでにござりましょう」

しかし、おおかたの予想を覆し、陽太郎はつぎの申し合いでも勝ちをおさめた。

ついに、頂点を決める一戦まで勝ちあがったのだ。

さざ波は大波となり、城中のいたるところで渦を巻きはじめた。

上士たちは「沽券《こけん》を懸けた一戦じゃ」と叫び、下士たちは日頃の鬱憤《うっぷん》を晴らしてほしいと心待ちにして殺気立つ。

大広間は異様な空気に包まれ、息苦しいほどになった。

刻限は昼の八つ（午後二時頃）を過ぎ、日差しが長々と前庭に延びている。

茹《う》だるような暑さは過ぎたが、座っていると汗が滲《にじ》んできた。

重臣たちは襟《えり》をはだけ、扇子《せんす》をしきりに揺らしている。

それでも、前庭の空気はぴんと張りつめていた。

「これより、申し合いをおこないまする」

鶴橋十内《つるはしじゅうない》という行司役が、太い声を張りあげた。

「馬廻り役、明神数馬《みょうじんかずま》」

「はっ」

呼ばれて端から登場したのは、新陰流の免状を持つ大兵《だいひょう》だった。

一昨年も昨年も頂点を極めており、本命中の本命にほかならない。

「東馬出し口門番士、小柴陽太郎」

「はい」

反対の端から登場したのは、まちがいなく陽太郎である。

齢二十一になった。横顔に幼さは残るものの、からだつきは屈強そのもので、縦も横も明神に負けず劣らず大きい。何度か目にしているはずなのに、上士たちのあいだから「おお」という驚きの声が漏れた。

「待て、小柴とやらの流派は」

別所が高みから問うた。

「居合を旨とする小柴流にござります」

間髪《かんはつ》を容《い》れず、行司役の鶴橋がこたえる。

藩の剣術指南役でもあり、あらゆる流派に精通していた。

その鶴橋の目でみても、陽太郎の太刀筋《たちすじ》は刮目《かつもく》に値するようだった。

「さればこれより、一本勝負をはじめまする。双方、前へ」

「はっ」

陽太郎は相手の返事を聞きながら、静かに前へ進んでいった。

さすがに緊張しており、雲のうえを歩いているかのようだ。

行く手には目にみえない仕切り線があった。

仕切り線を越えれば、雑念を捨てて打ちあうだけだが、どうしても雑念を捨てきれない。

勝てば出世できるかもしれない。みなに賞賛《しょうさん》され、名をあげられるにちがいない。いや、恨みを買って上士たちから爪弾きにされる恐れもある。意地悪をされて出世の芽を摘まれたら、一生馬出し口門の番士で終わってしまう。

そうした雑念が脳裏を巡り、勝負に集中できなくなる。

落ちつけ、丹田《たんでん》に力を入れよ、と胸に囁く。

新陰流については、幼いころより父に手ほどきを受けてきた。

陽太郎は落ちつくために、頭のなかで相手の動きを反芻《はんすう》する。

明神数馬の決め技は、合撃《がっし》と呼ばれる奥義《おうぎ》であった。

大上段に構えて迫り、相手の人中路《じんちゅうろ》に沿ってまっすぐに打ちおろす。

あるいは、横雷刀《よこらいとう》からの山陰斬《やまかげぎ》りもよく使う技だ。

こちらは前進しながら身を沈め、巧みに誘いながら双手《もろて》刈りを狙う。

ほかにも、脇構えからの猿廻《えんかい》や、左膝を折り敷いてからのくねり打ちなども繰りだしてくる。猿廻は斜め打ち、くねり打ちは垂直打ち、そう言ってしまえば簡単だが、新陰流の修練を積んだ者の太刀行きは速くてみえない。わずかでも慢心や恐怖心があれば、隙を衝かれてしまうだろう。

ただし、敢《あ》えて隙をつくって打ちこませる手はあった。

――拍子のずれが崩しを生む。

それは新陰流の理合《りあい》だが、父が日頃から口にしていることばだ。

そして、父はかならず、結びにこう諭《さと》す。

――無心になれ。

剣の要諦《ようたい》は技倆《ぎりょう》ではない。すべては心の保《も》ちようなのだと、これまで耳が痛くなるほど聞かされてきた。

「小柴、何をしておる」

鶴橋の声で我に返った。

「これが藩内一の遣い手を定める一戦となる。双方、心して掛かるように」

立ちあいの間合いは五間（約九メートル）。瞬時に詰められる間合いへ、双方は近づいていった。

明神は強い。

対峙しただけで、今までの相手とは別次元の風格を感じた。

新陰流ではみずからを陰《いん》、相手を陽《よう》とみなし、陰は最初から陽の内に潜むと教わる。

半眼《はんがん》に目を細めた明神は、おそらく、この身にみずからを投影させているのだろう。

陽太郎も、遠くをみつめる半眼になった。

明神は足の拇指《おやゆび》を軽く反らせて浮かせ、腰を沈めながらするすると滑るように迫ってくる。

構えを青眼から脇構えに変え、竹刀を後ろに隠した。

「ふん」

陽太郎は先手を取って、浅い突きに出る。

明神は左足を踏みこみ、右横から斜めに打ちおろしてきた。

猿廻だ。

――ばしっ

付け根で受け、弾きかえす。
すぐさま、くねり打ちがきた。
竹刀を胸の前で真横にし、体《たい》を開いてから猛然と打ちこんでくる。
文字どおり、くねるような動きからの激烈な一撃、それがくねり打ちであった。
陽太郎は弾かずに受ける。
「うっ」
重い。
羽のように舞いおり、巌のように伸《の》しかかる。
それが新陰流の打ち方だ。
「ぬおっ」
明神は竹刀に身を乗せてくる。
かとおもえば、絶妙の機を捉えて切っ先を立て、喉を突いてきた。
「くっ」
首を捻《ひね》って躱《かわ》し、切っ先三寸で打ちかえす。
――ぱん
弾かれるや、木《こ》っ端《ぱ》が散った。

反動を利用し、陽太郎は後ろに飛ぶ。

相手は深追いしてこない。

すでに、喉はからからだ。

が、陽太郎は上手《うま》く対応している。明神のお株を奪うかのごとく、相手に応じて変幻自在に動く「転《まろばし》」の極意を実践していた。

――無心とは勝ちたい気持ちから離れる勇心のことなり。

父の金言が甦《よみがえ》ってくる。

ごくっと、陽太郎は空唾《からつば》を呑んだ。

腹の底から気合いを発する。

「ぬりゃっ」

「うしゃっ」

明神も鋭い気合いで応じた。

つぎの一撃で決める。

ふたりの呼吸が一致した。

間合いを詰め、陽太郎が先手を取る。

面《おもて》をさらし、相手の得手とする上段打ちに誘った。

予期していなかったのか、明神の顔が強《こわ》ばる。
機を逃さず、すっと身を沈めた。
相手が崩れる。
崩れながらも、合撃を仕掛けてくる。
わずかに遅れ、陽太郎は同じ技を繰りだした。
相手の太刀筋に乗り、頭頂から肛門まで一気に貫く勢いで打ちおろす。
――ぱん
鎬《しのぎ》で撥ねた刹那《せつな》の動きは、誰も気づかない。
陽太郎の竹刀は、相手の額を割っていた。
明神は白目を剝き、その場に頽《くずお》れてしまう。
「勝負あり」
行司の声から一瞬遅れて沸きあがった歓声は、下士たちのものであろうか。
歓声は地鳴りとなり、城全体を包みこんだ。
「……か、勝ったのか」
四肢の震えが止まらない。
陽太郎は、歓喜と賞賛のどまんなかに立っていた。

二

その夜、粗末《そまつ》な体裁《ていさい》の町道場はにわかに活気づいた。

百姓の門弟たちが駆けつけ、陽太郎の快挙を祝ってくれたのだ。

見も知らぬ下士たちまでもが、角樽《つのだる》を提《さ》げてあらわれた。

「馬廻り役も夢ではない。出世はまちがいないで」

誰もが陽太郎の勝利を喜び、出世は望みのままだと励ましてくれる。

嬉しい顔もやってきた。

右筆《ゆうひつ》の役に就いた杉浦金吾である。

うらなり顔にほっそりしたからだつき、みるからに線の細そうな印象だが、芯の強さは陽太郎にも負けない。出世の道筋は二手に分かれたが、ふたりはずっと変わらぬ友情を育《はぐく》んできた。

「わしも大広間におったぞ。数之進が口惜しそうに言うとったわ。明神に賭けて大損こいたとな」

「金吾も金を賭けたのか」

「賭けておれば、今ごろは茶屋町《ちゃやまち》に繰りだしておったわ。ふはは、一生の不覚というやつや」

「おぬし、江戸詰めは決まったのか」

「わからん。願いは出しておるがな」

「羨ましいのう」

「まだ決まったわけではないって」

「いいや、決まったようなもんや。おぬしは字も上手いし、藩政にも詳しい。上のお方も重宝しておるはずや」

「わしなんぞより、陽太郎どののことや。何しろ、藩内随一の遣い手になったのやからな。御家老はじめお歴々にも名が売れたはずやし、明日にでも吉報が届くはずや」

そう願っていた。昨日まではなかばあきらめていたが、今は心の底から出世したいと願っている。江戸詰めになって殿さまのお側《そば》に仕え、ゆくゆくは上士になりたい。それが叶《かな》いそうな夢に感じられて仕方ないのだ。

「よかったな。先生も嬉しそうや」

金吾に言われ、父をみた。

たしかに、穏やかな顔をしている。

今日の自分があるのは、父のおかげだ。もちろん、誰よりも尊敬している。だが、父のようにはなりたくない。町道場の道場主で終わりたくはなかった。

何か大きなことがしたい。藩の要職に就き、人々の暮らしを潤す大きな仕事がしてみたいのだ。そのためには出世しなければならなかった。それなりの地位に就かねば、夢を叶えることはできぬ。

やがて、道場は呑めや唄えやの大騒ぎとなった。

病がちの父もこの日だけは無礼講を許し、莫迦《ばか》騒ぎに目を細めた。

ただ、一度だけ厳しい顔になった瞬間があった。

離縁した母の実家から角樽が届けられたときだ。

熨斗《のし》には「桑田忠左衛門」と書かれ、使いの者も「桑田家当主より」と言付《ことづ》けを残していったが、母の誇らしい気持ちも少しはふくまれていたにちがいない。

陽太郎はそうおもいたかったが、父には迷惑なだけのようだった。

宴もたけなわのころ、酒を注《つ》いでまわる百姓の娘が目に留まった。

「おみなや」

囁きかけてきたのは、ほろ酔い加減の金吾だ。

「兄の清七《せいしち》が連れてきたんじゃ。おぼえとらんのか」

　もちろん、おぼえている。正月、流鏑馬の神事に参じて、見事に的のまんなかを射抜いた。十四、五の娘から「袖に触れさせてください」と頼まれた。的を射抜いた射手の袖に触れれば、一年を無病息災に過ごすことができるという言い伝えがあるからだ。

　娘は土臭いところがなく、脅《おび》えた子兎のような初々《ういうい》しさがあり、陽太郎は一目で魅《み》入《い》られてしまった。

「あのおみなか」

「ずいぶん色気が増したろう」

　金吾にからかわれ、陽太郎は顔を紅《あか》くする。

「それにしても、おみなが清七の妹やったとはな」

「金吾も知らんかったんか」

「ああ、知らんかった」

　清七は半年前から道場に通うようになった。

　城の南西六里（約二四キロ）余りにある住吉《すみよし》神社のそば、今田《こんだ》村の百姓である。道場からは遠いので、今田周辺の百姓はほかにいなかった。

純粋に強くなりたいと願う若者を、父が拒むはずはない。清七は門弟となり、めきめきと腕をあげていった。三つほど年下であったが、指南役の陽太郎を兄のように慕ってくれたので、教え甲斐のあるやつだと親しんでもいた。

おみなという娘が清七の妹だと知った途端、陽太郎はいっそう近しいものを感じたのである。

「待宵《まつよい》は波々伯部《ほほかべ》神社のお祭りや」

金吾は言った。

「おみなを誘ってみたらどうや」

「そないなこと、できるかい」

波々伯部神社は城の東一里余りにある。縁起によれば、今から九百年近くまえ、京の祇園《ぎおん》社から勧請《かんじよう》された。素戔嗚尊《すさのおのみこと》を祭神とし、牛頭天王《ごずてんのう》を祀ることから、京大坂の人々からも「丹波の祇園さん」と呼ばれている。

水無月《みなづき》十四日の祇園祭は「おやま行事」と称され、前日の宵宮祭から盛りあがりをみせる。八ヶ村の氏子《うじこ》から「だんじり山」という八基の山車《だし》が宮入りし、境内を雄壮に練りまわるのだ。

かつて、氏子八ヶ村は波々伯部保《ははかべのほ》という京都祇園社の社領であった。そのため、荘園鎮守《しょうえんちんじゅ》の神として勧請されたともいう。

例祭当日は神事のあとに「だんじり山」の神幸式《しんこうしき》が催され、いよいよ「胡瓜《きゅうり》山《やま》」と称する大きな曳山《ひきやま》が宮入りする。二基の「胡瓜山」は東西に配され、内につくられた舞台では「でこのぼう」という人形芝居がおこなわれるのだ。「だんじり山」は毎年奉納されるが、一方の「胡瓜山」は六年に一度しか奉納されない希少な催しであった。

「今年は六年ぶりに胡瓜山も出る。いやが上にも盛りあがるで」

ふとした拍子に、おみなと目が合った。

にっこり笑いかけてくる。

陽太郎は恥ずかしくなり、目を逸《そ》らしてしまった。

いっしょに祭りへ行こうと、誘うことなどできない。

せっかくの機会なのに、声すら掛けられなかった。

酒を呑まされても酔うことができず、夜も更けて気づいてみれば、おみなの姿は消えてしまっていた。

おみなの潤んだ瞳が忘れられない。

おもいだすたびに、胸が苦しくなってくる。

陽太郎のすがたは、波々伯部神社の境内にあった。

三

今日は待宵、参道入口の左右には大きな欅《けやき》が立っている。

神聖な山車が御旅所《おたびしょ》の大歳森《おとしもり》への神幸行列を終え、ちょうど鳥居を潜って戻ってきたところだ。波々伯部村の氏子たちや出立《しゆったつ》のときに大会謡を奉納した柿色装束の宮年寄らが、猿田彦《さるたひこ》を先頭にだんじり山をしたがえていた。

境内には杉の木が四本並んでいる。社殿にいちばん近い杉がもっとも古く、幹まわりはふた丈（約六メートル）余りもあった。

八基のだんじり山がぞくぞくとあらわれ、杉の木陰へ向かっていく。

石橋の周辺では、踊子たちが賑《にぎ》やかに太鼓を鳴らしはじめた。

すると、二基の胡瓜山が参道から颯爽《さっそう》と登場する。

竹や木片を組んでつくった高さ四間三尺（約八・一メートル）にもおよぶ曳山

だ。
「おお」
見物人から歓声が騰がる。
胡瓜山は社殿前の東西に配され、宮年寄たちが舞台に幕を張った。
行李には、人形芝居の外題《げだい》が貼りだされる。
宮年寄が「でこのぼう」と呼ばれる人形を操り、能を奉納するのだ。
「東が高砂《たかさご》で、西が道成寺《どうじょうじ》や」
かたわらで、金吾が叫んだ。
胡瓜山の周辺は、立錐《りっすい》の余地もないほどの人で埋めつくされる。
何しろ、豊作を祈念する六年に一度の催しであった。
縁起を担いで見物しない手はない。
どうやら、舞台は整ったようだ。
さきほどまでの喧噪《けんそう》が嘘のように、社殿前は静まりかえった。
幕が切っておとされる。
宮年寄が操るのは、胴串《どうぐし》だけの簡素なつくりの人形だった。
舞台は高みにあるので、前列の者はみな口をあんぐりと開けている。

長さ二尺ほどの胴串だけで操る人形は、ぜんぶで十二体あるようだった。演《だ》し物《もの》に応じて化粧《えかき》を施し、衣裳を着せる。人形は文楽《ぶんらく》や浄瑠璃《じようるり》の祖となった。もっとも古い人形は、享保《きようほう》のはじめにつくられたという。今から百二十年以上もまえのはなしだ。人形も人形を操る技も、たいせつに継承されてきた。

だんじり山は村ごとに奉納するが、胡瓜山とでこのぼうによる人形芝居は宮年寄と社役人からなる定まった家でおこなう。社役人は胡瓜山を組みたて、宮年寄は幕を開けてでこのぼうを操るのだ。

見物人のほとんどは百姓たちであった。

陽太郎はさり気なく、おみなのすがたを捜した。

会えるかもしれないと期待している。会ったそのさきはどうするのかなど、考えてもいない。

馬出し口門の番士とはいえ、侍は侍である。百姓の娘を簡単に嫁にはできない。

廓《くるわ》の遊女を身請けして側室にした重臣もあった。陰口をたたかれ、縁者たちは居たたまれない気持ちにさせられたという。侍が百姓の娘を娶るのはそれと同等か、それ以上の衝撃を藩士たちに与えることだろう。

藩が認めるはずもなかった。身分の垣根を壊すことになるやもしれぬからだ。

それゆえ、おみなを嫁にしようなどと、これっぽっちも考えていない。
ただ、会いたい。それだけのことだ。
人形芝居の謡が、子守歌のように聞こえている。
「あっ、おみながおるぞ」
金吾の声が弾んだ。
陽太郎は振りかえる。
と、そのとき。
群衆のなかから、怒声が響いた。
「何しよる。撲ったろか」
ぼこっと鈍い音がして、誰かが倒れた。
女が悲鳴をあげ、幼子は泣きだす。
酒に酔った若い衆が撲りあいの喧嘩をはじめたようだ。
止めにはいった者や関わりのない者までが巻きこまれていく。
すぐそばに、おみなのすがたもあった。
人の波に溺れかけている。
「おみな」

陽太郎は我を忘れて叫んだ。

人の波を掻き分け、泳ぐように前へ進む。

喧嘩の輪は広がっては萎《しぼ》み、萎んでは広がった。

陽太郎は必死の形相で泳ぎきり、おみなの白い腕を掴む。

ぐっと引きよせ手を繫いだ。

「あっ、小柴さま」

おみなは驚きつつも、胸のなかに飛びこんでくる。

陽太郎は背中を抱き、目の色を変えた連中の楯になった。

何発か撲られたが、何のことはない。

おみなの温《ぬく》もりを感じていられるなら、撲られても平気だった。

「小柴さま、早く、早くここから出ましょう」

促されてうなずき、おみなを人垣の外へ連れだす。

それから、何処をどう歩いたのかもおぼえていない。

日は落ちてあたりは薄暗くなり、気づいてみれば波々伯部神社から遠く離れ、何処かの廃《すた》れた祠のまえに立っていた。

「怖い」

おみなはつぶやいた。
だが、帰ろうとは言わない。
手を取って祠へ導こうとすると、わずかに抗《あらが》ってみせる。
なかば強引に手を引くと、おみなは黙って従いてきた。
階《きざはし》を軋《きし》ませて上り、朽ちかけた観音扉を開く。
——ぎぎっ
内は暗く、埃《ほこり》臭い。
阿弥陀堂《あみだどう》のようだった。
居座っているとすれば、狐狸《こり》のたぐいであろう。
おみなは怖がって、腕にしがみついてくる。
陽太郎はすかさず抱きよせ、強引に口を吸った。
上手くいかず、歯と歯がぶつかる。
それでも、昂ぶった感情を抑えることはできない。
着物のうえから、胸をまさぐった。
「うっ」
おみなの膝が抜け、その場に蹲ってしまう。

はだけた襟元から、白くて柔らかいものがこぼれた。

乳房だ。

陽太郎はむしゃぶりつく。

汗ばんだ乳房に鼻を擦《こす》りつけ、尖《とが》った先端を舌で嘗めまわす。

「あっ……ああ」

おみなの呼吸が荒くなった。

大きく開いた裾《すそ》から、脚の付け根が露呈する。

暗がりのなかで、白い肌が妖《あや》しげに揺らめいた。

「……こ、小柴さま」

おみなは吐息を漏らし、力を徐々に抜いていく。

それから何をどうしたのか、よくおぼえていない。

荒波の狭間で、ひたすら小舟を漕ぎつづけていたような気もする。

それが長い時であったのかも、短い時であったのかもわからない。

果てたのかどうかも、はっきりとおぼえていなかった。

ただ、破れかけた床板におみなの鮮血をみつけたとき、陽太郎は途轍もない後悔の念に駆られたのである。

四

それから数日のあいだ、飯が喉を通らなくなるほど悩みぬいた。

もう二度と会ってはならぬと言い聞かせれば、いっそう愛《いと》おしさは募《つの》る。

ついに我慢できなくなり、夕刻、百姓の厩《うまや》に忍びこんだ。

飼い葉を食む黒鹿毛に、昔日のおもかげはなくなっていた。惚れ惚れするような艶も消えてしまったが、陽太郎との関わりは少しも変わっていない。

「疾風よ、元気にしておったか」

かつては駆け競《くら》べで他の追随を許さなかった駿馬《しゅんめ》も、今は百姓に貰われて田畑を耕している。

陽太郎にとって友と呼べる相手は、金吾とこの疾風だけだ。

時折こうして厩を訪れては、遠駆けにつきあわせる。

勝手に持ちだしても、百姓は事情がわかっているので好きにさせてくれた。

疾風も陽太郎を待ちのぞんでおり、背に乗って鞭をくれた途端、嬉々《きき》として走りだした。

「おう、よしよし」

鼻を撫でてやると、嬉しそうに首を振る。

厩から連れだし、鞍《くら》を載せて背にまたがった。

「今田へ行く。ちと遠いが、つきあってくれ」

歩けば遠い道程《みちのり》も、馬で向かえば何ほどのこともない。

疾風は住吉神社へとつづく道を一足飛びに駆けぬけた。

住吉神社を土地神とする今田へ向かうには、天神川《てんじんがわ》を渡り、不来坂《このさか》と呼ばれる峠《とうげ》をひとつ越えていかねばならない。

源《みなもとの》義経《よしつね》に縁《ゆかり》のある峠だ。源平が覇権を争っていたころ、義経は亀岡《かめおか》から篠山を通って一の谷《いちのたに》に向かった。途中の峠で敵の待ちぶせを覚悟していたにもかかわらず、平家の兵はみえず「平家来ぬ坂」と言った。その逸話《いつわ》から名付けられたのが不来坂であった。

不来坂を越えた義経は播磨国三草山《みくさやま》で平家を破り、一の谷へ駒を進めた。篠山領内には義経縁の地が散見され、兄頼朝《よりとも》から追われる身となった義経を庇護《ひご》したのも多紀連山御嶽《みたけ》の山伏《やまぶし》たちであったという。

不来坂までやってくると、陽太郎は「鵯越《ひよどりごえ》」に向かう義経にでもなった気分を味わった。

ところが、陽太郎は住吉神社へも、おみなのもとへもたどりつけなかった。夕暮れ間近の峠道で落馬してしまったのである。

――ひひぃん
突如、軽快に走っていたはずの疾風が竿立《さおだ》ちになった。

眼前を人か獣の影が過《よぎ》ったような気もする。

落馬した陽太郎は、不運なことに真紅の火炎茸《かえんだけ》を摑んでいた。

火炎茸は食べれば死にいたる毒茸《どくきのこ》で、触れただけでも手足が痺れてしまう。

頭の打ち所もわるかったのか、その場で気を失った。

目を覚ましたのは、炭焼き小屋のなかだった。

囲炉裏端《いろりばた》に寝かされており、起きあがろうとするや、肩や脇腹に痛みが走った。

「肋骨が折れとる。されど、深傷《ふかで》ではない。派手な落ち方をしたわりにはの」

杣人《そまびと》であろうか。皺《しわ》顔の老人が、額に置かれた濡れ手拭いを替えてくれた。

ひんやりとした感触が心地よく、冷静さが戻ってくる。

「疾風は、疾風はどうなった」

「黒鹿毛なら無事じゃ。小屋の裏に繫いである」

「道に出てたんは、あんたか」

「そうや。わざとではない。薪《たきぎ》を拾っとったんや。あん馬は賢い馬や。あん馬やなかったら、わしのほうが床に臥してたやろう」

「介抱してくれたんか」

「せめてもの罪滅ぼしじゃ」

「かたじけない」

「あんた、お城勤めか」

「まあ、そうやな」

「何でまた夕暮れ刻《どき》に、こないなところへ来られた」

押し黙ると、老人は酒を持ってきた。

「ひと口ふくんでみい。落ちつくで」

言われたとおり、欠け茶碗に注がれた酒を啜《すす》る。

存外に美味《うま》い。それに、濁ってもいない。

「上灘《かみなだ》は住吉の寒造りや、澤ノ井《さわのい》の水で仕込んである。お江戸の将軍さまも、腰を抜かすほど美味い酒やで」

老人の言うことは、けっして大袈裟ではない。

正直、これほど美味い酒を呑んだことがなかった。

「ご老人、名を教えてくれ」

「多吉《たきち》や。今田の百姓やが、冬場は摂津や播磨で杜氏《とうじ》をしとった。それもずいぶんむかしのはなしやけどな」

なるほど、丹波は酒造りに欠かせぬ米の産地であると同時に、優れた杜氏を輩出してきた。経験に裏打ちされた杜氏は敬われ、蔵元からも大事にされる。摂津や播磨の酒は下《くだ》り酒となって江戸へ運ばれ、将軍への献上酒ともなるため、酒問屋や船問屋にしてみれば、杜氏は宝を生みだす打ち出の小槌《こづち》も同然であった。

多吉の凜《りん》とした佇まいは、おそらく、代替えのきかない杜氏の矜持からくるものなのだろう。

「で、あんたはなんで、ここに来たんや」

「おみなに会いにきた」

陽太郎は、吐きすてるように言った。

多吉は少し驚き、こちらの顔を覗《のぞ》きこむ。

「ふうん、おみなと関わったんは、あんたやったんか」

「えっ、知っとるんか」

「今田で知らん者はおらん。おみなはお籠《こも》りになっとるわ」

「お籠り」

「そうや。穢《けが》れが落ちるまで、百日のあいだ籠り屋から出られへんのや」

「……ま、まさか、そんな」

「おみなの家は、ただでさえ曰くつきの家や。侍と契《ちぎ》りを結んだら、どうなるかわかってたはずやのに、おみなは自分を抑えることができんかった」

「曰くつきとは何だ」

「あんたは知らんでええ」

「教えてくれ、頼む」

陽太郎は痛みを堪えて起きあがり、深々と頭を下げた。

「詮方《せんかた》あるまい」

多吉は溜息《ためいき》を吐き、ゆっくり語りはじめた。

「今田の百姓、清兵衛《せいべえ》父子のはなしは知っとるか」

「いいや、知らぬ」

「今から四十四年前、寛政《かんせい》十二年のはなしや。清兵衛と子の佐七《さしち》は江戸表へ向かい、先代藩主忠裕公にたいして直訴《じきそ》をやりよった。篠山の百姓たちの窮状を訴え、出稼ぎの禁足令を解いてくださるようにお願いしたんや」

元禄《げんろく》のころから、篠山の百姓たちは農閑期になると池田《いけだ》や伊丹《いたみ》へ出稼ぎに行き、酒造りにいそしむことで生計を立てていた。「剣菱《けんびし》」や「男山《おとこやま》」といった酒は、丹波杜氏が生みだした銘酒にほかならない。

ところが、天明《てんめい》の飢饉《ききん》によって年貢《ねんぐ》が激減すると、藩は出稼ぎのせいで百姓たちが米作りを疎《おろそ》かにしていると言いだした。そして、厳罰をともなう「出稼ぎ禁足令」を発布したのである。

藩命にしたがえば、飢え死にするしかない。百姓たちは猛反発し、一揆《いっき》に訴えようとした。そのとき立ちあがったのが、今田村の清兵衛父子であった。

「お侍に一分《いちぶん》があるように、百姓にも譲ることのできぬ一分がある」

藩主へ直《じか》に訴える駕籠《かご》訴《そ》をやれば、命の保証は無い。文字どおり、命懸けで成し遂げた訴えは聞き届けられ、駕籠訴から二年後に「禁足令」は解かれた。藩は酒造稼ぎについて、秋の彼岸《ひがん》から春三月までの「百日稼ぎ」を許し、杜氏と脇杜氏については、酒焚《さけたき》と呼ばれる火入れ、土用洗い、渋染めの「夏居三十日稼ぎ」を認めたのだ。

「百姓のあいだで知らぬ者のないはなしやが、お城勤めのお侍方はご存じあるまい。何しろ、百姓の訴えを殿さまがお聞き届けになったのやからな。負けを認めたようなもんや。駕籠訴さまになった清兵衛と佐七を、お侍方はけっしてよくはおもわなんだろう。しかも、このはなしにはつづきがある」

清兵衛父子は処刑されずに永牢《ながろう》とされ、十年ののちに解きはなちになった。藩は文化十年から酒造出稼ぎを届け出制にする御条目《ごじようもく》を発布していたが、不作続きで年貢米が激減したため、定められた年貢一石《こく》につき五升《しよう》の余剰米を加算して納めよという無理筋の取りたてをおこなった。

そこでふたたび、解きはなちになったばかりの清兵衛父子が、江戸表で駕籠訴をおこなうべく立ちあがった。

「父子はどうなったんや」

我慢できずに質す陽太郎に、多吉は首を振った。

「江戸へたどりつけんかった。東海道は相模藤沢《さがみふじさわ》の宿で殺《あや》められたとも言われとる」

「いったい、誰に」

「大きい声では言えんが、藩のほうで刺客《しかく》を放ったと噂されとる。わしら百姓にとって、清兵衛父子は神さんや。父子が命懸けで禁足令を解いてくれたおかげで、丹波杜氏は生きつづけることになったんやからな」

酒造りの舞台は伊丹や池田から、今は灘目や今津《いまづ》などの灘五郷《ごごう》へ移っている。丹波杜氏は灘五郷で生みだされた多くの銘酒造りに関わっていたが、それもすべて清兵衛父子のおかげだと、多吉は目を細めた。

陽太郎は首を捻る。

「そのはなしと、おみなの家がどう関わる」

「おみなの家はな、駕籠訴さまの血を引いておるんや」

「何と。そうなのか」

「清七とおみなの父は清兵衛と言うてな、佐七の子やった。佐七は自分の子に自分の父親と同じ名を付けたんや。ところが、蛙の子は蛙でな、二代目の清兵衛も駕籠訴に走ろうとして命を落とした」

十二年前のはなしだという。二代目の清兵衛は、城下で何者かに斬殺された。

陽太郎が九つのときだ。そのころも藩財政は厳しく、藩は年貢を厳しく取りたてようとしていた。父の陽蔵が役目を辞した年なので、幼心に悲しい年であったことをおぼえている。

「おみなの百日籠りは、百日稼ぎにあやかったもんや。そやけど、おそらく、ひと月もすれば元に戻るやろ。あんたは気にせんでもええ。下手に関われば、不幸を呼ぶことになる。このまんま忘れることや」

「……そ、そんな」

そう簡単にあきらめられるはずはない。

「忘れなあかんで」

厳しく諭す多吉のことばが虚しい響きにしか聞こえない。

陽太郎は会いたい気持ちを抑えきれなかったが、多吉に言われたとおり、おみなに会えばふたりとも不幸になることもわかっていた。

五

七夕《たなばた》の翌日、父が死んだ。

長らく胸を患っていたが、仕舞いには物を受けつけなくなり、骨と皮だけになって眠るように亡くなった。

覚悟はしていたものの、死に顔を眺めていると、とめどもなく涙が溢れてきた。

下男の茂助も放っておいてくれたので、冷たくなった額に手を置き、陽太郎は好きなだけ泣いた。

暗くなると、門弟の百姓たちが弔問《ちょうもん》にきてくれた。

焼香をあげる者のなかには今田の清七もおり、道場に顔をみせるのは波々伯部神社の祭礼以来であったが、陽太郎とは目も合わさずに帰っていった。

友の金吾もやってきた。

数日前、江戸行きが決まったことを聞いていた。

祝いたい気持ちと羨ましい気持ちが半々であったが、何よりも悲しいのは離れ離れになることだった。

御前試合で頂点に立ったにもかかわらず、陽太郎のもとに昇進を告げる城からの使者は訪れていない。おみなに会う勇気も失せ、正直なところ、投げやりな気持ちになっていた。そこへもってきて、父の死という最大の不幸が訪れたのである。

金吾はまっさきにあらわれ、朝までつきあうと言ってくれた。

友の気遣いに縋《すが》り、陽太郎はどうにか自分を保っている。

——ごおん
ふと気づけば、亥ノ刻《いのこく》（午後十時頃）を報せる鐘が鳴っていた。

父の死を悲しむかのように、小雨が降っている。

遺体の寝かされた枕元で痛飲しても、酔えるはずはなかった。

線香の煙が、ゆらゆらと揺れている。

弔問客も途切れがちになったころ、武家の母娘が訪ねてきた。

母の佳津と妹の早苗である。

来るかもしれぬという予感はあった。が、実際に会ってみると、懐かしいような切ないような、複雑な気持ちにさせられた。

母は父と対面し、おもむろに手を伸ばすと、冷たくなった額に手を置いた。

「こんなにお痩せになって」

語りかけるようにつぶやき、胸を抱えて俯《うつむ》くや、うっ、うっと嗚咽《おえつ》を漏らす。

それをみていた妹も我慢できなくなり、声をあげておんおん泣きはじめた。

ふたりの悲しむすがたを目にすることができただけでも、陽太郎にとっては充分だった。

会えなかった十二年の歳月が、一瞬にしてなくなったようにも感じられた。

ひとしきり泣いたあと、早苗はこちらに向きなおった。

「兄さま、お久しゅうございます」

道場を去ったときに乳飲み子だった妹が、殊勝《しゅしょう》な態度で挨拶してみせる。

陽太郎は感動をおぼえつつ、ぎこちなく微笑んだ。

「久しいな。早苗は十三になったのか」

「はい」

生まれてはじめて、兄と妹が交わした会話だった。

かたわらで聞いていた佳津が、困ったように微笑む。

「久しいと言うのは、おかしゅうござりましょう。何せ、はじめて会ったようなものですから。陽太郎どの、ご活躍は存じあげておりますよ。父上をお支えして、よくぞここまでがんばり抜きましたね」

佳津には、上士の娘としてというより、母としての威厳があった。

父を見捨てて出ていったというのは、勝手なおもいこみだったのかもしれない。

きっと、夫婦にしかわからぬ理由があったのだろう。

「御前試合のこともお聞きしましたよ。母は誇らしゅうおもいます。できることなら、桑田家の養子になってほしい」

「えっ」

唐突な申し出に、陽太郎は戸惑うしかなかった。

「もちろん、この場で申しあげることではありません。わかっております。されど、忌明《いみあ》けまでに今後のことも考えておいてくだされ」

母は深々とお辞儀をし、目を赤くした妹を連れて去った。

「あいかわらず、気丈なお方でござりますなあ」

茂助が喋りかけてくる。

金吾は沈黙を決めこんでいた。

陽太郎は母の台詞を何度も反芻した。

今後のことなど考えられるはずもない。

父はいまわに囁いた。

「おのれの行く道は、おのれで決めよ」

そして、こうも言った。

「わしの轍《てつ》は踏むな」

轍は踏むなとは、どういうことなのか。

問いかえしても、父に応じる力は残っていなかった。

いや、応じることばを持っていなかったのかもしれない。

とりあえずは、父の遺した道場を継ごうとおもっていた。そのために藩士を辞めねばならぬとしたら、それはそれで仕方のないことだ。浪々の身となり、百姓の門弟たちに剣術を指南しながら生きていけばよかろう。

その程度のことを考えていたところへ、十二年ぶりに再会した母が小石を投じていった。

胸のなかで波紋は大きく広がっていく。

母のことばは呪縛《じゅばく》となり、明日になれば身動きすらできなくなるにちがいない。

「どういたせばよいのでしょうか」

陽太郎はつぶやいた。

黙してこたえぬ父の顔は穏やかで、今にも笑いかけてきそうなほどだった。

六

立春から二百十日目、黄金《こがね》に実った稲穂を揺らす野分《のわき》が過ぎると、待ちに待った刈り入れの季節がやってくる。

今年は豊作とまではいかぬまでも、米のできはまずまずのようだった。

それでも、藩主の忠良公が老中になってからは何かと物入りで、藩の台所は火の車となりつつある。領内には厳しい倹約令も布達されたので、藩士たちの表情は冴えなかった。

土手には黄金色の毛氈《もうせん》を敷いたかのように、女郎花《おみなえし》が群生している。この花が名の由来となったおみなをおもいだし、陽太郎は目を背けた。

彼岸過ぎまで二十日を残していたが、日々の役目や雑事に追われているせいか、父の思い出は日毎《ひごと》に薄らいでいった。

母の実家からは何も言ってこず、城からの使者も来ない。

友の金吾は数日前、江戸へ発《た》ってしまった。

お籠りになったおみなのことは、懸命に忘れようと努力している。

「いえい、いえい」

門弟たちへの剣術指南が終わると、陽太郎は何百回となく木刀を振りつづけた。掌《て》の肉刺《まめ》が破けて血が滲んでも止《や》めず、へとへとに疲れるまで振りつづけたあとは泥のような眠りに落ちる。そして、馬出し口門の番士をやり、道場に戻って百姓の門弟たちに稽古をつけ、飽くことなく木刀を振りつづける。

そうすることでしか精神の平衡《へいこう》を保つ術《すべ》を知らぬかのように、判で押したような毎日を送っていた。

伯父桑田忠左衛門の使者が訪ねてきたのは、木刀を振りつづけていたときのことだ。

夕餉の頃合いである。

妙だなとおもった。

母の思惑とは別のはなしかもしれない。

ともあれ、今から出てこぬかとの言伝《ことづて》を受け、使者の背にしたがうことにした。

提灯に導かれて向かったのは武家屋敷でなく、河原町の近くにある茶屋町だった。

下士にとっては格式が高すぎる楼閣《ろうかく》風の料理茶屋では、女将《おかみ》らしき者に出迎えられた。

大階段から二階座敷へ招かれていくと、偉そうなふたりの人物が豪勢な膳や芸者たちに囲まれている。

「おう、陽太郎か。待ちかねたぞ」

親しげに名を呼ぶのは、上座で脇息《きょうそく》にもたれた忠左衛門であった。

かたわらに控えるのは、御前試合の行司もつとめた剣術指南役の鶴橋十内にほかならない。

陽太郎は驚きつつ、怪訝《けげん》そうに表情を曇らせた。

「まあ、そう硬くなるな。こっちへ来い。おぬしのことは、佳津からよう聞いておる。御前試合の活躍は見事じゃった。父のことは無念であろうが、もう四十九日も過ぎておろう。くよくよしておったら、亡くなられた父も浮かばれまい」

差し招かれて膝行《しっこう》すると、手ずから酒を注いでくれる。

注がれた酒を干すと、忠左衛門はにやりと笑った。

「どうじゃ、美味かろう。灘の生一本《きいっぽん》の蔵出しじゃ。下士は呑めぬ献上品ぞ」

陽太郎の膳も出されたが、箸《はし》をつける気にはならない。

やはり、どうにも腑《ふ》に落ちなかった。

幼いころは母に連れられて何度か訪ねたが、母が実家に戻ってからはいっさいの交流を断っていた。そもそも、まともに喋ったこともない相手に、これほど親しくされる理由はない。

「鶴橋、間近で目にしてどうであった。陽太郎の太刀筋は本物か」

「紛《まご》う方なき本物にござります」

「さようか、よし、なれば、おぬしのつぎの指南役にでも推挙いたそうか」

「はは、それもよかろうかと」

「なれど、指南役になるには貫目《かんめ》が足りぬ。下士のままではのう」

忠左衛門は意味ありげに笑い、上目遣いにみつめてくる。

心の底まで見透かそうとするかのような眼差《まなざ》しだった。

「ふふ、まあ呑め」

またもや手ずから注がれ、警戒しながら杯に口をつける。

化粧の濃い芸者が横に侍り、酌をしはじめた。

「料理が口に合わんのか」

促されて箸を持ち、刺身や煮付けを食べる。

味などよくわからない。

すると、幇間《ほうかん》があらわれ、剽軽《ひょうきん》な踊りを披露しはじめた。

忠左衛門と鶴橋は見世《みせ》の馴染みらしく、すっかり寛《くつろ》いだ様子で杯をかたむける。

芸者がくの字になりしなだれかかれば、肩を寄せて抱きすくめ、陽太郎は目のやり場に困るほどだった。

半刻《はんとき》（約一時間）ほどして、人払いがされた。

芸者たちが居なくなると、部屋の空気は緊迫したものに変わる。

忠左衛門が声をひそめた。

「おぬしを呼んだのはほかでもない、ひとつやってほしいことがあってな」

「はあ、何でござりましょう」

「ひとをひとり斬ってもらいたい」

「えっ」

息を呑む。

不意打ちを食らった気分だ。

「闇討ちじゃ。相手は」

「お待ちを」

陽太郎は後退《あとじさ》り、畳に両手をつける。

「畏《おそ》れながら、相手の名を伺えば、断ることができませぬ」

「ふふ、断るのか。断れば、出世の道は閉ざされよう。逆《さか》しまに、わしの命《めい》を成し遂げれば、前途には陽の当たる道が待っておる。江戸詰めの馬廻り役になることすら夢ではないぞ。わかっておるのか、殿のお側にお仕えする馬廻り役は上士でなければつとまらぬ。たったひとつの手柄で、上士になることができるというわけじゃ。さような好機は、生涯に一度しかあるまいぞ」

たたみかけるように発せられることばが、死神の囁きにも聞こえる。

陽太郎の脳裏には、国家老の狸顔と隣に侍る中老の顔が浮かんでいた。

忠左衛門は江戸家老派の重鎮として、国許の仕切りを任されている。闇討ちにするとなれば、対立する派閥の国家老か中老の長曾根帯刀なのではあるまいか。

だが、予想は裏切られた。

「斬ってほしいのは、百姓じゃ」

と、忠左衛門は吐きすてる。

陽太郎は首をかしげた。

「百姓にござりますか」

「さよう、虫螻《むしけら》も同然の百姓じゃ。そやつ、藩に逆らって一揆を企てておってな」

わからぬ。一揆の首謀者ならば、捕り方を差しむけて捕らえればよいだけのはなしだ。闇討ちにすることもあるまい。

「それだけではない。江戸表へ向かうべく、旅仕度《たびじたく》を調《ととの》えておるらしい。何のために旅仕度なんぞするのか、聞きたくはないか。それはな、殿に直訴するためじゃ。そやつは駕籠訴さまになろうとしておるのよ」

駕籠訴さまと聞いて、多吉に教わった清兵衛父子のはなしが脳裏に甦ってくる。清兵衛父子と二代目の清兵衛は、百姓たちの窮状を訴えて命を落とした。何者かに斬殺されたのだ。駕籠訴さまの血を引くのが、清七とおみなの兄妹であった。

「相手の名は明かさぬ。おぬしが知る必要はない。すべては、鶴橋の導きにしたがえばよい」

陽太郎は畳に手をついたまま、顔をあげることもできない。

忠左衛門は懇々《こんこん》と諭すように喋りつづけた。

「隠密裡《おんみつり》に事を運ばねばならぬ。これは密命と心得よ」

「……み、密命」

「そうじゃ。密命ゆえ、上意討ちの書状は与えられぬ。されど、これは殿のご意思と心得よ」

「……と、殿の……ご、ご意思」

「そうじゃ。手柄を立て、母を喜ばせてみせよ」

母の佳津は知らぬはずだ。知ったら、けっして喜ばぬであろう。

忠左衛門は溜息を漏らし、一段と声をひそめた。

「十二年前、同じお役目を見事に果たした者がおった。斬った相手の名は清兵衛と申してな、藩にとっては因縁のある厄介な百姓であった。もちろん、百姓といえども、ひとひとり斬るのは容易なことではない。当然のごとく、その者にも葛《かっ》藤《とう》なり逡巡《しゅんじゅん》なりはあったであろう。そのあたりのところは察するに余りあるが、上意討ちの密命を見事に果たしおった。誰のことか、わかるか」

　陽太郎は問われて、額を畳に擦りつける。

　耳をふさぎたかった。聞いてはいけない。百姓を斬った者の名を聞いたら、すべてが終わってしまう。

「密命を果たしたのはおぬしの父、小柴陽蔵じゃ。佳津も知らぬはなしよ。されど、おぬしには言うておかねばなるまいとおもうてな」

　すべての謎が氷解した。

　父は清兵衛を斬ったことを悔やみ、役目を辞して道場へ籠った。そして、せめても罪滅ぼしのつもりか、藩から与えられた口止め料がわりの捨て扶持を百姓たちに与えていたのだ。

　一方、事情を理解できぬ母は、鬱々とした日々を送る父に愛想を尽かし、乳飲み子の妹を連れて実家へ戻ってしまった。

「おぬしの父に密命を与えたのは、江戸家老の尾崎さまじゃ。尾崎修理さまのご意向に沿って、こたびはわしがおぬしに命を伝える役目を負った。すべては藩のためじゃ。篠山藩の禄を食《は》む侍ならば、密命を拒むことは許されぬ。おのれの矜持にかけて、この大役を果たすがよいぞ。さればな」

忠左衛門は言い捨てるや、がばっと立ちあがった。

「追って鶴橋より沙汰《さた》いたす。しばし、待つがよい」

鶴橋も刀を拾って立ちあがり、ふたりは大股で出ていく。

部屋には食い残しの膳と、平伏《ひれふ》したままの陽太郎が残された。

七

三日後、十五夜《じゆうごや》の月を先達《せんだつ》にしつつ、陽太郎は城の北西二里余りにある黒頭峰《くろつぼ》の山腹までやってきた。

篝火《かがりび》に揺らめいてみえるのは、花の寺として知られる高蔵寺《こうぞうじ》の山門だ。

十一面観音を本尊とする天台宗の古刹《こさつ》はかつて七堂伽藍《がらん》二十一ヶ坊を誇ったが、明智光秀の丹波攻めでことごとく焼失し、のちに本堂といくつかの僧坊が再建された。

山間に吹きぬける風は肌寒く、ずいぶん秋めいてはきたものの、紅葉にはまだ早く、萩も咲いてはいない。日中でも参詣する者はまばらで、暮れ六つ（午後六時頃）の梵鐘《ぼんしょう》が響くころには人っ子ひとりいなくなる。

ところが、寺領の裏手には山裾に沿って篝火が点々と灯《とも》り、大勢の人影が見受けられた。

領内の村々から出向いた百姓たちが、ひそかに寄合《よりあい》を開いているのだ。

事前に報せを受けていた鶴橋十内に呼びだされ、陽太郎は重い足を引きずってきた。

密命を峻拒《しゅんきょ》できなかった理由は、鶴橋に「おぬしがやらずとも、誰かがやる」と言われたからだ。けっして、出世を望んだわけではない。神仏に誓って、上士になりたいと願ったからではなかった。

これは上意討ちなのだと、みずからに言い聞かせた。

大義《たいぎ》のためとはいえ、人を斬ってよいはずはない。だが、大義のためということ以外に、人斬りを受けいれる寄る辺《よべ》はみつからなかった。

今でも覚悟は決まっていない。

――わしの轍は踏むな。

という父のことばが耳から離れず、何度も引き返そうとおもった。

だが、できなかった。

鶴橋の背中は殺気を帯び、逃げだせば斬られかねない危うさがある。

「さて、ここでしばらく待つとしよう」

道端には石地蔵が佇み、茶饅頭《ちゃまんじゅう》と苗が供えられていた。

「行くも地獄、戻るも地獄」

鶴橋はうそぶき、茶饅頭を摑んで頰張る。

まるで、合戦場へ向かう飢えた雑兵《ぞうひょう》のようだ。

「わしとおぬし、侍はここにふたりしかおらぬ。わしはおぬしの目付《めつけ》役だが、おぬしが仕損じるようなら討ち手になる。百姓を斬り、おぬしも斬る。上意討ちとは、そういうものだ。わかるな」

返事をせずにいると、鶴橋は声を出さずに笑った。

「人を斬るのは、そう難しいことではない。どうせ、人はいつかは死ぬ。死ぬべきときに死なせてやるのも、仏心というものだ。相手を瓜《うり》だとおもえ。さすれば、少しは気も楽になろうし、余計な業《ごう》を背負わずに済む」

剣術指南役の語ることばは、もはや、耳にはいってこない。

額には汗が滲んでいるというのに、背筋には悪寒《おかん》が走りぬけた。

誰かが足音を忍ばせてやってくる。

気の弱そうな百姓だ。

「伊平《いへい》、こっちだ、遅いぞ」

「えろう、すんません」

「寄合はどうなっておる」

「揉《も》めております」

「ふふ、そうであろう。みながみな、藩に抗う勇気などないのだ」

「仰せのとおりで」

伊平はどうやら、鶴橋に手懐《てなず》けられた間者《かんじゃ》らしい。

「的をどうやって連れだす」

「この道のさきに炭焼き小屋がござります。巧《うま》いこと言うて誘いだしますんで、松明《たいまつ》をまわしたらお越しくだされ」

「どれほど待てばよい」

「ほんの四半刻《しはんとき》（約三十分）ほど」

「よし、わかった。行くがよい」

「へえ」

伊平は去り、じりじりとした時が経った。

吹きぬける風が道端の木をざわめかせる。

陽太郎は道のさきを睨んだ。

覚悟を決めねばならぬ。

腰の竹筒を取り、水をひと口呑んだ。

ふとみれば、炎がぐるぐるまわっている。

伊平の合図であった。

「まいるぞ」

鶴橋に背中を押された。

心ノ臓が鼓動を強く打ちはじめる。

上っていく坂道が、途方もなく長いものに感じられた。

鉛のような足を引きずり、どうにかたどりつく。

炭焼き小屋に、ぽっと灯《あか》りが点《つ》いた。

松明を掲げた伊平が、戸口に導いていく。

的の気配がした。

伊平が丸木の扉に手を掛ける。

——ぎっ
開いた扉の内へ、陽太郎はつんのめるように飛びこんだ。

「あっ」

命を狙う側と狙われる側が、同時に声をあげる。

「……せ、清七ではないか」

おみなの兄が驚いた顔で立っていた。

陽太郎は呆気《あつけ》にとられるしかない。

「何故、おぬしが」

駕籠訴さまの血を引く者が、藩に抗う百姓たちの象徴として祭りあげられたのだろう。

殺気は失せた。

「陽太郎さまが、どうしてここに」

清七に問われても、こたえる術はない。

「退《ど》け」

後ろから襟を摑まれ、後ろに引きずりたおされた。

鶴橋が刀を抜き、清七に迫る。
「お待ちを、鶴橋さま」
必死の叫びは届かず、鶴橋は一刀で清七を斬りすてた。
断末魔の叫びもない。
清七が倒れた音を聞きながら、陽太郎は這うように小屋から逃れた。
暗闇のなかで、伊平が松明を掲げている。
鶴橋が戸口から躍りだし、有無を言わせずに伊平を斬った。
落ちた松明のうえに、伊平の屍骸《むくろ》が倒れる。
火は着物に燃えうつり、屍骸を炎に包みこんだ。
異変に気づいた百姓たちが、大挙して駆けてくる。
陽太郎はどうにか立ちあがった。
「臆病者め、許さぬぞ」
鶴橋が鬼の形相で迫り、大上段から斬りつけてくる。
陽太郎は咄嗟《とっさ》に刀を抜き、力任せに初太刀を弾いた。
「ぬわっ」
鶴橋が仰《の》け反《ぞ》り、尻餅をつく。

陽太郎は踵《きびす》を返し、一目散に坂道を駆けおりた。
「清七、すまぬ、すまぬ、すまぬ……」
駆けながら、神仏に祈りつづけた。
――わしの轍は踏むな。
父のことばが脳裏を駆けめぐる。
息を切らして駆けに駆け、たどりついたさきは百姓家の厩だった。
黒鹿毛の疾風が彫像のように佇んでいる。
陽太郎は疾風を厩から出し、鞍《くら》も載せずにまたがった。
「はう」
踵《かかと》で腹を蹴り、暗い道を疾駆させる。
天神川を渡り、不来坂の峠を越えた。
やってきたのは、今田村である。
おみなの籠る小屋は、すぐにわかった。
籠り屋に近づき、戸口に伸ばした手を引っこめる。
ぺたんと座りこみ、地べたに両手をついた。
清七はもう、この世にいない。

「……す、すまぬ、おみな」

涙が零れてくる。

おみなの反応はない。

小屋全体が凍りついてしまったかのようだ。

陽太郎は袖で涙を拭き、籠り屋に背を向けた。

疾風にまたがり、城へ戻るのとは反対の道を進みはじめる。

――おのれの行く道は、おのれで決めよ。

父が耳許《みみもと》に囁きかけてきた。

行く手には暗闇が口を開けている。

――びしっ

陽太郎は鞭をくれた。

疾風は風となり、漆黒《しっこく》の闇に溶けていった。

第三章　一分

一

四年後。

嘉永《かえい》元年（一八四八）、立冬。

――きょっ、きょっ、けれけれ
知花《ちか》は、青げらと赤げらの鳴き声を聞き分けることができる。

「飛びながら、けれけれと鳴くのが青げら。赤げらは鋭く、けっけっと鳴くんや。どっちも啄木鳥《きつつき》やけど、みればすぐにわかる。赤げらは頭とお腹が赤いから」

四年前にも、同じような自慢をされた気がする。

返事もせずにきょとんとしていたら、知花に「何やら、けったいなおひとやわ」と笑われた。

小首をかしげた横顔がどことなく、おみなに似ていると、陽太郎はおもった。

それが惹《ひ》かれた理由かもしれない。

もちろん、そんなことはおくびにも出さぬように心懸《こころが》けている。

知花はおそらく「無口で得体《えたい》の知れぬ流れ者」とでも、おもっているのだろう。

四年前のちょうど今ごろ、杜氏の多吉に連れられて日野屋《ひの》を訪れたときも、素姓を根掘り葉掘り聞いてはこなかった。「寒造りの仕込み、手伝ってもらえるんやね」と満面の笑みで朗らかに言い、こちらの緊張を解《ほぐ》してくれた。何よりもそのことがありがたかったし、底冷えのする酒蔵でひと冬を過ごしたことが、陽太郎の行く手に一筋の光明をもたらしたのは確かだ。

豊作を祝う秋祭りも終わり、紅葉は見頃を迎えている。

全山燃えるかのごとき渓谷は、芦屋川《あしやがわ》の上流に佇む鷹尾山《たかおやま》の南東に位置していた。

芦屋川のそばに酒蔵を構えた日野屋から歩いてもさほど遠くはなく、登りのきつい尾根道でもない。

「ほら、山茶花《さざんか》が咲いてる。ほんま、山茶花日和《びより》やなあ」

空気はひんやりとしていたが、からだは汗ばんでいる。

煌めく川のせせらぎに身を委《ゆだ》ねていると、極楽に導かれていくような錯覚を抱いた。

たどりついた小屋の外では、大きな水車がゆっくり廻っている。

――ぎっ、ぎっ、きゅるきゅる

青げらか赤げらの鳴き声みたいだ。

力強く軋む水車は、小屋のなかで五十本近くの杵《きね》を上下させていた。

灘五郷を日《ひ》の本《もと》一の酒所にした水車精米、日野屋の水車小屋でも昼夜別なく籾《もみ》搗《つ》き精米がおこなわれている。

「豊作やったさかい、丹波からぎょうさん玄米が買えたんよ。今年は千五百石ちょいは仕込めるやろうて、お父ちゃんは言っとった。陽太郎はんにも気張ってもらわなあかん。頼みましたよ」

二十歳そこそこの小娘にもかかわらず、蔵元を背負って立つ風格のようなものが漂っている。父親の治兵衛《じへえ》は知花の才覚を買っており、女主人として蔵を継がせてもよいと考えているようだった。

「うちのほかに、子がおらんからね」

五年前につれあいを失ってからというもの、治兵衛はすっかり自信を失い、からだのほうも病がちで、季節の変わり目などは床離れもままならぬ日々がつづいていた。

それでも、享保のころよりつづく由緒ある蔵元の灯《ひ》を自分の代で絶やすわけにはいかぬと、持ち前の意地を張りとおす。酒株《さかかぶ》を売ってほしいと申しでる蔵元はいくつかあったが、いずれも拒んで銘酒を造りつづけていた。

それが灘五郷でも「幻」と評される銘酒の名だ。

——一分《いちぶん》
まことに、よい響きではないか。

蔵元や杜氏たちの矜持、誰にも負けぬという気概が込められている。

陽太郎はこれまでに、寒造りの新酒を三度口にした。

一度目はあまりの美味《おい》しさに絶句し、二度目はその芳醇《ほうじゅん》な味わいを心ゆくまで堪能《たんのう》させてもらった。そして、三度目は杜氏に従《つ》いてすべての工程を手伝い、丹精込めてつくりあげた「一分」の味に涙した。

寡黙《かもく》で真面目な陽太郎は、杜氏の多吉に気に入られている。

杜氏の認めた男ならばと、蔵元は何も言わずに信用した。

蔵元にとって、杜氏は宝である。

宝を手に入れた蔵元だけが、日の本一の酒を世に出すことができた。

多吉は今年も仲間を引きつれ、丹波篠山から日野屋の千石蔵《せんごくぐら》へやってきた。

きっと、今まで以上の銘酒ができると、治兵衛も知花も期待してやまない。

こうして水車小屋までやってきたのも、酒米の出来具合を案じてのことだ。

「猪《いのしし》が出るかもしれへん。お嬢に付き添うてやれ」

多吉に笑いながら送りだされ、渋々ながらも渓谷に分け入ったが、山の空気に包まれていると心が洗われていくような気分になった。

小屋の内では、米糠《こめぬか》が濛々《もうもう》と舞っている。

玄米は搗けば搗くほど、米粒は小さければ小さいほど、すっきりした辛口の酒を仕込むことができるのだ。

知花は搗いたばかりの心白米《しんぱくまい》を手に取り、水車小屋の番人とことばを交わしている。

陽太郎は小屋を離れ、尾根道の端から渓谷の頂《いただき》を仰いだ。

おもわず、目を背ける。

ふいに、忌《い》まわしい記憶が甦ってきた。

高蔵寺裏手の炭焼き小屋で、百姓の清七は鶴橋十内に斬られて死んだ。

狼狽《うろた》えた陽太郎は鶴橋の一刀を弾き、坂道を一目散に駆けおりた。

異変に勘づいた百姓たちに呑みこまれた鶴橋が、どうなったかはわからない。

陽太郎はひたすら清七に謝りながら、厩から盗んだ疾風を駆って天神川を渡り、今田村の籠り屋へ向かった。そして、籠り屋の外からおみなに詫び、生まれ育った篠山をあとにした。

――謀事《はかりごと》を企む百姓を斬るべし。

たとい、それが藩命であっても、陽太郎はしたがわなかったにちがいない。百姓たちは重税に耐えきれず、やむにやまれぬおもいから筵旗《むしろばた》を掲げようとする。それを謀事と断ずる輩《やから》を信用してはならぬと、父の陽蔵に草葉の陰から諭されているような気がした。

大儀なき密命にしたがうわけにはいかぬ。

それは侍の一分ではなく、人としての一分であった。

陽太郎は尾根に沿って憑《つ》かれたように下り、静かに流れる川の汀《みぎわ》へやってきた。

河原の途切れた森の入口に、墓碑の立てられた土饅頭《どまんじゆう》がある。

陽太郎は神妙な面持《おもも》ちで近づき、墓碑のまえに跪《ひざまず》いた。

じっと俯き、経を唱えはじめる。

土の下には、疾風が眠っていた。

篠山領内を逃れて有馬道《ありまみち》を南へ向かう途中、六甲《ろつこう》の山中で道に迷った。

渓谷の中腹で山狗《やまいぬ》の群れに襲われ、疾風もろとも谷底へ落ちた。

何故、自分だけが助かったのか。

疾風の亡骸《なきがら》を抱き、天に向かって呪いのことばを吐いた。

たまさか通りかかって助けてくれた杣人《そまびと》に「天があんたを生かしたんや」と、叱責《しっせき》された。

杣人のことばに縋《すが》り、生きのびる道を模索しはじめた。

炭焼き小屋で養生したのち、町人に化けて西宮《にしのみや》へ向かった。

西宮は大坂町奉行所の統治下にあるので、篠山藩の目は届かない。

追っ手は気になったが、追われているのかどうかも判然としなかった。

陽太郎はあくまでも、伯父にあたる桑田忠左衛門の密命に背いたにすぎない。

追っ手が放たれたとしても、それは藩主の命を帯びた者ではなく、桑田家か鶴橋家に関わりのある者であろうと推察された。

いずれにしろ、みつかったときはそれまでの運命《さだめ》と覚悟を決めている。

江戸や遠国《おんごく》へ向かわなかったのは、逃げたとみなされたくなかったからだ。

あるいは、故郷の空気を少しでも感じられるところに根を張りたかったのかもしれない。

もちろん、何処かに根を張ることなどできようはずもなかった。

口入屋《くちいれや》の斡旋《あっせん》で船問屋の人足となり、大坂や堺の河岸《かし》へ出向いた。算盤ができるので太物《ふともの》問屋の住みこみとなり、それなりに重宝《ちょうほう》もされたが、手代《てだい》として店に居座ろうとはおもわなかった。

身分を捨て、故郷を捨て、親しい者たちとも別れ、生きている意味すらもわからず、波間に浮きつ沈みつする海月《くらげ》のように漂いつづける。そんな暮らしに光が射したのは、秋も深まったころ、助けてくれた杣人のもとを訪れたときだ。

懐かしい多吉の顔がそこにあった。

杣人から事情を聞き、谷底に落ちたのは陽太郎にちがいないと察し、わざわざ待ってくれていた。

「わしを手伝わんか」

多吉は清七が死んだことには触れず、皺顔をくしゃくしゃにして笑った。

陽太郎の手を取り、新たな道へ歩みだすきっかけをつくってくれたのだ。

日野屋との縁ができるまでには、そうした経緯があった。

「疾風よ、静かに眠ってくれ」

背に気配を感じ、陽太郎は顔をあげた。

振りむくと、知花がそばに立っている。

「墓碑に疾風って書いてあるけど……どういうお知り合いなん」

「幼いころからの友や。わしを何度も助けてくれた」

「そうなんや……それなら、うちも」

知花は隣に屈《かが》み、両手を合わせて目を瞑《つむ》る。

疾風は馬なのだと言いかけて止め、陽太郎は可憐な横顔をそれとなくみつめた。

二

陽太郎は潮の香りを嗅いだ。

二階建ての酒蔵は、吹きさらしのただなかに建っている。

刃物で身を切られるような六甲颪《おろし》の冷たさは、体感した者でなければわかるまい。

酒蔵の裏手から唐突に、張りのある唄声が聞こえてきた。

「寒《さ》むや北風、今日は南風、明日は浮名のたつみ風……」

桶洗い唄だ。

蔵人たちが一斉に調子を合わせる。

「……今日の寒さに洗番はどなた、可愛い殿さの声がする。可愛い殿さの洗番のときは、水も湯となれ風吹くな……」

篠山城下の河岸では荷役が唄い、田圃《たんぼ》の畦道《あぜみち》では百姓たちも唄っていた。

陽太郎は懐かしくて、涙が零れそうになる。

「……殿さ酒屋へゆかしゃるなれば、送りましょうか生瀬まで。丹波出てから早や今日は二十日、思いだします妻や子を……」

大きな桶をささらで扱《しご》くのは、骨の折れる作業だ。

それでも、蔵人たちは文句ひとつ口にしない。

桶洗いこそが新酒造りのはじまり、稼ぎの種にほかならぬ。

故郷で待つ女房子供の顔を頭に描きながら声を張り、蔵人たちは懸命に桶を洗いつづける。

「……寒むや北風、今日は南風、明日は浮名のたつみ風」

高台に立つと、青海原と芦屋川の河口が一望できた。

河口には酒樽を積みだす板桟橋がある。浅瀬ゆえに伝馬船《てんません》しか近づけず、五百石を超える弁才船への積みかえは沖合でおこなわねばならない。さらに、弁才船の積み荷は西宮や今津《いまづ》や大坂にある船問屋の蔵で下ろされ、しばらく蔵で寝かしたのち、一千石を超える樽廻船《たるかいせん》へ積みかえられ、江戸へ送られていく。

「今津も灘五郷のひとつや」

四年前、知花は諭すように教えてくれた。

灘五郷は今津から神戸にいたる七里近くの海岸沿いに広がり、東から今津郷、上灘《かみなだ》東組、上灘中組、上灘西組、下灘郷《しもなだ》という五つの地域を形成している。さらに細かく、上灘東組は深江郷《ふかえ》、青木郷《おおぎ》、魚崎郷《うおざき》、住吉郷《すみよし》など、上灘中組は御影郷《みかげ》、石屋郷《いしや》、東明郷《とうめい》など、上灘西組は岩屋郷《いわや》、新在家郷《しんざいけ》など、下灘郷は脇浜郷《わきのはま》、神戸郷、二ツ茶屋郷《ふたつちゃや》、走水郷《はしうど》などに分かれ、大小合わせて五十を超える蔵元が「生一本」と称する混じり気のない清酒を造っていた。

「ぜんぶ、寒造りや」

日野屋は、芦屋川の東西にわたる上灘東組に属している。

「東組では魚崎郷の山邑屋《やまむら》がいっちゃん大きい。仕込んでんのは『正宗《まさむね》』や。伊達《だて》の殿さんにあやかったらしいけど、せいしゅうと読ませれば清酒になるいう語呂合わせや。今津郷で『白鹿《はくしか》』を仕込む辰馬屋《たつうま》や『萬両《まんりよう》』を造る長部屋《おさべ》なんぞもたいそうな羽振りやけど、灘五郷のなかで群を抜いてんのは、中組御影郷の嘉《か》納《のう》屋や。軒を並べた千石蔵で『正宗』や『白鶴《はくつる》』を仕込んどるんや。天下に名を轟《とどろ》かせる蔵元やで、そないなことも知らんの」

灘五郷で樽詰めにして江戸へ出荷される酒の量は年に五十万樽とも六十万樽とも言われ、江戸表へ入津《にゅうしん》する酒樽のじつに六割を占めていた。

知花も胸を張るとおり、灘の酒こそが高価な下り酒の代名詞にほかならない。

日野屋は千石蔵をひとつしか持たぬ小さな蔵元ゆえ、ひと冬にせいぜい千五百石前後、樽にして二千樽ほどしか仕込めなかった。それでも、できあがった「一分」はいつも、舌の肥えた大坂商人たちをも唸《うな》らす銘酒として珍重される。ことに、多吉が杜氏となって酒造りを再開した四年前から評価は鰻《うなぎ》上《のぼ》りで、仲間内でも「幻の銘酒」と囁かれていた。

多吉の矜持は治兵衛の矜持であり、知花の矜持でもある。

大坂や堺の有力な金貸しから「蔵を増やさぬか」という打診もあるようだが、治兵衛は「身の丈を超えたことはしたない」と言い、ことごとく突っぱねていた。

知花はどうやら、頑《かたく》なな治兵衛の態度を不満に感じているらしい。

「灘や大坂では知られていても、お江戸ではほとんど知ってる者がおらん。こないに美味しいお酒が知られてへんなんて、もったいないとおもわへん。お江戸だけやない。うちは『一分』の味を全国津々浦々のひとたちに知ってほしいんや。そのためには千石蔵を増やし、ひと樽でも多く仕込まなあかん。お江戸へぎょうさん送って、名を広めなあかんのや」

知花の気持ちもわからぬではない。多くのひとに「一分」の良さを知ってほしいと願うのは自然だ。

ただ一方で、治兵衛の言うことも痛いほどわかる。

身の丈を超えて仕込んだ酒がはたして、同等の質を保つことができるのかどうか。

そのあたりは、杜氏に聞いてみなければわかるまい。

ところが、多吉はいつも皺顔に淋しげな笑みを浮かべてみせるだけだった。

一見すると枯れ木に目鼻をつけた爺《じじい》にしかみえぬが、多吉は数多《あまた》の杜氏を輩出してきた丹波のなかでも「伝説」として語りつがれるほどの杜氏だ。神の舌を持つと言われ、かつて別の蔵元で仕込んだ酒が朝廷に献上されたこともあった。

後進に道を譲るかたちで身を引いたが、治兵衛に請われて重い腰をあげた。四年前、多吉は義経縁の不来坂で落馬した陽太郎を助けた。治兵衛から「蔵元の存亡をかけて頼みがある」と打診されたのは、その直後のことだったという。

日野屋で「一分」を仕込んでいた龍造《りゅうぞう》という杜氏が、仕込みの直前になってほかの大きな蔵元へ引きぬかれたのだ。年二十両という破格の給金を提示され、断ることができなかったらしい。

杜氏の引き抜きはめずらしいことではないが、治兵衛の狼狽えようは尋常ではなかったという。

龍造は篠山からの出稼ぎ者で、多吉の脇杜氏を長らくつとめていた。いわば、多吉が仕込んだ男だ。黙って見過ごすわけにはいかぬ。恩のある日野屋の窮状《きゅうじょう》を知った多吉はさっそく蔵にあらわれ、必要な蔵人を集めはじめた。

麹師《こうじし》、酛《もと》師、釜屋といった仕込みに熟達した連中は篠山領内の在所から連れてきたものの、杜氏の意を汲《く》んで蔵人を束ねる肝心の脇杜氏はみつからず、杜氏の手足となって力仕事にいそしむ上人《じょうびと》や中人《ちゅうびと》や下人《したびと》も足りていなかった。飯炊きもふくめて、七、八人は地元で駆りあつめねばならず、見込みのありそうな若者を探していた。

そうした折、かねてより知りあいだった杣人から、馬とともに滑落した侍のことを聞いた。多吉は陽太郎にちがいないと察し、炭焼き小屋までやってきたのである。

一方、陽太郎は当初、酒造りに興味などなかった。百日稼ぎの百姓たちがどれほどの苦労をしているのか、ことさら知りたいともおもわなかった。

正直、生きる気力を失っていたのだ。

多吉は言った。

「身分を捨て、生まれ故郷を捨てた。そやったら、苗字《みようじ》も刀も捨てたらええ。二十一やったら、なんぼでも出直しはきく。裸一貫からやり直せばええんや。尻《しり》口《くち》のしゃんとした生一本は、人生の辛酸《しんさん》を嘗めた者にしか仕込めん。わしは、そうおもうとるんや。そやから、あんたは見込みがある。わしの下でやってみんか。とことん、面倒みたるで」

陽太郎の父が駕籠訴をやった清兵衛の孫を斬ったことも、陽太郎が曾孫《ひまご》の清七を斬ることができずに出奔《しゆっぽん》した経緯も、多吉はすべて呑みこんだうえで『一分』の仕込みを手伝え」と、叱るように告げてくれた。

意気に感じぬわけがない。

陽太郎は泣きながらうなずき、裸一貫から出直すことを誓った。

日野屋では「尼崎《あまがさき》で生まれた漁師の倅《せがれ》」ということになっている。

一年目は下っ端の飯炊きをやり、桶洗いや蒸米造りも手伝った。多吉はけっして贔屓《ひいき》をせず、人が変わったように厳しく接した。

二年目になると酒造りの面白さがわかりはじめ、自分が侍であったことも忘れていった。まわりの連中も気づかなかった。まさか、篠山藩を出奔した元藩士だとは天地がひっくり返ってもおもうまい。

そして、三年目になると、治兵衛や知花も陽太郎の仕事ぶりをみとめはじめた。もちろん、仕込んだ醪《もろみ》に手を入れて温度をはかったり、醪を嘗めて香りや粘り気を感知したり、泡立ちの塩梅《あんばい》から出来具合を判断したり、そうした杜氏のまねはできぬものの、多吉のかたわらで酒造りの感覚を養う機会は得られた。

「……今日の寒さに洗番はどなた、可愛い殿さの声がする。可愛い殿さの洗番のときは、水も湯となれ風吹くな」

桶洗い唄を聞いていると、生きている実感が湧いてくる。

からだの芯まで冷える六甲颪ですら、陽太郎にとっては心地よい。

一度死んだ身ゆえに、生かされていることの尊さがわかるのだろうか。

「陽太郎はん、早《は》よう桶洗いを手伝わなあかんよ。親方にどやされるで」

知花が満面の笑みを浮かべて言った。

青海原を背にしたその顔が、観音菩薩《ぼさつ》のように神々《こうごう》しくみえる。

陽太郎は少しはにかんだように笑い、桶を洗う蔵人たちのもとに歩みよった。

三

知花は酒蔵と隣接する家に戻っていった。

治兵衛は今朝も咳きこんでいたが、いよいよ寒造りの仕込みがはじまることに興奮を隠せない様子だった。

蔵元と杜氏は長年の信頼で成りたっている。

多吉は還暦《かんれき》を疾《と》うに過ぎた老人だが、命のつづくかぎりは日野屋の「一分」を造りつづけるつもりだと言っていた。

「恩知らずの仕込む酒なんかに負けちゃおれん」

みなで景気づけに酒盛りをしたとき、多吉は脇杜氏だった龍造の悪口を吐いたことがあった。

龍造は嘉納屋に雇われて「白鶴」を仕込み、今や押しも押されもせぬ杜氏とな

って いる。

手腕を認められて引き抜かれたわけだが、多吉はかつての弟子が給金に釣られて日野屋を見限ったと決めつけ、何としてでもこの借りは仕込んだ酒の出来栄えで返したいと強くおもっていた。

龍造に代わる脇杜氏の役は、二年前から磯松《いそまつ》という四十男に委ねられている。

「よそで酛《もと》造りを五年ほどやって、どうにかものになったが、まだまだ龍造の域には達しとらん」

多吉が厳しいことを言っても、磯松は脇杜氏に選ばれたことを意気に感じて張りきっていた。下の連中には「頭《かしら》、頭」と呼ばれ、けっこう頼りにされている。ただ、陽太郎とは馴染めぬようで、いつも目にみえない壁をつくっていた。

酒造りの工程は精米や桶洗いからはじまり、蒸米造り、麴造り、酛造り、醪《もろみ》造り、酒揚《さかあ》げ、滓引《おりびき》と進んでいく。蒸米造りや麴造りや酛造りは同時におこなわねばならず、多吉は各々の工程を受けもつ小頭を篠山領内の百姓地から連れてきた。

蒸米を造る釜屋は善六《ぜんろく》、麴師は卯助《うすけ》、酛師は吾平《ごへい》、それら三人の小頭が磯松の下に就き、三人の下に灘や西宮や大坂で雇った経験の浅い連中が七人ほど配されている。一番の下っ端は飯炊きで、あらゆる雑用もこなさねばならない。陽太郎は七人とは別で、誰の差配も受けず全工程に関わる道具廻しの役目を担っていた。何処の蔵元においても、杜氏を頂点にした徒弟《とてい》同士の固い絆こそが酒造りを支える土台になっている。

陽太郎はみなから「無口な根無草」とみなされていたが、蔵人たちとの絆を深めたいと願ってもいた。何と言っても、米から酒を造る作業は楽しい。熟練の技を駆使しながら価値あるものを生みだす過程に、侍であったころには味わったことのない喜びを感じるのだ。

「陽太郎はん、今宵の魚は脂《あぶら》の乗った鯖《さば》やで」

声を弾ませるのは、飯炊きの勘八《かんぱち》だった。

年は十六、誰にでもため口をきく。飯作りの腕前は今ひとつだが、剽軽《ひようきん》で明るい性分はみなに気に入られており、陽太郎とも屈託なく会話を交わした。

「漁師のおっちゃんに安く分けてもろうたんや。塩麴焼きと味噌煮と、どっちがええ」

「そうやな、塩麴焼きがええかな」

「わしも同じじゃ。味噌煮がええ言うたんは、親方だけやで。骨取りが楽やなんて、阿呆《あほ》らしわ、ほんま」

親方の多吉が望むなら、鯖は味噌煮にするしかない。

それでもいっこうにかまわぬと、陽太郎はおもった。

勘八が炊事をするのは、治兵衛と知花が暮らす家の隣に建つ小屋のなかだ。

蔵人たちはその小屋で飯を食べ、寝起きもする。

陽太郎は勘八と別れ、千石蔵に踏みこんだ。

二階建ての蔵は東西に長く、南北の奥行きは浅い。

広さで三百坪を優に超え、東西の長さは二十五間（約四五・五メートル）近くもあった。

ひんやりとしているのは、北向きに窓を五ヶ所も設けているせいだ。

仕込んだ酒の腐敗を避けるため、北風を入れて蔵内を低温に保たねばならない。

出入口は南側にあり、蔵のまんなかは広大な吹きぬけになっている。

あと数日もすれば、奥まった北側の壁に沿って深さ六尺（約一・八メートル）余りの仕込桶がずらりと並ぶはずだ。仕込桶はぜんぶで十五を数え、西側の壁際には滓引桶も五つほど並ぶ。酒造場だけでも百坪近くはあり、二階の床が落ちてこないように十四本の大黒柱が立てられていた。

西壁に面した部屋は、奥のほうから甑《こしき》で米を蒸らす釜場、井戸水で米を洗う洗い場、板壁で四方を覆われた麹室《むろ》などとつづき、いずれも十坪余りの広さとなっている。さらに、南壁まで達する三十坪弱の四角い臼納屋《うすなや》があり、それらの部屋はすべて二階と区切られていた。

二階部分には、主にできあがった酛の桶を放置しておく。これは「枯《から》し」という工程で、酒造りに欠かせぬ酒母《しゅぼ》をいくつもの桶に分けて保管しなければならない。桶を持ちあげるための阿弥陀車《あみだぐるま》も設《しつら》えてはあったが、ほとんどは人が重い桶を肩に担いで二階へ運んだり、二階から下ろしたりを繰りかえす。

一方、東壁のほうは、酒造場に接した二十坪強の船場《ふなば》以外は一階のみの造作《ぞうさく》となっており、高い天井まで達する三つの部屋には、各々、玄米や白米や薪《まき》などが貯えられていた。

休憩所や風呂場や雪隠《せっちん》なども設えてあったが、快適とはほど遠い設えである。

何しろ、寒い。

年の暮れが近づけば、寒気は耐えがたいものとなる。

寒さを和《やわ》らげる唯一の手段は懸命にからだを動かすことだと、誰もが多吉から教わっていた。

陽太郎は吹きぬけの土間に歩を進め、筵のうえに置かれた大小の桶や酒槽《さかぶね》の道具などをひとつずつ手に取って確かめた。八十坪を超えるがらんとした空間は主に道具干場として使われるので、道具廻しの陽太郎にとっては主戦場にほかならない。

いずれにしろ、酒造りがはじまれば、蒸米や麴用に使う米をみなでせっせと洗わねばならなかった。一日に十石として百日で一千石の米を使うがゆえに、千石蔵と呼ばれているのだ。

実際は、もっと多くの米を使う。十三人の蔵人が百日余りものあいだ、一日も休まずに働きつづけねばならない。それもこれもすべては良い酒を造るため、上等な一番搾りを口にふくむ至福に浸《ひた》るためであった。

何やら、外が騒々しい。

陽太郎は小走りに走り、蔵から出た。

少し離れたあたりで、多吉が悪相の男と睨みあっている。

「あの男」

所《ところ》のごろつきで、名はたしか弥平次《やへいじ》といったか。

直には知らぬし、喋ったこともない。数日前にあらわれたとき、知花が物陰から指を差して「はんざきの弥平次だよ」と教えてくれたのだ。

はんざきとは山椒魚《さんしょううお》のことらしい。のっぺりした面貌《めんぼう》から付いた綽名であろうか。

実兄は大坂の新町《しんまち》で廓を営んでおり、儲けた金を堅気《かたぎ》に貸して高利を貪《むさぼ》っている。弥平次は走り使いのようなものだが、幕府の役人や代官所の手代などにも顔がきくので、虎の威を借る狐よろしく威張りちらしていた。

多吉の隣では、脇杜氏の磯松が小さくなっている。

隠れて賭場《とば》に出入りし、弥平次に借金をつくったのだ。

「今日で二度目や。三度目はない。他人《ひと》さまに借りた金は返さなあかんやろ」

凄《すご》む弥平次は柄の悪そうな乾分《こぶん》をふたり連れ、月代《さかやき》を伸ばした用心棒らしき浪人者までしたがえている。

それでも、多吉は怯まない。

「いかさま博奕《ばくち》のつけなんぞ、立て替える気はない。帰ってくれ」

「そうは烏賊《いか》の睾丸《きんたま》や。子供《がき》の使いやないで。金が払えんのやったら、米でも貰っていこか」

「おまえら、最初《はな》からそれが狙いやな」

「おや、よぼの爺のくせして、妙な言いがかりをつけるやないか。何で、わいらが米を狙わなあかんのや」

「仕込みの邪魔をせえと、どこぞの蔵元に言われたんとちゃうか」

灘五郷の有力な酒蔵は勢力を伸ばすべく、中小の蔵元から酒株を買いたがっている。酒造の権利を売るように仕向けるためには手段を選ばぬところもあり、所のごろつきを使って難癖をつけたりする噂も耳に聞こえていた。

多吉の読みどおりだとすれば、考えの浅い磯松は弥平次の仕掛けた罠《わな》に嵌《は》められたことになる。

自業自得と言うべきだが、寒造りを邪魔されてはたまったものではない。

陽太郎が乗りだそうとすると、家から知花が飛びだしてきた。

双方のあいだに割ってはいり、多吉に代わって弥平次と対峙する。

「これはこれは、蔵元のお嬢さまやないか。これはな、博奕のつけを払うか払わんかのはなしや。おなごの出る幕やないで」

「いいえ、蔵人の不始末は蔵元の不始末、うちのほうで弁償させてもらいます」

「ほう、はなしがわかるやないけ。つけは三十両や。期限は過ぎとるさかい、耳を揃《そろ》えて返してもらおか」

知花は眦《まなじり》を吊り、かたわらで震える磯松を睨みつける。

「ほんまに、つけは三十両なんか」

「……い、いいえ、借りたんは三両です。それが十日も経たんうちに、あれよあれよと膨《ふく》らんで……」

弥平次は胸を反らし、けらけら笑った。

「それが借金いうもんやろ。無い袖は振れん言うんやったら、米とは言わず、腕の一本でも貰《もろ》てこか。いいや、それよりええもんがあるわ。お嬢はんや。それだけの縹緻《きりよう》なら、新町でも高《たこ》う売れるで」

知花はぐっと怒りを抑え、唇を嚙んで押し黙った。

三十両という金は、おいそれと出せる金ではない。

それに、一度弱みをみせたら、つきまとわれるのが関の山だ。

知花はそれでも、勇気を出して弥平次のそばへ近づき、奉書紙《ほうしよがみ》に包んだものを両手で差しだした。

「五両あります。これで堪忍してください」

「堪忍でけへん。けど、まあ利子代わりに貰っとこか」

弥平次は包みを奪い、ついでに知花の腕を摑もうとする。

陽太郎は躊躇《ためら》いを捨て、物陰から一歩踏みだした。

筒袖を靡《なび》かせて近づくと、まっさきに浪人者が反応する。殺気を感じたのであろう。落とし差しの刀の柄《つか》に手を添え、こちらを睨みつけた。

弥平次や乾分たちも気づく。

「何や、みかけん面やな」

ふんと鼻を鳴らしつつも、弥平次は身構えた。小悪党なりに、危うい臭いを感じたのだ。

「何者や。手え出したら、怪我するで」

「怪我なんかせん」

「何やと。なら、ためしたろか」

弥平次に顎をしゃくられ、浪人者が抜刀しかけた。

陽太郎はすっと身を寄せ、相手の右腕を押さえこむ。さらに、手首を持って捻りあげ、足払いを掛けて転ばした。

背中を打った浪人者は、息が詰まって動けなくなる。

「うっ」

弥平次はぺっと唾を吐き、懐中に右手を差しいれた。

おおかた、匕首《あいくち》でも呑んでいるのだろう。

陽太郎は少しも怯まず、ゆっくり間合いを詰める。

弥平次は眸子《まなこ》を細め、ふっと肩の力を抜いた。

「ふん、胆《きも》の据わったやつや。おまえ、名は」

「陽太郎」

「ふうん。その名、ようおぼえとくわ」

弥平次は乾分たちに浪人者を介抱させ、もう一度唾を吐いて背中を向けた。

「二度と来んといてや」

知花は目に涙を溜め、去っていく連中に向かって必死に叫ぶ。

項垂れた磯松を許すかどうかは、多吉の裁量に任されるだろう。

いずれにしろ、今の段階で脇杜氏が抜けるのは痛い。

おそらく、きつい灸を据えて残すにちがいないと、陽太郎はおもった。

かりに、そう決めたとしても、今日の出来事は蔵人たちの和を乱す原因《もと》となる。

それに、弥平次がおめおめと引きさがるともおもえなかった。

どうする。

自分にできることは何かないかと、陽太郎は思案投げ首で考えた。

四

磯松は酛造りの小頭に格下げとなり、とりあえずは許された。

知花に立て替えてもらった五両は「死んだ気で働いて返す」と涙ながらに訴え、蔵人たちのまえで心を入れかえると誓ったのだ。

脇杜氏は酛造りの小頭だった吾平が代行することになったが、吾平は牛のように鈍重な性分だけに任せてよいのかどうか案じられた。もちろん、多吉の決めたことゆえ、逆らう者はいない。

一方、はんざきの弥平次は鳴りを潜め、すがたをみせる気配もなくなった。

「あんたはんのおかげや」

知花に感謝されるのは嬉しいが、余計なことをしたのではないかという懸念もある。

多吉と飯炊きの勘八以外は親しげに近づいてこなくなったし、磯松などは目を合わせようともしない。壁はいっそう高くなったものの、霜月も十日を越えて待ったなしの仕込みがはじまると、蔵人たちは脇目も振らずに黙々と働くようになった。

まずは、冷たい井戸水で酒米を洗い、蒸しやすくするために適量の水をふくませねばならない。酒米を水に浸《つ》けるのに三日、それが終わると、釜屋を任された善六の指図にしたがい、一斉に酒米を蒸しに掛かる。水切りした精白米を甑《こしき》と呼ばれる蒸し器に入れ、蒸し終わった米は莚のうえに広げておくのだ。

つぎは室に移り、麴造りにはいる。

「酒造りは、一に麴、二に酛、三は造りや」

胸を張るのは、頰の瘦《こ》けた麴師の卯助だ。

多吉の下で働く以前は、池田の山奥で満願寺《まんがんじ》の酒を仕込んでいたという。

享保のころまでは、下り酒と言えば池田や伊丹の酒であったが、酒造りの本場が灘に移ってからは細々と地酒を造っているにすぎない。

麴室は十二坪ほどの小部屋で、四方を板壁に囲われている。壁の隙間には保温のための籾殻《もみがら》が詰めてあり、土間に面するほうの壁に換気窓がひとつ開いていた。

室へ運びいれた蒸米に、種麴の「もやし」を冷《さ》まして振りかける。麴黴《かび》を育てるためには、蒸米をよく揉みほぐさねばならない。

できあがった麴は枡《ます》で量り、平たい麴蓋に盛りつけたあと、同じように盛りつけた麹蓋を棚にどんどん重ねていく。重ねるだけでなく、積みかえもまめにやり、頃合いをみて麹を室から出す。この「出麹《でこうじ》」にいたるまで、室での作業は丸三日を要した。

「麹が多いと酒は甘く、少ないと辛くなるんや」

麹三割が灘五郷の尺度なのだと、杜氏の多吉は教えてくれた。

このころになると寒気は増し、六甲颪が初雪を運んでくる。

陽太郎は雪に気づいたが、作業に熱中するあまり気づかぬ者もあった。

知花はしきりと蔵に顔を出し、麹の出来具合などを窺っていた。

昂揚《こうよう》した顔をみれば、酒造りが心の底から好きなのだとわかる。

酒蔵で育った娘ならば、あたりまえのことかもしれない。

治兵衛は婿取《むこと》りでも考えているのだろうかと、陽太郎は邪推したりした。

麹ができあがれば、こんどは酛造りが待ちかまえている。

「最大の難所や」

多吉は不敵に笑った。

酛は「酒母」とも呼び、文字どおり酒造りの母体となる。酵母を雑菌のない状態で大量に培養するこの工程では、蓋のない「半切《はんぎり》」と呼ばれる底の浅い桶を使う。六、七枚単位で一度の作業をおこない、蒸米、麴、水の順に入れ、初櫂《はつかい》の荒《あら》摺《ず》りで蒸米を擂《す》りつぶす。米は一気に入れず徐々に増やし、二番櫂、三番櫂と入れて攪拌《かくはん》し、目途《もくと》がついたら半切内の酛をすべて酛卸《おろし》桶に集める。

「我慢くらべや」

湯を詰めた暖気《だき》樽《だる》を酛卸桶に入れて温度を保ちつつ、七日ほど掛けて蒸米の溶けこむ様子をじっと窺わなければならない。

でんぷんが糖に変わるにつれて、酛の状態も目にみえて変化する。なかでも、表面にぼこぼこと出てくる泡をよく見定めねばならなかった。「膨れ」や「湧付《わきつ》き」と表現するとおり、泡が盛んに出はじめたら大きな半切桶に入れかえて酛の活動を止め、二階に運んでしばらくのあいだ放置する。

「枯しや」

枯しと呼ばれる放置期間の長さによっても酒の出来栄えは微妙に変わった。

酛造りに二十日余りを要したあと、つぎはいよいよ仕込桶を使って酛を殖《ふ》やす醪造りに移行する。あらかじめ水に麴を加えてよく混ぜた水麴をつくっておき、これを蒸米に加える。そして、数回に分けて酛に加えていくのだが、蔵人たちはこの「添《そえ》」という仕込みを四日掛けておこなう。

一日目の初添ではじめて櫂を入れる荒櫂だけは杜氏の多吉がおこなった。仕込みの成就を願う儀式のようなものだ。

「荒櫂を焦ったら元も子もない」

多吉は口癖のように、毎年同じ台詞を吐いた。

温度を下げるべく、櫂入れは随時おこなう。

多吉の指図で、徐々に加える水量も増やしていった。

寒造りは低温で発酵させる手法ながら、粘度の高い良質な醪ができあがる。

留添から二十日余り、途中で年越しを迎えても、蔵人にとっての正月はまださきのはなしだ。

ここからは益々、気の抜けない日々がつづく。

多吉は桶に手を入れて温度を計りつつ、醪の香りや甘味、辛味、苦味、酸味などを探っていく。ことに、泡立ちの様子には気を配らねばならない。たとえば、留添の直後には酵母の増殖をしめす筋泡が立つ。

「白くて軽い水泡やごつごつとした岩泡、ほかにも落泡や玉泡などの泡を見分けていかんならん」

泡の出ない地の状態となって発酵が終わりを告げたら、今度は「酒揚げ」という搾りの工程になる。醪を四升入りの酒袋に入れて細長い酒槽のまんなかに何袋も積み重ね、上から重石《おもし》で圧力を掛ける。三日ほど搾りつづけると、醪は清酒と酒粕に分けられていった。

さらに、ここから三十日ほどのあいだ、滓《かす》を沈殿させる滓引の工程にはいる。細長い滓引桶に清酒を入れて冷暗所に放置し、滓を自然に沈殿させる。桶には上下二ヶ所に呑口があり、上の呑口からは清酒が、下からは滓が放出されるようになっていた。

寒造りの生酒は、こうして仕上げとなる。

仕込樽は十五あるので、日をずらして同じ工程を繰りかえし、百日余り掛かって二千樽ぶんの酒を仕込むのである。

「仕事の善《よ》し悪《あ》しは酒に語らせえ」

それも多吉がよく口にすることばだ。

気づいてみれば、灘五郷は雪解けの季節を迎え、六甲の山肌には梅がちらほら咲きはじめている。

とある日和の良い一日、酒蔵の軒先では試し酒の催しがおこなわれた。

東組の肝煎《きもい》りでもある山邑屋の当主も招じられ、蔵人たちにすれば緊張を強いられる催しでもある。

紋付き袴《はかま》の蔵元たちが集まるなか、接待役の治兵衛はいつになく張りきっていた。

知花も忙《せわ》しなく立ち働き、酒蔵の周辺は華やいだ雰囲気に変わっている。

杜氏の多吉も今日だけは紋付き袴を身に着け、蔵人たちにてきぱきと指図《さしず》を繰りだしていた。

酛造りの小頭に格下げとなった磯松が、できたばかりの「一分」を運んでくる。

一升徳利をかたむけ、棚のうえに置かれたぐい呑みに注ぎわけていった。

もちろん、治兵衛も多吉も蔵人たちも試し酒を終えていたが、あくまでも評価を下すのは外の連中である。

まっさきに注がれたぐい呑みを、山邑屋の当主が持ちあげた。

まずは香りを嗅ぎ、ぐい呑みをかたむけて舌を濡らす程度に啜る。

みなが息を呑んで見守るなか、当主は厳しい顔を多吉のほうに向けた。

「見事や」

ひとこと発し、にっこり笑う。

周囲から、どっと歓声が沸きおこった。

知花はよほど嬉しかったのか、おんおん泣きはじめる。

「お嬢はん、泣いたらあかん。今年の『一分』は例年にも増して最高の出来栄えや。口惜しいが、わしとこの『正宗』を超えとる。これほどのもんなら、何処に出しても恥ずかしない。東組を与《あずか》るわしも鼻高々や」

当主は試し酒を終えると、治兵衛の肩を抱いて何やら囁いた。

それが知花への縁談だったと知らされたのは、催しも終わったあとのことだ。

「お相手はな、淀《よど》屋の次男坊やそうや」

気楽な調子で教えてくれたのは、飯炊きの勘八だった。

陽太郎は首をかしげる。

「淀屋とは」

「知らんのかいな。大坂でも五指にはいる船問屋やで」

惣次《そうじ》という次男坊が金策で大坂の両替屋を訪ねていた知花を見掛け、その場で見初《みそ》めたらしい。

「日野屋に婿入りさせてもええと、淀屋の旦さんは言うてるとか。しかも、持参金代わりに千五百石船一隻つけるんやて。そない豪儀《ごうぎ》なはなし、受けん手はないと、磯松どんも言うてたわ。肝煎《きもい》りの持ちこんだ縁談やし、よう断らんのとちがうか」

「断るかもしれへんのか」

「次男坊が札付きの遊び人らしいんや。お嬢はんのいっちゃん嫌いな相手やで。それにな、淀屋の旦さんは『一分』を従前から気に入っておられ、蔵元ごと自分のもんにしようと狙《ねろ》てるらしいで。そないな噂も耳にしたことがあるんや」

はなしの筋がみえてきた。

厄介者の次男坊を婿に押しこめ、ついでに日野屋の酒株も手に入れる。一石二鳥を狙った縁談にちがいない。

もちろん、臆測《お》の域を出ないはなしだが、知花はもちろんのこと、治兵衛の頑固な性分から推すと、縁談が流れるのではないか。そうなってくれることを内心では期待しつつ、陽太郎は樽詰めの作業に取りかかった。

五

数日が経ち、樽詰めも終わりに差しかかったころ、海焼けした屈強な男が日野屋にやってきた。

船持ちの船頭、源五郎《げんごろう》である。年の頃なら四十前後か、顔が黒すぎて正確にはわからない。

この源五郎こそ、樽廻船で日野屋の「一分」を江戸へ運ぶ担い手だった。

「おやっさん、お嬢さん、今年もお世話になります」

日野屋と源五郎のつきあいは、かれこれ、二十有余年におよぶ。源五郎の父親も樽廻船の船頭で、日野屋の先代から「一分」の廻漕《かいそう》を請けおっていた。

所有する「栄光丸《えいこうまる》」は一千二百石積み、十年前に進水した二代目の樽廻船である。そのとき、すでに源五郎は舵取りを任されており、ほどなくして天寿を全《まっと》うした父親の遺言を守り、こちらも代替わりとなった日野屋との関わりをつづけてきた。

治兵衛は源五郎のことを、駆けだしの船乗りだったころからよく知っている。長いあいだ無事に乗船しつづけていることに、並々ならぬ信頼を寄せていた。

そうでなければ、船持ちの船頭に「一分」の廻漕を託すことなどできまい。

小さな蔵元はたいてい、大坂や西宮の大きな船問屋に頼んで酒樽を運んでもらう。酒樽をいったん船問屋の蔵に預けて寝かせておくので廻漕費用は割高になるし、荷積みに際しては大きな蔵元が優先されるが、破船《はせん》などの際にある程度は保証してもらえるからだ。しかも、船問屋は競って腕の良い船頭や水夫《かこ》を雇おうとするので、安心料を余計に払っているとおもえばあきらめもつく。

一方、船持ちの船頭は大事に荷を扱ってもらえるものの、海難時の保証は期待できない。海に送りだしたら最後、何事もなく目的地へ達してくれることを祈るような気持ちで待つしかなかった。

治兵衛と知花も、航行の無事を願ってかならず住吉神社へ詣でてきた。

ただ、さすがに一発勝負は避け、酒樽はいつも二度に分けて運んでもらう。

源五郎は治兵衛に気を遣い、積み込みに余裕が出たぶんは灘五郷の蔵元で仕込まれた酒樽ではなく、大坂や伊丹の蔵元から集めた酒樽で埋めた。手間の掛かる荷積みも厭《いと》わず、毎年、きっちり江戸へ新酒を届けてくれるのだ。

「源五郎はんには足を向けて寝られん」

それが治兵衛の偽《いつわ》らざる心情であった。

「勝手にやっとることやさかい、気にせんといてください」

屈託なく笑う源五郎には、大坂新町の廓から身請けした女房と十になる息子がある。

陽太郎がそれを本人から告げられたのは、二年前のことだった。

荷積みを手伝った晩、源五郎に誘われた酒席でのはなしだ。

「何でかわからへんけど、おまえとは馬が合う」

気難しい気性の源五郎は、船問屋や蔵元のあいだでは一匹狼で通っている。初対面の若造と馬が合うことなど稀《まれ》にもないはずなのに、女房や子供のことまで喋ってくれた。

「その目や」

「えっ」

「尋常な目つきやない。ひょっとしたら、おまえ、何処かで地獄をみてきたんとちゃうか。わしは海で何度も遭難しかけ、そのたんびに地獄をみてきた。そやから、匂いでわかるんや。何があったか聞かへんけど、喋りたなったら喋ったらええ」

慈《いつく》しむように掛けてもらったことばが忘れられない。

源五郎に何か困るようなことが起きたら、身を削ってでも助けたいとおもっていた。

だからであろうか。

「船に乗ってもらえんやろか」

会っていきなり打診されたとき、陽太郎は迷いもなくうなずいた。

「若い衆のひとりが海に落ちてな、鱶《ふか》に片足を食いちぎられたんや」

荷さばきを任せていた者だけに源五郎にとっては痛手で、新たな水夫を探していたとき、陽太郎の顔がふいに浮かんだらしい。

船に乗らねばならぬ事情を告げると、治兵衛と多吉も納得してくれた。

「ええ経験かもしれへん。そのまんま船乗りになられたら、かなわんけどな」

多吉は冗談半分に言ったが、一抹《いちまつ》の不安も拭いきれぬようだった。

陽太郎には杜氏として一本立ちしてほしいと願っているものの、あくまでもそれは自分勝手な願いにすぎない。若い陽太郎にしてみれば、もっとほかのものに触れ、さまざまな人々とも出会いたかろう。みずからの進む道を見定めるためには、これを好機と捉え、雄々《おお》しく大海へ漕ぎだすべきではあるまいか。

多吉は、小さな枠のなかに収まりきらぬ器量の大きさを陽太郎から感じとっていた。と同時に、一度大海に放たれたら二度と戻ってこないかもしれぬという不安も抱いたのだろう。

陽太郎にも多吉の気持ちは伝わっていた。

なるほど、酒造りは今や生き甲斐に近いものとなったが、日野屋の酒蔵が自分の求めている居場所なのかどうかはわからない。

樽廻船に乗ることが、力強く再生の道へ踏みだすきっかけになるのではないか。みずからにそうした期待を抱いていたのである。

一度目の出航は如月《きさらぎ》十一日に決まり、前々日の朝未《あさま》だきから慌ただしく荷積みの作業がはじまった。

芦屋川河口の板桟橋には、野積みの酒樽がずらりと並んでいる。寒風の吹きぬける砂浜の道には、酒蔵とのあいだを往復する牛車《ぎっしゃ》の列がのんびりつづいていた。

牛車から下ろされた酒樽は二樽を一駄《いちだ》に括《くく》り、桟橋に横付けされた伝馬船へ載せていく。帆柱の先端から下がる水縄《みなわ》と一駄の酒樽を結びつけ、伝馬船の後部に設えた「ろくろ」を巻くことで吊りあげるのだ。荷方の人足とろくろ廻しの水夫が呼吸を合わせなければ、荷積み作業は捗《はかど》らない。

「焦るな。ゆっくりや」

陽太郎は板桟橋に立ち、船問屋の手代よろしく荷さばきを指図していた。

荷積みを終えた伝馬船は波を切り、沖に碇《いかり》を下ろした「栄光丸」へ向かう。

一艘に積める数はせいぜい十五駄ほど、雇った伝馬船は五艘なので、五百駄におよぶ酒樽を運ぶためには、沖とのあいだを七往復しなければならない。

さらに、沖では源五郎みずから指揮を執り、伝馬船から「栄光丸」への荷積みがおこなわれる。伝馬込みと呼ばれる荷の積みだし口に伝馬船を呼びこみ、段梯《はし》子《ご》を渡して大小の船同士を繋いだあと、樽廻船後部の矢倉《やぐら》に設えられた二個の大きなろくろを巻き、酒樽を中央胴の間へ順に下ろしていくのである。

波のある海上での荷積み作業は難しく、桟橋での作業より何倍も気を遣う。

「呼吸を合わせなあかんで。気ぃ抜いたら、たいせつな荷がわやになるさかいな」

源五郎に叱咤《しった》された若い衆らは黙々とはたらきつづけ、沖での荷積みは日没と同時に終えることができた。

陽太郎は赤く染まる沖をみつめ、迎えの伝馬船を待っている。

最後の荷とともに乗らなかったのは、酒造りにいそしんだ仲間との別れを惜しんでのことだ。

桟橋には多吉や磯松たちのすがたがあり、治兵衛と知花も見送りにきていた。

じつは陽太郎だけでなく、勘八も炊《かしき》として「栄光丸」に乗りこむ。

「酒造りが終わったら、口入屋に行かなあかんとおもっとった。源五郎はんが炊を探しておるんなら、ちょうどええ」

陽太郎は荷役として船に何度も乗っているので慣れているが、勘八は伝馬船にすら乗ったことがない。ましてや、大きな帆船で難所の熊野《くまの》灘や遠州《えんしゅう》灘を乗りこえていくことなど未知の経験だった。

源五郎も最初は躊躇《ちゅうちょ》したものの、勘八の意気込みに折れる恰好で乗船を許したのだ。

桟橋には年上の仲間たちが押しかけ、泣きじゃくる勘八と別れを惜しんでいる。陽太郎も治兵衛や多吉にことばを掛けてもらったが、肝心の知花はみるからに落ちこんだ様子で別れの順番を待っていた。

すでにあたりは暮れなずみ、砂浜に打ち寄せる波音だけが聞こえてくる。

迎えの伝馬船が横付けにされると、ようやく知花はそばに歩みよってきた。

「うちは反対や。餅は餅屋やさかい、船のほうは源五郎はんにお任せしとけばええ。何で陽太郎はんが乗らなあかんのかって、今でもそうおもっとるんよ」

「源五郎はんに頼まれたからやないんです。自分で乗りたいとおもたんです」

「わかっとる。男衆《おとこし》はみんな海に出たがるんや。理由を聞いても詮無いことやけど、何でやの、何で行ってしまうの」

知花は声を震わせ、住吉神社のお守りをそっと手渡し、無事の帰りを願ってくれた。

「祈っとるさかい、ちゃんと帰ってきてな」

「おおきに」

陽太郎は頭を垂れ、勘八ともども伝馬船上の人となった。

「気張ってこんかい」

桟橋から滑るように離れると、見送りの人影は薄闇に溶けていった。

それでも、勘八は泣きながら手を振りつづける。

「待っとってくれ。わしらの『一分』を江戸へ届けてくるからな」

黒い帯となった海原から、ぶうんと海鳴りのような音が聞こえてくる。

樽廻船での航海がどれほど過酷なものかを、ふたりはまだ知らない。

陽太郎の脳裏には、真っ青な大海原に颯爽《さっそう》と帆を上げる樽廻船の雄姿だけが浮かんでいた。

「陽太郎はん、今日からわしらは船乗りやな」

勘八は闇のなかで、白い歯をみせて笑う。

「そうや。わしらは瀬戸内《せとうち》の海賊やで」

陽太郎も昂揚《こうよう》した気分を抑えきれず、冗談を飛ばした。

やがて、沖合に小山のような船影がみえてくる。

「『栄光丸』や」

「そうやな」

「ほんまに、大きい船や」

勘八の叫びは、波音に掻き消されていく。

凶兆《きようちよう》を暗示するかのように、ぶうんと海鳴りがまた聞こえたように感じられた。

六

翌早朝、西宮沖を出航した「栄光丸」は大坂湊へ向かい、船問屋の蔵を何ヶ所か廻って残りの酒樽を積みこんだ。そして、安治川《あじがわ》の河口付近で一夜を明かし、翌十一日の早朝をもって予定通りに出航。住吉の高灯籠《たかどうろう》と天保山《てんぽうざん》を左舷に眺めながら海原に緩《ゆる》やかな航跡を描いた。

「ええ風や」

船頭の源五郎は艫《とも》の物見に立ち、前方に広がる海原に目を細めている。淡路島《あわじしま》の島影を右舷遥かに遠望しつつ、沖ノ島《おきのしま》の西沖から紀淡《きたん》海峡を通過したところだ。

高さ九十尺（約二七メートル）の一本檣《ほばしら》にひるがえった横帆《おうはん》は、斜め後方から吹きつける順風《じゅんぷう》で威力を発揮する。風をはらんではためく帆の大きさは二十五反《たん》余り、総巾は船巾の二倍を超える六十五尺（約二十メートル）以上もあった。檣突端の蟬《せみ》と呼ばれる滑車からは二本の水縄が、艫の左右に向かってぴんと張られている。

「どうや、ええ気持ちやろ」

「はい」

潮風を胸腔《むね》いっぱいに吸いこみ、陽太郎は力強くうなずいた。

海上を軽快に奔《はし》る千石船とは、これほど気持ちを浮きたたせるものなのか。

出航からずっと興奮を抑えきれない。

「一日目はいつもこうや。船乗りになってよかったとおもう。でもな、この気持ちが仕舞いまでつづくことはない。途中でいつも、船乗りになったことを後悔する」

江戸へ向かう樽廻船は、常のように左舷側に陸《おか》を眺める「地乗《じ》り」をおこなう。ごく稀に航路の短縮をはかるべく、熊野灘や遠州灘で「沖乗り」に挑むものの、操舵に慣れた船頭たちのあいだでも「沖乗りは死ににいくようなもんや」と言われていた。

戸立《とだて》の陰から、舵取りの森三《もりぞう》がひょっこり顔を出す。

いつも沈着冷静なので、みなからは「軍師《ぐんし》」と呼ばれていた。

森三は目尻に深い皺を刻み、嗄《か》れた声で喋りかけてくる。

「熊野灘も難所やけど、遠州沖で時化《しけ》に遭《お》うたら、そらもう一巻の終わりや。黒《くろ》瀬川《せがわ》に流されて、八丈島《はちじょうじま》どころか、蝦夷《えぞ》のさきまで流されてしまうわ」

陽太郎でも知っている。遠州灘で遭難すると、北風か北西風に煽《あお》られ、まずは東方か東南方へ流される。そして「黒瀬川」と呼ばれる黒潮によって、たいていは伊豆《いず》諸島へ運ばれていった。

太い帯となって北上する黒潮は、御蔵島《みくらじま》と八丈島の間を凄《すさ》まじい勢いで通り抜ける。それゆえ、御蔵島や八丈島付近の海底には数百隻の漂着船が沈んでいた。

森三の言うとおり、蝦夷のさきまで流されて異国の捕鯨船に助けられたはなしも聞いたことがある。

「要は、陸から目を離さんことや」

熟練の船乗りは遠くから陸の形状をみただけで、今どのあたりを帆走しているのか正確に把握できた。大坂の天保山《てんぽうざん》や鳥羽《とば》の日和山《ひよりやま》などといったわかりやすい目標はもちろん、危うい岩礁《がんしょう》や浅瀬なども熟知しているし、潮流の変化や海の色や、あるいは海水の辛さなどからも、航行位置を当ててみせる。

「ほんまに、遠州灘は鬼門《きもん》やで」

航程五十五里（約二一六キロ）にわたって浅瀬がつづき、寄港する港がひとつもない。ゆえに順風の西風に乗って一気に下田《しもだ》まで走破しなければならなかった。

下田を面前にした御前崎《おまえざき》あたりで逆風に煽られることもある。向かい風のなかを、稲妻のように進む「間切り」走法でも前進できず、志州《ししゅう》（志摩国《しま》）まで逆戻りしなければならないことも一度ならずあった。

唐突に、森三は唄いだす。

「父ちゃん母ちゃん、そら無理よ、西が曇れば雨となる、東曇れば風とやら、千石積んだる船でさえ、港出るときゃまともでも、風の吹きようで出て戻る、ましてやうちは嫁やもの、縁がなければ出て戻る……ふふ、出戻り唄や」

調子外れの濁声《だみごえ》につられたのか、水夫頭の忠弥《ちゅうや》も甲板に上がってくる。

水夫たちから「布袋《ほてい》はん」と呼ばれている白髪頭の大食漢《たいしょくかん》だ。忠弥が森三とともに声を張りあげるや、七人の若い衆も声を合わせて唄いはじめた。

「父ちゃん母ちゃん、そら無理よ、西が曇れば雨となる……」

炊に雇われた勘八も、ふらつきながら甲板に上がってくる。剽軽で活《い》きがよいので、忠弥から「踊り河童《がっぱ》」という綽名《あだな》をつけられた。日に焼けて真っ赤な顔をしているが、酒蔵にいるときよりも楽しげにみえる。

船は帆に風をはらんで進み、紀伊《きい》水道を通過した。

気づいてみれば、日没が近づいている。

陽太郎は振りかえり、息を吞むほどの光景に目を瞠《みは》った。杏《あんず》色の大きな陽光が水平線に溶けて広がり、朱に染めぬかれた海原が一瞬にして燃えあがる。

「取り舵」

源五郎の指図にしたがい、船体は軋みながら陸へ舳先《へさき》を向けた。

今宵は紀州の美浜《みはま》湊へ入津《にゅうしん》するのだ。

速力を落とすべく、帆は三分上げにする。

陽が落ちると、湊は薄闇に包まれていった。

森三の掛け声にしたがい、楫子《かじこ》たちが櫓《ろ》を握る。

大きな樽廻船を迎えいれる桟橋が近づいてきた。

「碇を入れい」

源五郎が叫んだ。

楫子たちは呼応し、舵柄《かじづか》にかぶさるように舵を操りはじめる。

出航し易い船尾付けにするためには、楫子たちが舵を上手に操作しながら、碇捌《さば》きがここぞという位置で船首側に碇を入れねばならない。

――ばしゃっ
碇が投じられると、船首は微動もしなくなり、船尾のほうは惰力《だりよく》で桟橋に向かっていった。

水夫たちはひと晩ゆっくり船中で休み、翌朝になって風がよければ出航し、そうでなければ風待ちをしなければならない。紀伊半島の突端から熊野灘へ向かうには、それなりの覚悟が必要なのだ。

夜の帷《とばり》が下りると、水夫たちはめいめいのことをやりはじめる。

鼾《いびき》を搔いて寝る者もあれば、小銭を賭けて賽子《さいころ》を転がす連中もあった。

炊の勘八は要領よく晩飯をつくり、水夫たちに振るまったあと、陽太郎を甲板に誘った。

「陽太郎はんの綽名が決まったで」

「何や、つまらん」

「なら、教えんよ」

「聞いてやるわ」

「ふふ、眼力やて」

「眼力」

「そうや。源五郎はんが言うとった。あいつは目力がやけに強い、そやから、眼力やと。羨ましいわ。わしは踊り河童やで。はあ、それにしても、星がきれいや。明日は晴れるな」

冷たい潮風を吸いこみ、木目の美しい舳先を慈しむように撫でる。

「水押《みよし》は船の顔やから、高価な樟《くすのき》でつくるんやて。源五郎はんが自慢げに言うてはったわ。船尾の戸立は木口《こぐち》に釘を打たなあかんから、欅《けやき》でつくるそうや。舵を受ける床船梁《とこふなばり》や櫓を支える腰当船梁《こしかけ》にも堅い欅が使われてるんやて」

勘八は門前の小僧よろしく、得々として仕入れたばかりの知識を披露する。

陽太郎はすべて知っているものの、黙ってはなしを聞いてやった。

「源五郎はんに、船頭は儲かる商売なんかって聞いたんや。そしたら、この船を造ったときの借金をまだ払てるんやて。なんぼ掛かったとおもう。銀七十二貫目（約一千二百両）やで。目ん玉が飛び出たわ。しかも、進水から十年経ったさかい、あと二年で作事《さくじ》をせなあかんそうや。作事で若返ったら、また十年は乗ることができる。みなに姥丸《うばまる》と呼ばれるまで乗ったるて、源五郎はん笑《わろ》てたわ」

姥丸になるまでに、たいていは廃船になるか、塩船《しおぶね》などに売られていく。

ふたりは船首の「合羽《かっぱ》」と呼ばれる甲板に立ち、後ろの胴《どう》の間《ま》を見下ろした。見下ろすといっても、両弦の垣立《かきたつ》と同じほどの高さまで酒樽が堆《うずたか》く積まれている。酒樽は幾重にも渋皮を巻き、丁寧に油紙を掛け、さらに藁《わら》屋根で覆い、竹竿できつく締めつけてあったが、できるだけ多く積むために板屋根の雨覆いは施されていない。

船尾側の後部は「矢倉」と呼ばれ、水夫たちが寝たり食事をしなければならぬために矢倉板で覆われており、雨や波の打ちこみを遮断できるようになっていた。

だが、荷を積む中央の甲板だけは板で密閉されていない。

「ほんでもな、檜《ひのき》の角材を組みあわせて造った垣立が横波を防いでくれるんやて。あれだけ隙間があんのに、よう防げるとおもわへんか」

時化に遭ったら、垣立などは用をなさない。転覆を避けるべく、荷を捨てねばならぬこともある。

「刎荷《はねに》やろ。布袋はんに聞いたわ。胴の間に屋根がないんは、刎荷をし易くするためなんやて。そやから、日野屋の『一分』は下のほうに積んであるんや。池田や伊丹の酒は捨てても『一分』だけは守りぬく。わしらにしてみればありがたいはなしやけど、よそさんに申し訳ない。まあ、刎荷なんぞせんに越したことはないけどな」

勘八は首を縮め、わずかに声を震わせた。

からかい半分に時化の凄まじさを吹きこまれたのだろう。

十六の若造が何故か、じつの弟のようにおもえてきた。

二年ほどのつきあいになるが、ずいぶんまえからの知りあいのような気もする。

ただし、陽気によく喋る勘八も、自分の素姓となると口が重くなった。

奈良との国境にある貧しい山里の生まれで、郷里《くに》には病がちな母親と弟妹たちが残っている。家が貧しすぎて、幼いころからひもじいおもいをしてきた。ついに我慢できなくなり、家出をするように大坂へ出た。着の身着のままで口入屋に飛びこみ、運よく日野屋で飯炊きの職を得たのだ。郷里にはもう三年も帰っていないので、江戸へ「一分」を運んだあとは稼ぎを携えて帰るつもりだという。

そうした事情を知っているだけに、陽太郎は船上で勘八の面倒をできるだけみてやりたいとおもっていた。

「長き夜のとおの眠りの皆目覚め、浪のり船の音のよきかな……」

勘八は神妙な顔で、何事かをぶつぶつ唱える。

「……前から読んでも後ろから読んでも同じ、宝船の回文《かいぶん》や」

「それがどないした」

「沖乗りが決まると、水夫たちが一斉に唱えるんやて。無事に戻ってくるためのまじないや」

「ふうん、回文なんぞを唱えるんか」

「どや、星に向かっていっしょに唱えへんか」

「やめとこ。かえって、凶兆を呼びこむかもしれへん」

「そらそうや。うっかりしとったわ」

星明かりに照らされた勘八の顔は、今にも泣きだしそうにみえる。

——船から降りるんなら、今やぞ。

陽太郎はそう言いかけたが、ことばを呑みこんでしまった。

七

翌朝、甲板には爽やかな風が吹いていた。

左手遠方には、紀州《きしゅう》の山脈《やまなみ》が蒼くみえる。

源五郎の「栄光丸」は順風を受け、一路、紀伊半島の突端をめざした。

ところが、夜になって北西の風が強くなり、東南方向へ流されはじめた。

すでに、半島突端の潮岬《しおのみさき》と大島《おおしま》は遥か後方に置いている。

「新宮沖《しんぐう》やな」

難所と言われる熊野灘の入口付近であった。

陸地から突風が吹きつけてくる。

「大西風《おおにしかぜ》や」

若狭《わかさ》湾から伊勢《いせ》湾にかけて吹きぬける北西の季節風にほかならない。

「帆桁《ほげた》を縦にせい。詰め開きや」

船は斜めの風を帆に受け、苦しげに迫《せ》りあがっていく。

源五郎にしてはめずらしく、風を読みちがえたらしい。

四方をみまわしても陸影はみえず、灰色の海面が恐ろしげに躍っているだけだ。

暗くなってきたので湊を探すのもあきらめ、帆をまいて海上で仮泊することにした。

「たらしや、碇を入れるで」

船首に二個、船尾に一個の碇を網でたらし、船首からのみ風を受けるように構え、船尾を逆艫《さかども》にして潮流に向けて流されぬようにする。

もっとも気をつけねばならぬのは舵だった。

樽廻船の舵は大きく、羽板は六畳敷きほどの広さがある。これを船尾に固定しない。「外艫《そとども》」と呼ばれる床船梁《とこふなばり》の凹《くぼ》みを軸受けに使い、浮動する方式で船尾から吊りさげる。それは舵が浅瀬の底に引っかからないための工夫だった。舵を大きくできるため、海中深く沈めれば利《き》きがよくなり、横風帆走のときは横流れを防ぐ効果もある。

反面、波が荒くなると取られやすく、破損もしやすい。大波には、船尾から大きく張りださせた外艫で対応する。高く迫りだした部分で追波もある程度は防ぐことができるものの、どこまで耐えられるかは運次第のところもあった。

激しい横揺れに耐えきれず、勘八は厠《かわや》で嘔吐《おうと》を繰りかえす。

誰ひとり飯も喉を通らぬなか、船頭の源五郎だけは握り飯をぱくついていた。

「これしきの波で、がたついてどないする」

陽太郎は甲板に出て、ほかの連中にみえぬように嘔吐した。

胴の間の酒樽も気になり、上から乗りだすように覗きこむ。

そのときだった。

「うわっ」

遥か頭上から、横波が襲いかかってきた。

頭からずぶ濡れになり、つぎの瞬間、波に攫《さら》われかける。

必死に船梁を抱え、波が引くのを待った。

「阿呆、外に出るやつがおるか」

白髪の忠弥に襟首を摑まれ、矢倉のなかへ引きずられる。

勘八が真っ青な顔で聞いてきた。

「陽太郎はん、外はどうやった。海坊主はおらへんかったか」

「おったかもしれん」

甲板に襲いかかる大波は、海坊主が両手をひろげたすがたに似ていた。

まさに船上では生と死が隣り合わせ、九死に一生を得るとはこのことであろう。
それでも二刻（約四時間）ほど経つと、海上は嘘のように静まった。
水夫たちはまんじりともせず、夜が明けるのを待った。
闇のなかで下手に動けば、妙な方角へ流される恐れもある。
これほど夜が長く感じられたこともなかった。
翌十三日、船は碇をあげた。
間切り走法で北西に針路を取ると、しばらくして陸影がみえてきた。
「やった、陸や。助かったで」
歓喜する水夫たちを尻目に、源五郎は平然と言ってのける。
「鳥羽の的矢《まとや》へ向かうで」
牡蠣《かき》の美味い入り江だ。
おそらく、風待ちと修理に数日は要するであろう。
船は帆を三分上げにし、暮れなずむ湊へ入津していった。
夜中になり、碇捌きの岩《いわ》という大男がむっくり起きだしてくる。
みなから「化けもん」と呼ばれている怪力男だ。
纜《ともづな》を繋いだ船から降り、桟橋で誰かとひそひそ喋りはじめた。

相手は白い顔の女だ。

「あれはな、鳥羽名物のはしりがねや」

陽太郎にそっと教えてくれたのは「軍師」の森三だった。

船乗り相手に春を売る遊女らしい。

気づいてみれば、桟橋には白い顔の女が何人もいた。

桟橋にはほかにも大きな帆船が繋留《けいりゅう》されており、船内に連れこむ者もいれば、遊女と浜辺の向こうに消える者もある。

岩は浜辺の向こうに消えた。

ほかの連中には、遊女と遊ぶ元気などない。

「岩は精力が有り余っとるんや」

矢倉のなかからは、水夫たちの鼾が聞こえてきた。

ほとんどの者は精も根も尽き果て、泥のような眠りに落ちている。

陽太郎も眠ろうとしたが、なかなか寝つけない。

からだは疲れているのに、頭のほうは妙に冴えていた。命がけで大波を乗りきった興奮から冷めずにいるからか。

早く慣れなあかんなと自分に言い聞かせているうちに、いつの間にか眠りについていた。

翌日も朝から風が強く、出航は控えねばならなかった。

そのあいだに傷ついた箇所を点検したが、舵も櫓も破損しておらず、源五郎たちは幸運を神仏に感謝した。

暗くなるとまた、はしりがねと呼ばれる女たちがあらわれた。

今度は岩だけでなく、若い衆の何人かが浜辺の向こうに消えていった。

源五郎はみてみぬふりを決めこみ、挟《きょう》の間と呼ばれる船頭の部屋で海図と睨めっこしている。

陽太郎が部屋を訪ねると、気さくな調子で招きいれてくれた。

「一杯飲《や》るか」

「はい」

源五郎は温めていた銚釐《ちろり》をかたむけ、ふたつの杯に酒を注ぐ。

たがいに杯をあげ、ひと口啜った途端、おもわず笑みがこぼれた。

「……こ、これは」

「『一分』や。おやっさんが一升わしにくれた。おまえの仕込んだ寒造りやで」

「気のせいやろか。まろやかに感じます」

「船が揺れたせいや。時化を乗りこえた酒は、まろやかになる」

「なるほど、船に乗らんとわからんもんですな」

「そうやろ。ふふ、明日は風が熄《や》みよるで」

「ほんまですか」

「ああ、ほんまや。風が熄んだら、沖乗りで遠州灘を突っ切るつもりや」

「えっ」

「なあに、心配はいらん。順風を摑まえれば、一日で下田まで行ける。遠浅の海岸を見物しながら、ちんたら進むわけにいかんやろ」

陽太郎は黙ったが、不安は顔にはっきりと出ていた。

「これが新酒番船《しんしゅばんせん》なら、迷わず沖乗りで勝負する」

「新酒番船」

「わかっとるやろ、新酒を運ぶ番船競争や。新酒番船で惣一番《そういちばん》になるんが、船乗りたちの夢やからな」

もちろん、陽太郎は知っている。年に一度、江戸へ新酒を運ぶ樽廻船の競走がおこなわれていた。出発点は西宮の沖合で、灘五郷をふくむ摂津十二郷の新酒を運ぶ樽廻船が何隻も参じる。まっさきに江戸へ到達した一番船には、日の本一の栄誉と荷積みの特権が与えられ、一番船の運んだ蔵元の新酒は高値で飛ぶように売れた。

「わしは『栄光丸』に『一分』を積み、新酒番船に出たいんや。毎年そのことを、おやっさんに頼んどるんや。新酒番船で惣一番を取って、芦屋郷の『一分』を江戸じゅうの人々に知らしめてやりませんかとな」

「旦はんは何て」

「身の丈に合わんと言うんや。遠慮深いにもほどがあるわ」

陽太郎はおもわず、頭に浮かんだことを聞いてしまった。

「かりに新酒番船に出られたとして、源五郎はんには一番になる自信があるんですか」

「何やて」

源五郎は眸子を怒らせ、ぐっと睨みつけてくる。

「勝てる見込みもあらへんことを、わしはよう口にせん。出れば惣一番になる。そないなこと、決まっとるやないか」

「……す、すんまへん。余計なことを聞いてもて」

「ふふ、素人《しろうと》相手に熱なってしもたわ。ちと、呑みすぎたな。何にせよ、わしは一刻も早う『一分』を江戸へ届けたいんや。そやから、明日からは新酒番船の船頭になったつもりで行く」

床几《しょうぎ》のうえには、和磁石が三個も置いてあった。太陽や星の高度を測る測天《そくてん》儀《ぎ》や土圭《とけい》や望遠鏡も置いてある。すべて沖乗りに使う道具だ。

陽太郎は、源五郎に教わった格言をおもいだす。

――一に玄界《げんかい》、二で遠江《とおとうみ》、三で日向《ひゅうが》の赤江《あかえ》灘。

大坂や西宮の船頭たちが口にする難所にほかならない。

上方《かみがた》から江戸へは、十日で走破すれば御《おん》の字《じ》だった。

にもかかわらず、何がそう源五郎を急《せ》きたてるのか。

理由は本人にしかわかるまいが、ひょっとしたら、新酒番船並みに走破できることを治兵衛に証明してみせたいのかもしれないと、陽太郎はおもった。

翌十五日早朝、源五郎の言ったとおり、空はからりと晴れた。

眠りから目覚めた「栄光丸」は纜を解かれ、颯爽と志州沖へ躍りだしていった。

八

沖乗りは功を奏した。

帆に順風をはらませた「栄光丸」は無事に航行を重ね、御前崎を指呼《しこ》のうちに置いていた。

にわかに空が掻き曇ってきたのは、昼の八つ（午後二時頃）を過ぎた頃のことである。

源五郎は甲板に立ち、じっと空を睨みつけていた。

もちろん、少々の荒天ならば、案ずることはない。

船は横に揺れることもなく、少しだけ縦に揺れ、船首に波をかぶる程度で済む。

だが、ひとたび逆風になれば、はなしはちがってくる。高い波が真横から船を打ちはじめ、帆を下ろしても檣《ほばしら》は細い棒のように揺れながら軋みつづける。荷を満載しているために船の重心は高く、そのぶん揺れも激しくなり、船のかたむきを抑えるのも難しくなる。

そうならぬことを祈ったが、みなの祈りは通じそうにない。

源五郎の厳しい表情をみればわかる。

陽光は分厚い黒雲に遮られ、突如、大粒の雨が降ってきた。

それが一瞬にして横殴りの雨に変わり、船体はもんどりうつ波を受けて左右に大きく揺れだす。

「まわせ、まわせ」

源五郎は甲板から乗りだし、水夫たちに命じて帆のかたむきを調整させた。

渦巻く風は順風の西風から、逆風の東風に変わっている。

「詰め開きや」

右舷から帆に風を受けさせ、風上いっぱいに切りあげるように帆走する。

さらに、今度は左舷から風を受けるように帆をかたむかせ、すぐさま右舷に戻して風を受けさせ、左舷、右舷と交互に帆を操りながら、逆風のなかを強引に進んでいかねばならない。

これこそが「間切り」と呼ばれる逆風での帆走だった。

「休むな。ここが根性のみせどころや」

重い帆を動かすのは、言うほど簡単なことではない。

膂力《りょりょく》自慢の水夫たちでも、半刻保てばよいほうだった。

手先は痺れ、両腕はぱんぱんになる。

それでも、脇取綱を手繰《たぐ》りよせねばならなかった。

「よいしょ、よいしょ」

水夫たちの掛け声は、すぐさま、風音に掻き消されてしまう。

巨大な横帆がはためくさまは、呪われた怪鳥《けちょう》が羽をひろげたかのようだ。

源五郎は「間切り」を得手とする船頭だが、横帆を張った樽廻船はどうしても逆風で脆《もろ》さを露呈する。二本檣の異国帆船はもちろんのこと、縦帆の戎克《ジャンク》などは逆風でも、より狭い角度の範囲内で帆を左右にかたむけつつ、すいすい前進できた。

雨風はいっそう激しくなり、大波が真横から襲いかかってくる。

「うわっ」

楫子のひとりが叫びを残し、波に攫《さら》われてしまった。

目を瞑った瞬間の出来事ゆえ、助ける暇もない。

――ぐわん
船体は悲鳴をあげ、大きくかたむきはじめた。

そのまま波の壁を滑るように、奈落へ引きずりこまれていく。

「うわああ」

酒樽が荷崩れを起こした。

檣は何本もの柱を束ねて鉄の責込《せめこ》みで締めあげた頑丈なものだが、今は細竹のように撓《たわ》み、ともすれば折れそうにみえる。

折れてはいないが鉄の箍《たが》は割れ、上方の責込みからさきは曲がっていた。

帆柱先端の滑車である蟬《せみ》が外れたらしく、帆桁を吊るす水縄や檣の突端と船首の水押を繋ぐ筈緒《はずお》が弛《ゆる》みきっている。

無論、これでは帆桁を上げられず、帆をまともに開くこともできない。

船体は横幅があるので容易には沈まぬものの、平衡を失ってひっくり返る恐れがあった。

唯一の方法は、積み荷を海に捨てることだ。

「刎荷や」

水夫たちが一斉に顔を持ちあげ、源五郎を睨みつける。

荷を捨てるのは、誇りを捨てるのと同じことだ。

が、命と天秤に掛ければ躊躇《ちゆうちよ》しているときではない。

「荷を打て、早う打て」

横波が引く間隙《かんげき》を捉え、水夫たちは酒樽を括る縄を切った。

鉈《なた》を振りかざす姿が悲愴にみえ、陽太郎は居ても立ってもいられなくなる。

縄を解かれた酒樽は、船のかたむきに任せれば、波が容易に攫ってくれた。

もちろん、作業は命懸けだ。

多くの者は腰に命綱を巻き、波に持っていかれぬようにした。

酒樽はどんどん捨てられていき、八百樽は失ったであろうか。

が、捨てすぎてもいけない。積み荷は重石でもあり、捨てすぎれば船体が横転する恐れもあるからだ。

「まだ千樽はある。『一分』はひと樽も捨てとらんで」

白髪を濡らした忠弥が布袋腹を突きだし、無理に笑いかけてくる。

だが、雨風は収まる気配もない。

日没は過ぎているはずだが、今が何刻なのかもわからなかった。

水夫たちは休む暇もなく、船底に溜まった淦水《かんすい》の搔きだしに掛かっている。

もはや、水は中船梁《なかふなばり》まで迫る勢いだった。

「水船になる。早う搔きだせ」

水鉄砲のごとき「すっぽん」など、糞の役にも立たない。

陽太郎も手桶を使って、必死に水を掻きだしつづけた。
浸水がひどいので、さらに酒樽を百樽ほど海に捨てる。
一段と高い横波が牙を剝いてきた。
――ぐわん
耳に聞こえてきたのは、断末魔の叫びであろうか。
船体は大きくかたむき、すぐさま、反対側に揺り戻される。
陽太郎は甲板の端から端まで転がった。
頭を打って気を失いかけたが、どうにか起きあがる。
命綱がなければ、波に攫われていたことだろう。
船室が気になり、身を屈めてそちらへ戻った。
「勘八、おい、何処だ」
這いつくばって勘八を捜すと、炊事場の陰で気を失っていた。
床几の角にでもぶつけたのか、額から血を流している。
「おい、起きろ」
平手打ちをすると、勘八は目を開けた。
「……よ、陽太郎はん……こ、ここは西方浄土《さいほうじようど》か」

「阿呆、矢倉のなかや。気持ちをしっかり持て」

わざと声を荒らげ、気弱になった勘八を叱咤する。

そのとき、強がる気持ちを奈落《ならく》に落とす台詞が聞こえてきた。

「外艫が毀《こわ》れた。舵が流されてもうた」

まさかとおもったのもつかのま、船首の「合羽」から雷鳴のような亀裂音が聞こえてくる。

急いで甲板へ飛びだしてみると、端舟《はしぶね》と呼ばれる小舟が無残にもまっぷたつになっていた。

――ぶうん、ぶうん
檣と艫を繋ぐ水縄が、激しく揺れながら唸りだす。

はっとして振りかえると、鉞《まさかり》を持った源五郎が立っていた。

舵取りの森三が、かたわらで叫んでいる。

「頭《かしら》、まだ早い、まだ早いで」

後ろから岩も巨体を寄せ、源五郎を羽交い締めにする。

その手を強引に振りほどき、歴戦の船頭は獅子吼《ししく》した。

「放さんかい。わしが引導《いんどう》を渡したる」

髪を振り乱したすがたは、地獄の釜を焚《た》く獄卒《ごくそつ》のようだ。
源五郎は揺れる船体をものともせず、櫓の筒までたどりついた。
「ぬおっ」
前歯を剝き、鉞を頭上高く振りあげる。
――ばすっ
櫓の根元に打ちこんだ。
波に攫われかけても、微動だにしない。
森三と岩も覚悟を決め、源五郎を手伝った。
――ばすっ
鉞が打ちこまれるたびに、船体は沈痛な悲鳴をあげる。
まるで、生き物のようだった。
源五郎にしてみれば、命よりもたいせつな船であろう。
何せ、十年も苦楽をともにしてきたのだ。
が、櫓を失えば、船はただの箱になる。
水夫たちは泣いていた。
泣きながら水を掻きだしている。

——ばきっ
檣が折れた。

根元から枯れ木のように倒れ、海へ落ちていく。

呆気ないものだ。

頼みの檣は波に呑まれ、漆黒の海に消えてしまった。

「ぬおっ」

源五郎は口惜しさを紛らわすように吼《ほ》え、小刀でみずからの元結《もとゆい》を切った。

森三と岩も元結を断ち、水夫たちも同じようにする。

あとは水を搔きだしながら、神仏に祈りつづけるしかない。

「どうか、お助けください」

勘八もみなに倣《なら》い、陽太郎も迷ったあげく、元結を切った。

床几のうえでは、和磁石の針が狂ったように躍っている。

嵐はいっこうに収まる気配をみせない。

いったい此処《ここ》は何処で、箱船は何処まで流されていくのか、陽太郎にはまったく見当もつかなかった。

九

鯨に呑まれた男のはなしを聞いたことがある。

腹のなかで何日も生きのび、鯨が潮を吹いたときに外へ吐きだされてみると、夢にまでみた砂浜に達していた。たしか、そんなはなしだ。

年端もいかぬころ、父が寝物語に語ってくれた。

御伽草子《おとぎぞうし》のなかにある噺《はなし》のひとつかもしれない。

どうしておもいだしたのか、陽太郎はよくわからなかった。

陸を焦《こ》がれてやまぬからか、それとも、悲愴なことは考えたくないからか。

遠州沖で漂流してから、板壁に書いた正の字が三つになった。

つまり、十五日が経ったことになる。

暦は弥生《やよい》に替わった。

里山では桜が咲きはじめたころだろう。

源五郎以下十一人を乗せた箱船は、凪《な》ぎわたった海上を漂流している。

空も海も青一色、荒波に翻弄された日々が嘘のようだ。

どの辺りを漂っているのかもわからない。

伊豆諸島沖か、奥州《おうしゅう》沖か、それとも、蝦夷まで流されているのか。

あるいは、同じ遠州沖の何処かを行きつ戻りつしている公算も大きかった。

たとい、大まかな位置が判明したとしても、舵も帆も失った箱船では陸地へ行きつくことはできまい。

積み荷の酒樽は、ほとんど捨ててしまった。

今となっては、せっかく造った「一分」を藻屑《もくず》にしてしまったことだけが痛恨の極みだ。

最初の時化で船内が水浸しになったので、食べ物も五日前から尽きてしまっている。雨水を溜め、どうにか呑み水だけは確保していたが、それもいつまで保つかわからなかった。

水夫たちは緩慢にしか動けず、多くの者は生きることすらあきらめかけている。漂流しはじめたころは恨み言や念仏を唱《とな》えていた連中も、今では考える気力すら失っていた。

幸い好天がつづいているおかげで、凍《こご》え死ぬことだけは回避できている。むしろ、日中は強い日差しを避けねばならず、喉が渇いて仕方なかった。

遥かむかしのことのように感じられるが、昨日、船体の半分はあろうかという大きな鱶が船の真横に近づいてきた。

若い衆のひとりが舷《ふなばた》に立ち、銛《もり》を握って狙いをつけた。

「やめとけ、鱶は志摩にある磯部《いそべ》明神の使わしめ。捕ったら罰が当たるで」

忠弥のことばを無視した若い衆は、つるっと足を滑らせた。

海に落ちて藻搔《もが》いた途端、鱶の餌になってしまった。

それだけのはなしだ。

仲間の不幸を悲しむ者もいなかった。

明日は自分の運命だとおもったにすぎない。

もはや、水夫の半数は飢え死にしかけている。

陽太郎はどうにか正気を保っていたが、若い衆のなかには半笑いを浮かべながら世迷言《よまいごと》を口にする者も出てきた。

おおかた、彼岸に片足を掛けているのだろう。

淦水を吞んで腹を壊す者も多く、船内には臭気が漂っている。

どんな情況になっても、源五郎はいっさい言い訳をしなかった。

こうなってしまったのは、船頭である自分が判断を誤ったせいだ。

そのことを謝ったからといって、水夫の命を救えるわけではない。

ただ、ひとりだけ声を嗄らし、衰弱した仲間を励ましつづけた。

「あきらめるな。わしらはきっと助かる」

おそらく、それが自分にできる最後のつとめと考えているのだろう。

生きる気力を失いかけた連中の肩を摑んでは揺すり、頬を平手で打ちながら、必死にことばを掛けつづけた。

立派だとおもう。

なかなか、できることではない。

一日の終わりがやってくると、源五郎は疲れきり、死んだように眠りに就いた。

十六日目も、朝から晴天となった。

正午頃になり、勘八がからだに変調をきたしはじめた。

昨日までは冗談を言いあっていたのに、急に口数が減り、何を聞いても反応が薄くなった。

「飢えとるんや」

岩がわざわざ、水を汲んできてくれた。

干涸《ひか》らびた唇を濡らしてやると、勘八は瞼を震わせ、両目を細く開けた。

「……よ、陽太郎はん」

「ん、どうした」

「……わ、わし……お、お江戸見物……し、したかった」

「しよう。江戸へ行こう。約束や。いっしょに江戸へ行こう。な、勘八」

「……う、うん」

勘八は力無く微笑み、陽太郎の肩越しに向かって指を差そうとする。

「……あ、あれを」

振りむけば、信じられない光景が目に飛びこんできた。

鱗《うろこ》を銀色に輝かせた魚が、甲板のうえを飛び交っている。

「飛び魚や」

岩が叫んだ。

十尾や二十尾ではない。

夥《おびただ》しい群れが銀鱗《ぎんりん》の弧を描いている。

源五郎や森三も、真っ裸で飛びだしてきた。

骨の浮きでたからだに、飛び魚が勢いよくぶつかってくる。

——ばしゃっ、ばしゃっ

陽太郎は我を忘れ、船板のうえに転がった。

跳ねる飛び魚を鷲摑《わしづか》みにし、そのまま腹にかぶりつく。

生臭さなど感じない。

空腹を満たそうとする本能がそうさせるのだ。

みなは同じように、飛び魚の腹にかぶりついた。

まるで、餓鬼どもが食べ物を貪っているかのようでもある。

陽太郎はふと我に返り、飛び魚を両手に摑んで艫へ戻った。

「勘八、ほれ、天の恵みやぞ」

板壁に背をもたせかけた勘八の顔は、笑っているようにみえた。

だが、近づいてみると、すでに息をしていなかった。

「えっ、おい、勘八」

肩を揺さぶると、口から血のかたまりが吐きだされた。

「待ってくれ、起きろ、勘八。いっしょに江戸へ行くて、約束したやないか」

陽太郎は正気を失いかけ、屍骸の頰を張りつづけた。

「阿呆、いつまで寝とるんや。起きろ、早う起きてくれ。勘八、勘八よう」

遺体にしがみつこうとすると、後ろから誰かに腕を取られた。

抗おうとするや、凄まじい力で抱えこまれる。
「もう止めたれ。勘八は仏になったんや」
源五郎であった。
勘八が逝《い》ったとわかっても、涙すら出てこない。
情けなかった。
助けてやると約束したのに。
陽太郎は項垂れ、掌で勘八の眸子を閉じてやる。
そのときだった。
――どおん
船底に凄まじい衝撃が走った。
何かに下から衝きあげられ、その拍子に、陽太郎のからだは中高く舞いあがる。
「うわっ」
舷から海に落ちていった。
水泡を吐きながら、海中深く沈んでいく。
藻掻く力も出てこない。
目を開けて上をみれば、箱船の底が巨大な岩礁に乗りあげていた。

どくどくと、心《しん》ノ臓《ぞう》が脈打ちはじめる。
近くに陸地があるにちがいない。
突如、生きる希望が湧いてきた。
くそっ。
残っている力を振りしぼり、両手で大きく水を掻く。
死んでたまるか。
水面《みなも》がどんどん近づき、一筋の光明が射し込んできた。
渾身のひと掻きで、ぐんと半身が伸びあがる。
――ばしゃっ
水飛沫《みずしぶき》とともに、陽太郎は海上に首を出した。
見上げれば、仲間たちの顔が舷に並んでいる。
とめどもなく、涙が溢れてきた。
ひょっとすると、勘八が幸運を呼びこんでくれたのかもしれない。
舷に並んだ顔のなかには、逝ってしまった仲間たちの顔も確かにあった。
「ほれっ」
岩が舷で身構え、網を投じてくる。

陽太郎は抜き手を切って近づき、網のほうへ右手を伸ばした。

第四章 勝算ありや

一

漁師に助けられてから、ひと月近くが経った。

大坂でも八重桜が散り、木々の葉は新緑に変わりつつある。

どうやって命を拾ったか、そんなことは語りたくもない。

座礁したさきは紀伊半島の突端、大島のそばだった。

箱船と化した「栄光丸」は遠州沖を十六日間も漂流したあげく、逆向きの潮流に乗って紀州まで戻されていた。

生きのびた水夫たちが手を取りあって喜ぶのを尻目に、船頭の源五郎は魂が抜けたような顔をしていた。無理もなかろう。若い水夫を三人も死なせ、虎の子の樽廻船まで失ったのだ。

源五郎は助けられた翌晩、ふらりと居なくなり、そのまま行方知れずになった。

陽太郎のもとには、舵取りの森三に手渡された紙切れが残された。紙切れには大坂の住吉にある居酒屋の屋号が書いてあった。居酒屋を訪ねれば源五郎に会えるかもと言われたが、会う気はない。たぶん、二度と会うこともあるまい。

目を瞑《つむ》れば、勘八の微笑む顔が浮かんでくる。「いっしょに江戸へ行こう」と告げたのに、約束を果たすことはできなかった。

「くそったれ」

目を閉じれば、勘八のおどけたすがたが浮かんでくる。日野屋ではいつも陽気に接してくれた。仲間外れになりかけたときも、冗談を言いながら励ましてもらい、どれほどありがたかったかわからない。

辛い。あまりに、辛すぎる。

勘八が亡くなったと知れば、治兵衛と知花も杜氏の多吉も深く悲しむだろう。本来なら芦屋へ挨拶におもむき、勘八の最期《さいご》を伝えねばならなかった。が、怖くてできない。

いったい、何をはなせばよいというのか。勘八は死に、自分だけは生き残った。自分は運がよく、勘八は不運だったとでも告げるのか。そのようなこと、できようはずもない。

せっかく造った「一分」も、半分をそっくり失った。

日野屋の損失は大きすぎて、ひょっとしたら立ちなおることができなくなっているかもしれない。そうした窮状を知りたくもなかったし、何よりも知花の悲しむ顔をみる勇気が出なかった。

陽太郎は身を隠すさきを大坂の雑踏に求め、しばらくは市中を当て所《あど》も無く徘《はい》徊《かい》しながら残飯を漁《あさ》った。生きていれば、腹も減る。口に入れるものは、何でも美味かった。そして、数日後には天満《てんま》や堂島《どうじま》の河岸に立ち、荷揚げの人足をやっていた。人足頭の口利きで南船場《みなみせんば》の博労町《ばくろうまち》にある裏長屋へ落ちついたのは、つい先だってのことだ。

陽太郎は月代《さかやき》も無精髭《ぶしょうひげ》も伸ばしたまま、心斎橋筋《しんさいばしすじ》の書肆街《しょしがい》を彷徨《うろつ》き、道頓堀《どうとんぼり》に架かる戎橋《えびすばし》を渡った。渡ったさきに人形浄瑠璃の竹本《たけもと》座があったので、橋は「操り橋」という異名で呼ばれている。

竹本座の演目は平家《へいけ》の亡霊が海上に嵐を起こす『義経千本桜』だったので避け、難波新地《なんばしんち》の中心でもある法善寺《ほうぜんじ》の境内へ向かった。

当てがあるわけではない。

床見世《とこみせ》や見世物小屋が集まる境内は、今日も遊山客《ゆさんきゃく》で賑わっている。喧噪《けんそう》に浸っているあいだだけは、鬱々《うつうつ》とした気持ちから逃れられた。

葦簀《よしず》張りの床見世では、七味やら茶碗やら雑多なものが売られている。

植木市を覗いてみると、八日の灌仏会《かんぶつえ》に使う花々が並んでいた。

「牡丹《ぼたん》に芍薬《しやくやく》、百合《ゆり》に藤《ふじ》に杜若《かきつばた》、よりどりみどり」

売り子はよく日に焼けた女で、額に汗を滲ませている。

ふと、女のかたわらに置かれた素焼きの獣に目が止まった。

どきりとする。

篠山藩縁の王地山焼きにまちがいない。

しかも、見慣れぬ獣は架空の聖獣、白澤にほかならなかった。

「すまぬ、その焼き物」

勢い込んで尋ねると、女はおもわず身を反らす。

「これは売りもんとちゃう。商売繁盛のおまじないやさかいね」

「それをどうした。買《こ》うたんか」

「貰《もろ》うたんや。ほら、あそこ。参道の向こうで、焼き物売っとるやろ。香具師《やし》のおっちゃんに、ぎょうさんあるからひとつあげるって言われたんや」

陽太郎は礼も言わず、踵《きびす》を返して参道を横切った。

なるほど、焼き物を売る床見世があり、胡麻塩頭の親爺《おやじ》が眠そうに座っている。

さまざまな焼き物に交じって、人物や獣を象《かたど》った王地山焼きも散見された。

「親爺さん、これは篠山の王地山焼きやな」

「えっ、まあ、そうやけど」

「誰から仕入れた」

「誰からやったかなあ。ひとつ買うてくれたら、教えてやってもええで」

「白澤が欲しい。なんぼや」

「そうやなあ」

親爺が口にした値段は高すぎて、とても陽太郎に払えるものではなかった。

「金がないなら去《い》ね。そこにおられたら商売の邪魔や」

「何やと」

腹の底に溜まった怒りが、のどもとまで迫《せ》りあがってくる。情けない自分を見透かされたようで、身を捩《よじ》りたくなるほどの口惜しさを抑えきれなくなった。

陽太郎は屈みこみ、目のまえの茶碗を摑んだ。

高々と振りあげると、親爺が声をひっくり返す。

「やめ、何さらしとんねん」

「ぬおっ」

茶碗を地べたに叩きつけようとしたとき、後ろから突き刺さるような声が掛かった。

「若っ」

驚いて振りむけば、小太りの懐かしい顔が立っている。

「……も、茂助か」

「はい、茂助にござります。この四年半、王地山焼きを露店に卸しながら、ずっと若を捜しておりました」

「えっ」

茂助は目に涙を浮かべ、唇《くち》もとを震わせる。むかしのまんまだ。茂助と再会できたことが、陽太郎にはまだ信じられなかった。

「あの白澤、おまえが焼いたのか」

「はい。いつか若にみつけていただこうとおもい、一所懸命に轆轤《ろくろ》をまわし、ようやく売り物にできるまでになったのでござります」

「……そ、そうか」

「若、ほんまに若なのですね」

「おう」

「よかった、生きておられてほんまによかった……う、うう」

茂助は人目も憚《はばか》らずに泣きはじめる。

陽太郎も我慢できなくなった。

たがいに歩みより、しっかり肩を抱きあう。

そして涙を拭き、参道をゆっくり歩きだした。

「つもるはなしもござります」

「ああ、そうやな」

何をさておいても、四年半前に起こした凶行の顚末《てんまつ》が知りたい。

逸《はや》る気持ちを抑えつつ、茂助のずんぐりとした背にしたがった。

賑わう道頓堀を抜けて「操り橋」を戻り、御堂筋《みどうすじ》を北へ向かう。

長堀《ながほり》の手前で左手へ曲がり、佐野屋橋《さのやばし》の東詰めまでやってきた。

大小さまざまな石が、ごろごろ転がっている。

「摂津の御影《みかげ》石、播磨の立山《たつやま》石、紀伊の大崎《おおさき》石、越前《えちぜん》の北庄《きたのしょう》石、近江《おうみ》の木戸《きど》石、京の白川《しらかわ》石……上方じゅうの石が石浜《いしはま》には一堂に集まってまいります」

茂助は唄うように口ずさむ。

手先の器用さを生かし、石工《いしく》もやっているらしい。

「それもこれも、若にお会いしたいがため。かならずや、この大坂におられるものとおもっておりました」

茂助は露地裏の木戸を潜り、裏長屋のどんつきへ陽太郎を導いた。二年前から九尺二間《くしゃくにけん》の部屋を借り、篠山とのあいだを行ったり来たりしているのだという。

茂助は酒の仕度をし、あらためて邂逅《かいこう》を喜んだ。

「ずいぶんご苦労なされたご様子で」

「ふむ」

注がれた酒に口をつけ、陽太郎は目を細める。

「これは、白鶴か」

「若とお会いできたらお注ぎしたいと、五合だけ買っておいたのでござります。それにしても、よくお当てになられましたな」

上等な「白鶴」よりもっと美味い酒を造っているのだと言いかけ、陽太郎はことばを呑みこんだ。

仲間を失った嫌な記憶を、今はまだ封じこめておきたかったのかもしれない。

茂助は座りなおし、襟をきゅっと締めた。

「まっさきにお伝えせねばなりません。若は誰からも追われておりませせぬぞ。しかも、出奔《しゅっぽん》ではなしに、廻国《かいこく》修行に出られたことになっております」

「……ま、まことか」

「はい。すべては、御母堂佳津さまのご尽力によるものかと」

「母上の」

「ご実家の桑田忠左衛門さまに懇願なされ、目付筋に掛けあっていただいたのだとか」

「ふん、余計なことを」

感謝よりも、怒りのほうが先に立った。

百姓を虫螻も同然にあつかい、凶行を煽った張本人こそ、母の実兄でもある桑田忠左衛門なのだ。

藩の密命と言いながら、させようとしたことは百姓殺しにほかならない。みずからの立場を盤石《ばんじやく》なものとすべく、まっとうな訴えを起こそうとした清七を甥《おい》の陽太郎に葬らせようとした。事情を知らぬ母の仲立ちがあったにせよ、そのような人物に助けてほしくはない。

それに、百姓殺しの裏事情が表沙汰になれば、伯父の桑田とて無事ではいられなくなる。保身のために事を穏便に済ませるしかなかったのだろうと、陽太郎は臆測した。

「ぬう」

苦しげに呻《うめ》き、ぎゅっと奥歯を噛みしめる。

脳裏に浮かんだのは、清七が斬られた瞬間だった。

お待ちを、ということばは届かず、鶴橋十内は凶刃《きようじん》を繰りだした。伊平という間者《かんじや》も一刀のもとにされた。陽太郎は死の恐怖に駆られ、必死に逃げようとした。そして、鶴橋と一合《いちごう》交えたのち、後ろもみずに坂道を一目散に駆けおりたのだ。

茂助は声を震わす。

「剣術指南役の鶴橋十内さまは、百姓たちに囲まれて進退窮《きわ》まり、修羅場となった高蔵寺の裏手でお腹《はら》をお召しになりました」

「……そ、そうであったか」

悲惨な結末を予想していたとはいえ、陽太郎は動揺を隠しきれない。

自分はひとりだけ、あの場から逃げた。

密命に抗ったのではなく、言い知れぬ恐怖に衝きあげられたのだ。

百姓たちの主張を取りまとめようとした清七は斬られ、清七を斬った鶴橋は犬死にも同然に腹を切った。自分だけは追っ手も掛けられずに許され、のうのうと生きている。はたして、そんなことが許されるのだろうか。

　自問自答しているあいだも、茂助は喋りつづける。

「鶴橋さまには血縁がおありでない。哀れなおはなしですが、藩には病死として届け出がなされたそうです」

　すべては、憎き伯父のはからいだった。

　しかしながら、伯父の桑田に往年の力はない。

　藩の勢力図は、すっかり様変わりしてしまったようだ。

　昨年、藩主の青山下野守忠良は老中を罷免《ひめん》された。江戸家老の尾崎修理は責めを負うかたちで隠居し、尾崎派の急先鋒であった桑田忠左衛門も急速に力を失った。今は国家老の別所長宗が藩政を牛耳《ぎゅうじ》っており、別所派の重鎮である長曾根帯刀が城中で大きい顔をしているらしい。

「若をいじめた孫の長曾根数之進は近習《きんじゅう》の小頭となり、傍若無人《ぼうじゃくぶじん》ぶりにいっそう拍車を掛けておるようで。されど、さようなことは若と何の関わりもござりませぬ」

　長曾根数之進には幼いころより陰湿ないじめを受けつづけたが、今となってはどうでもよいことだ。それよりも、四年半前の凶事を自分のなかでどうやって決着させたらよいのかわからない。

「じつを申せば、御母堂さまはご実家をお出になり、道場へ居を移されました」

「えっ」

亡き父の志を継ぎ、小柴道場で百姓たちに読み書きを教えているという。

「早苗さまもごいっしょです。こんな茂助を捨てずにいてくださるのも、いつか若にお帰りいただきたいがため。若が篠山藩士として戻ってこられたのち、小柴家を再興したいがためと、御母堂さまは仰《おお》せです」

父を捨てたくせに。今さら、母は何を言っているのか。

それに、みずからの意思でないとはいえ、あれほどの密事に加担し、藩士として戻ることなどできるわけがない。

「悪いことばかりではありません」

茂助は身を乗りだす。

「杉浦金吾さまが、江戸からお戻りになりました」

「そうか、金吾が」

このときだけ、陽太郎の顔はぱっと明るくなった。

金吾は勘定方《かんじようかた》の小頭筆頭として藩財政を仕切り、上役からの信頼も厚いらしい。

「若に会いたがっておられます。もし、よろしければ明日にでも……」

茂助のはなしを手で遮り、陽太郎は顔をしかめる。

「すまぬ、茂助よ。篠山へ戻るつもりはないのだ」

「まだ、お会いしたばかりにございます。四年半ものあいだ、若がどうやって過ごしてこられたのか、茂助にすべておはなしください。おはなしになれば、お気持ちも今日の空と同じに晴れようというもの。これからのことはそのあとで、ゆっくり考えましょう」

以前と変わらぬ従者の優しいことばに、はからずも涙が零れてしまう。

陽太郎はぼそぼそと、自分が歩んできた道程を語りはじめた。

二

茂助は郷里へ戻ることを無理強いせず、寄り添うように側に居てくれたので、陽太郎にもあれこれ考える余裕が生まれた。四年以上前のことは容易に解決できぬものの、藩から罪人扱いされていないとわかっただけでも、肩の荷はずいぶん軽くなったような気がする。

知りたくともわからないことがひとつだけあった。

おみなの消息である。

自分のせいで籠《こも》り屋に繋がれてしまった哀れな娘のことが、今でも忘れられない。唯一の身内である兄の清七をあのようなかたちで失い、さぞや、世の中に恨みを抱いていることだろう。

おみなのまえですべての経緯をあきらかにし、ただひたすら謝りたいとおもっていた。だが、茂助も消息を知らぬようで、そのことだけが棘《とげ》となって心に刺さったままでいる。

ひょっとしたら、杜氏の多吉なら知っているかもしれない。

ただ、多吉に再会する勇気はまだ持てずにいた。

今日は朝から石浜で石を運ぶ仕事に就いた。

口入屋でみつけた仕事だ。木綿《もめん》や干鰯《ほしか》を運ぶのとはわけがちがい、半日ほど経つと足腰が立たぬほど疲れた。

荷受け主が船問屋の淀屋だと気づいたのは、石運びも終わりに近づいたころである。

人足たちのあいだから、疲れに拍車を掛けるような噂話が聞こえてきた。

「淀屋の次男坊、夜ごと新町の揚屋《あげや》に繰りだしては金を湯水のごとく使《つこ》てるらしいで」

「ほんまに羨ましいご身分や。汗水垂らしてはたらくことなど、でけへんのやろな」

「何でも、新町一の太夫《たゆう》と評判の朝霧《あさぎり》太夫を身請けするとか。身請けの樽代《たるだい》は銀百八十貫やて」

「豪儀《ごうぎ》なはなしや」

「しかも、身請けした太夫は妾《めかけ》にして、本妻は灘目から酒蔵の娘を貰うらしいで。金持ちの遊冶郎《ゆうやろう》を旦那にする娘が、何やら可哀相やな」

「玉の輿《たまのこし》や、文句ないやろ」

酒蔵の娘とは、知花のことにちがいない。淀屋の次男坊とのあいだに縁談が持ちあがっていると教えてくれたのは、今は亡き勘八であった。

治兵衛は肝煎りの仲立ちを峻拒《しゅんきょ》できなかったのだろうか。

仕込んだ「一分」を失ったことが原因で縁談を受けざるを得なくなったとしたら、樽廻船に乗っていた自分にも責任の一端はあると、陽太郎はおもいこんだ。

それにも増して、廓狂いの次男坊には憤《いきどお》りを抱かざるを得ない。

夕刻、余計なこととは知りつつも、陽太郎は新町へ足を向けた。

見も知らぬ次男坊に面と向かって、強意見《こわいけん》しようとおもったのだ。

できれば、知花との縁談をあきらめさせたかった。

どうしてもと望むなら、金輪際《こんりんざい》、廓遊びを止めよと脅しつけてやる。

破談になれば財力のある淀屋に頼ることもできなくなり、日野屋は蔵元としてやっていけなくなるかもしれない。そのこともちらりと脳裏を過《よぎ》ったが、何よりも知花の幸福を優先させねばならぬ。知花を悲しませぬことだけが、今の陽太郎にとっては重要だった。

暮れなずむ町は万灯《まんどう》に照らされ、床見世が尺地もなく往来を埋め尽くしている。

船場と新町を繋ぐ順慶町《じゅんけいまち》の夜見世であった。衣類に袋物、櫛笥《くしげ》に珊瑚《さんご》に瑪瑙《めのう》、盥《たらい》に小樽《こだる》に飯櫃《めしびつ》に杓子《しやくし》、草履に日和《ひより》下駄、鍋釜に茶碗、あるいは神棚から仏器《ぶつき》まで、ありとあらゆるものが揃っていた。

客の多くは堺筋から賑やかな順慶通りを抜け、堀川《ほりかわ》に架かった新町橋を渡る。

橋を渡ったさきは楼閣の南詰め、大門《おおもん》を潜れば大坂で一番華やかな極楽があった。

島之内《しまのうち》や曾根崎《そねざき》の岡場所とは格がちがう。

日の本の三大遊郭といえば「江戸吉原《よしわら》、京島原《しまばら》、大坂新町」だが、西に海、東に川、南北に遠く山脈をのぞむ新町は「水楼」として知られ、吉原や島原では廃《すた》れてしまった揚屋《あげや》入りの風習が残っているところから「日の本の遊郭を見渡しても新町の揚屋にまさるものなし」と、ものの本にも記されていた。

周囲を溝《どぶ》に囲まれた遊郭は、瓢簞町《ひょうたんまち》、佐渡島町《さどしまちょう》、越後町《えちごまち》、新堀町《しんぼりちょう》、新京橋町《しんきょうばしちょう》、佐渡屋町《さどやまち》、九軒町《くけんちょう》などからなり、東西南北に四つずつ碁盤《ごばん》の目に切られた往来には、軒提灯《のきぢょうちん》と玉簾《たますだれ》に彩られた茶屋や揚屋がずらりと並んでいる。

素見客《ひやかし》の目は、揚屋入りの太夫道中に吸いよせられた。

豪華な打掛《うちかけ》を纏った太夫は若い衆に大柄傘《おおえがさ》を差しかけられ、新造《しんぞう》や禿《かむろ》をしたがえて八文字歩きの高下駄を引きずっている。

陽太郎も我を忘れ、道中に目を釘付けにされた。

「あれが噂の朝霧太夫や。新町一の太夫やで」

なるほど、美しいのであろうが、陽太郎にその良さはわからず、豪華に演出された太夫道中が歌舞伎の一場面にしかみえない。

「身請けの樽代はな、銀百八十貫やて」

「ほんまか。そないな大金、誰が出すんや」

「淀屋の惣次いう次男坊や。なんでも、太夫を妾にするらしいで」

「羨ましいやら、阿呆らしやら、わしらには雲を摑むようなはなしや」

陽太郎は俯き、なかなか進まぬ太夫道中を追いかけた。

新町通りを奥へ進み、たどりついたのは九軒町の横道にある「吉本屋《よしもと》」という揚屋である。総二階の豪勢な門構えに表は紅殻《べんがら》の格子造り。あとで知ったことだが、間口《まぐち》十二間（約二二メートル）で裏行入込《うらゆきいりこみ》六十間（約一〇九メートル）余という造りは、新町のなかでも一番大きな揚屋にほかならなかった。

朝霧太夫の揚屋入りは派手派手しくお披露目され、二階座敷で待つお大尽は衆目を集めた。

陽太郎は楼閣の二階を見上げ、本多髷《ほんだまげ》に髪を結った淀屋惣次の面相を目に留める。

「あいつか」

頭に描いたとおりのうらなり顔、眉間《みけん》に縦皺を寄せる様子が癇《かん》の強そうな気性をしめしている。

さすがに揚屋へ踏みこむ勇気は出ず、宴が終わるまで待つことにした。

閨《ねや》をともにするようなら、後朝《きぬぎぬ》の別れまで待ちつづけねばならない。
それでも、いっこうに苦ではなかった。
やるときはやってやる。
こんな気持ちになるのは、何年ぶりのことだろうか。
御前試合で明神数馬と対峙して以来かもしれない。
「あんなやつに……」
あんなうらなりの若造に、知花を奪われてたまるか。
強意見するだけのはずが、縁談を阻む気になっている。
阻めぬとすれば、それは負けを意味した。
長らく忘れていた負け嫌いの性分が、ひょっこり頭を擡《もた》げたのだ。
真夜中になった。
「朝まで待つか」
溜息を吐いたとき、表口が何やら騒々しくなった。
どうやら、お大尽《だいじん》一行のお帰りらしい。
揚屋の主人が、わざわざ見送りに出てくる。
淀屋惣次とは、よほど大事な客なのだろう。

破格の身請け話も、ただの噂ではあるまい。

うらなり顔の惣次が、表口にあらわれた。

露払いよろしく、強面《こわもて》の連中が先導する。

先導するなかに、知った顔をみつけた。

「あれは」

はんざきの弥平次、日野屋に嫌がらせをしてきた、所のごろつきである。

そう言えば、実兄が新町で廓をやっていると、知花がはなしてくれた。

実兄が朝霧太夫の抱え主か揚屋の忘八《ぼうはち》だとすれば、新町全体を敵にまわす恐れも出てこよう。

それでも、陽太郎に躊躇いはない。

手拭いで頰被《ほっかむ》りをして一行の背につづき、ひとつ目の辻を曲がったところで声を掛けた。

「おい、待て」

しんがりの若手が振りむき、さっと身構える。

「何や、おまえ」

脅されても怯まずに近づき、若手の鳩尾《みぞおち》に当て身を食らわした。

さらに、左右のふたりを手刀で昏倒《こんとう》させるや、うらなり顔の惣次が弥平次の後ろに身を隠す。

「何するんや」

弥平次は懐中から匕首を引きぬき、頭から突きこんできた。

もちろん、陽太郎の敵ではない。

すっと身を躱し、手刀を首筋に打ちこんだ。

「うっ」

弥平次は呆気なく気を失い、惣次と提灯持ちの手代だけが残る。

陽太郎が一歩近づくと、惣次は尻餅をついた。

「……か、堪忍してくれ」

まだ何も言っていないのに、声を震わせて謝ろうとする。

陽太郎は屈みこみ、鋭い眼差しで睨《ね》めつけた。

「日野屋から手を引け。さもないと、命を貰う」

「えっ」

惣次は怪訝な顔になる。

陽太郎はかまわず、相手の胸倉を摑んだ。

「約束しろ。金輪際、日野屋とは関わらぬとな」

「……や、約束する……て、手……は、放してくれ」

手を放した途端、全身からどっと汗が出てきた。

そこへ、廓の用心棒たちが騒々しくあらわれ、大門脇の番所からも黒羽織《くろばおり》の町方同心がやってくる。

陽太郎は囲まれても、いっこうに怯まない。

一番強そうな町方同心に向かって、猪よろしく突進していった。

「ぬわっ」

肩からぶつかり、同心のからだを撥ね飛ばす。

驚いた用心棒たちの隙を衝き、その場から逃げだした。

「追いかけろ、逃がすな」

大路を駆けぬけ、辻をいくつか曲がる。

追っ手の数は増え、横道からも飛びだしてきた。

灯りのない闇をめざせば、行き止まりには溝《どぶ》がある。

進退窮まったかにみえたとき、脇道から誰かに声を掛けられた。

「おい、こっちゃ」

咄嗟《とつさ》に反応し、声の主にしたがう。

「助けたる。従いてこい」

得体の知れぬ男の背につづき、陽太郎は漆黒の闇を手探りで進んだ。

三

連れこまれたさきは、廓の片隅にある置屋《おきや》風の平屋だった。

助けてくれた顔の長い男は「赤腹《あかはら》の伝蔵《でんぞう》」と名乗った。

綽名の由来は、夏でも朱の胴巻きを着けているからだという。

窓のない薄暗い部屋に導かれると、薹《とう》の立った遣《や》り手《て》風の女が酒膳を運んできた。

伝蔵は陽太郎の素姓を質そうともせず、淀屋惣次を襲った事情だけを知りたがった。

「なるほど、蔵元の娘に惚れてんのか。好いたおなごのために、淀屋のぼんくらを脅しつけたんやな。へへ、おもろいやっちゃ、見込んだとおりや」

助けてはもらったものの、警戒を解くわけにいかない。

「わしはな、玉子を商《あきの》うとる」

「玉子」

知りあいの鶏屋から大量に買いつけ、揚屋や置屋に卸している。

「玉子は精力の源やから廓では飛ぶように売れるんや。ふへへ、鳩が豆鉄砲食ろうたような面をしよるのう。近頃はせせこましいことばかりや。ちいとも、おもろない。おもろないことの極めつきは、町方役人に金を摑ませて私腹を肥やす強欲商人どもや。なかでも、船問屋の淀屋惣右衛門《そうえもん》には腹が立つ。金に物言わして、廓を牛耳った気でおるんや。わしに言わしゃ、虎の威を借る狐や。狐の子は狐、ぼんくら惣次はいつか、へこましてやらなあかん」

陽太郎が折よくあらわれ、ごろつきども相手に見事な立ちまわりをみせてくれたのだという。

「はんざきの弥平次は、他人《ひと》を騙《だま》して小金を稼ぐ小悪党や。兄貴が吉本屋の忘八やさかい、ぼんくら惣次の用心棒を仰せつかったにすぎん。弥平次は嫌われ者やから、あんたに喝采を送った者は大勢おったやろ。わしもそのひとりでな、こら助けたらなて、おもうたわけや」

陽太郎は、ぺこりと頭を垂れた。

「かたじけのうございました」

「おっと、堅苦しい言いまわしやな。ひょっとして、あんた、お侍か」

「……い、いいえ、ただの河岸人足にございます」

「蔵元にもおったんやろ」

「えっ……ええ、まあ」

「ただの河岸人足にゃみえへんけど。まあええわ、人にはそれぞれ事情があるよってな」

表口が騒がしくなったので、陽太郎は身構えた。

伝蔵は不敵な笑みを浮かべる。

「ふふ、会所の連中が走りまわっとんのやろ。心配すな。騒ぎはすぐに収まる。ここに二、三日隠れて、ほとぼりが冷めたころに大門から堂々と出ていったらええ」

しばらくすると、外の騒ぎは収まった。

ふたりは酒を酌《く》みかわし、伝蔵は廓の事情などを滔々《とうとう》と喋りつづけた。

「あんたはようやった。わしらのでけへんことをやってくれた。そやけど、かえって、ぼんくらを焚きつけたかもしれへんで」

「えっ」

「ぼんくら惣次は存外《ぞんがい》に食わせ者でな、あれしきのことであきらめるとはおもわれへん。それにな、淀屋惣右衛門が灘目の蔵元を欲しがっとるいう噂は、わしの耳にも聞こえとる。放蕩者《ほうとうもの》の次男坊を蔵元の婿養子に出せば、何もかもいっぺんに解決するっちゅうわけや」

気持ちが暗澹《あんたん》としてくる。

いったい、知花との縁談はどこまで進んでいるのだろうか。

「でもな、淀屋がほんまに欲しがっとるんは、蔵元の酒株やない。自前で小さな酒蔵を持ったかて、儲けはたかが知れとる。かえって、手間暇が掛かるいうもんや。儲けるためなら、酒なんぞ造らずに荷受けだけしとったほうがなんぼましかわからへん」

「そしたら、淀屋は何のために日野屋を欲しがっとるんですか」

「名誉や」

「名誉」

「ああ、そうや。この大坂で押しも押されもせぬ大商人になるには、金儲けに長《た》けとるだけではあかんのや。淀屋は凄い、あれだけのことをしてのけたと、誰からも手放しで褒められる。そうなりたいと、心の底から願っとるんやろ」

「でも、どうやって」

名誉なんぞというものを手に入れることができるのだろうか。

それは数代にわたって培った信用が、おのずともたらしてくれるものではないのか。

「手っ取り早い方法がひとつだけある。何やとおもう」

陽太郎は問われ、首を捻った。

まったく、こたえが頭に浮かんでこない。

伝蔵は手酌で酒を注ぎ、不敵な笑みを浮かべてみせる。

「新酒番船や。蔵元におったんやから、知っとるやろ」

もちろん、知っている。

新酒番船のことは、船頭の源五郎も口にしていた。

大坂から江戸へ、誰が一番早く酒を運ぶか。

船頭を志した者なら、一度は挑んでみたい帆走競《くら》べである。

「今年も惣一番は三國《みくに》屋の『明神丸』やった。船頭は当代随一と評される甚太夫《じんだゆう》、運んだ酒は嘉納屋の『白鶴』や」

ここ三年はずっと同じ顔触れで、船問屋の三國屋と上灘中組御影郷の嘉納屋が天下一の称号をほしいままにしていた。

「淀屋は死ぬほど口惜しいんや。どうしても、日の本一の船問屋になりたい。そのためには、強敵と互角以上にわたりあえる樽廻船と船頭と銘酒がいる」

すでに、船は用意できているという。伝蔵によれば、それは一千二百石積みの新造船らしかった。

「船頭は何人かおる。これとおもう相手はまだみつかっておらんようやが、いざとなれば淀屋は大金を積んで、甚太夫を引き抜くつもりや。そやけど、酒だけはどうにもならん。淀屋が運ぶ酒は『白鶴』を超えると誰もが認める酒やないと。たとい、惣一番になったとしても、運んだ酒の評判は別のはなしや。舌の肥えた江戸の連中を唸らせる酒やないとあかん」

そこは、淀屋も並みの商売人ではない。いろいろ試したあげく、白羽《しらは》の矢《や》を立てたのが「一分」だったという。

「不幸にも、淀屋に選ばれてしもたんや。あんたもわかってるとおもうが、日野屋の主人は縁談を頑なに拒んどった。ところが、海難で新たに仕込んだ寒造りの半分を失い、酒蔵をつづけていくのも難しなったらしい。淀屋にしてみれば渡りに船や。日野屋は恥も外聞も捨てて、泣きつくしかない。淀屋に酒株と娘をくれてやれば、首を縊《くく》らんでも八方丸く収まるっちゅうわけや」

淀屋に肩入れするようなはなしの流れに、陽太郎は憤りを抱きはじめた。

「怒っとるんか。ふふ、はなしは最後まで聞け。淀屋が『一分』を手に入れれば、来年の新酒番船はおもろいことになる。ひょっとしたら、淀屋の船が惣一番を取るかもしれへん。世間の期待が高まればそれだけ、裏で大きな金が動く」

「裏で金が動く」

「そうや。新酒番船は大博奕や。わしら博奕打ちにとっては、年に一度の大祭なんや」

博奕の胴元、それが伝蔵の裏の顔であった。

「淀屋を儲けさせる気はあらへん。上手に利用してやるんや。ええか、わしのもとには賭け金がぎょうさん集まってくる。日野屋の主人に手伝ってほしいんや。胴元のわしが一割抜いて、残りは勝った者《もん》らで分ける。当然、実入りが多いんは大穴狙いや。勝てる船をどうやって大穴にみせるかが、腕のみせどころっちゅうわけや。わしの策に乗ってくれれば、ぜったいに損はさせせん」

怪しげな山師《やまし》は、自信満々に言い切る。

淀屋に頼らず蔵元をつづけるには、一攫千金《いっかくせんきん》を狙うしかないのだろうか。

「どや、口を利いてもらえんやろか。あんたは命懸けで、日野屋の娘を救おうとした。そのあんたが心を込めて頼めば、わしの熱意も伝わるはずや。ええか、ここが肝心なとこやで。日野屋の主人を丸めこまんと、はなしにならへんのやさかいな」

陽太郎はげんなりした。

助けられた目途が、はっきりみえてきたからだ。おおかた、淀屋を騙して新造船だけを手に入れ、独自に船頭を仕立てて新酒番船へ挑めとでもいうのだろう。

「別に船問屋の船でなくともええんや。蔵元がみずから番船に出る。前代未聞のはなしやが、それで惣一番でも取ったあかつきには、灘五郷随一の蔵元にのしあがるのも夢やない。後ろ盾になるわしもこの新町に、揚屋を何棟も建てられるっちゅうはなしや」

とどのつまりは、金儲けのはなしだ。

陽太郎は辟易《へきえき》しながらも、反吐《へど》を吐きたい胸の裡《うち》を隠しつづける。

「あんたを助けたんは、もちろん、口利きが目途やないで。最初に言うたはずや、あんたに惚れたとな」

伝蔵はにやりと笑い、冷めた酒を注いでくる。

益々信用のならぬやつだなと、陽太郎はおもった。

四

二日後の早朝、陽太郎は朝靄《あさもや》に紛れて大門から外へ抜けだした。

月代も髭も剃ったので、廓にやってきたときとはまるで別人である。

心ノ臓が早鐘《はやがね》を打ったが、会所の若い衆たちで気に留める者はいなかった。

博労町の部屋に戻って正午過ぎまで眠り、もぞもぞと起きて石浜の裏長屋を訪ねてみると、茂助が目の下に隈《くま》をつくっている。

行き先も告げずに居なくなったのではないかと案じ、夜も眠れずにいたらしい。

「いったい、何処へ行っておられたのですか」

陽太郎は叱られて謝り、廓での経緯をかいつまんで告げた。

茂助は呆《あき》れながらも、深々と溜息を吐く。

「若は日野屋のことが忘れられんのですね。そやけど、赤腹の伝蔵とかいう胴元を信用してはなりません」

わかっておると素直に応じるや、茂助は日和もよいので上町《うえまち》台地の寺町へ遊山に行こうと誘ってきた。

最初に連れていかれたさきは、生國魂《いくくにたま》神社のそばにある浄國寺《じようこくじ》である。阿弥陀仏を本尊とする浄土宗の寺で、境内には不運を幸運に変えてくれる「まんなおし地蔵」が安置されていた。

「若はこの四年あまり、たいへんなご苦労をかさねてこられました。今日よりは、新たな道をお歩きなされまし。それが茂助の願いにござります」

従者は喋りながら、ことばを詰まらせてしまう。

陽太郎には、茂助の気持ちが痛いほどわかった。

故郷の篠山に戻り、小柴家を再興してほしいのだ。

それは亡き父や戻ってきた母や妹の切実な願いでもあろう。

侍の子として生まれ、幼い頃から上士になりたいと願ってきた。藩に復帰すれば、あきらめていた機会を手にできるかもしれない。

だが、出世を果たして家を再興することに格別の魅力を感じているわけでもなかった。

戻るかどうかの決断は、いまだついていない。

だが、今のままでは腐ってしまうこともわかっていた。

運を直したい。

それは紛う方なき心の叫びでもある。

ふたりで一心に祈っていると、背後に人の気配が近づいてきた。

「竹影《ちくえい》階《かい》を掃《は》いて塵《ちり》動かず、月潭底《つきたんてい》を穿《うが》ちて水に痕《あと》なし……」

振りむけば、袈裟《けさ》を纏《まと》った高僧が立っている。

「……竹の葉が風にそよぎ、葉の影が階を箒《ほうき》で掃くように映っている。ただ、あくまでもそれは影にすぎず、階の塵は微動もせぬ。水面に映る月の影もまた同じ、けっして水を穿つことはない。白隠禅師《はくいんぜんじ》が引用なされた宋《そう》代の詩歌《しいか》じゃ。来し方に為したことやおこないに囚《とら》われぬ心を詠《えい》じておる。禅を究《きわ》めた者は、何事かに心を残したり、囚われて痕を残すことはせぬ。我を忘れて目前の物事に取り組んでも、取り組んだのちは心を奪われぬ。いっさい執着《しゅうじゃく》せぬ。それこそが無心というもの、禅者の境涯《きょうがい》じゃ」

僧は呵々《かか》と笑い、風のように去っていく。

浄國寺の住職であろうか。

不幸を幸運に変えてほしいと願うふたりの後ろ姿に、何か感じるものでもあったのだろう。

ありがたい説法の一言一句が、からだじゅうに染みこんでいく。

陽太郎は「まんなおし地蔵」を拝みつつ、はらはらと涙を流していた。

「若、もうひとつお連れしたいところが」

茂助はにっこり笑い、先に立って歩きだす。

四天王寺《してんのうじ》のほうへ少しだけ歩いたところに、同じく阿弥陀仏を本尊とする浄土宗の尼寺があった。

「月江寺《げっこうじ》にござります。ちょうど、藤が見頃にござりましょう」

夕陽が西の海に沈む夕景をのぞむこともできるので、境内は大勢の遊山客で賑わっている。

「藤を愛《め》で、西方浄土を拝む。茂助よ、さぞや、ありがたい気持ちになるのやろうな」

「はい」

石段を上ると右手に本堂、左手に藤棚がみえた。

藤棚の左手は崖になっており、若い男女が楽しげに土器《かわらけ》投げに興じている。

茂助はうわの空で返事をし、藤棚のほうへどんどん歩いていった。

「おいおい、待ってくれ」

陽太郎は笑いかけ、はっとして立ち止まった。

赤い毛氈《もうせん》の敷かれた床几から、知った顔の侍が立ちあがったのだ。

「……き、金吾」

夢ではあるまいか。

幼いころより唯一の友であった杉浦金吾が、満面の笑みで両手を広げている。

「陽太郎どの」

名を呼ばれ、陽太郎は駆けだした。

金吾も転びそうな勢いで駆けてくる。

ふたりは止まらずにぶつかり合い、おたがいの肩を抱きしめた。

会わずにいた四年以上の空白が、一気に消し飛んでしまう。

「……よう、生きていてくれたな」

金吾はその場にくずおれ、人目も憚《はばか》らずに泣きだす。

陽太郎も膝を屈して歯を食いしばり、涙を必死に堪えた。

「若、あれを」

茂助が茜空《あかねぞら》に指を差す。

ふたりは立ちあがり、高みから遥か遠方を見渡した。

紅蓮《ぐれん》に染まった茅渟海《ちぬのうみ》へ、大きな夕陽が落ちていく。

これほど美しい夕陽を観たことはない。

おそらく、二度と観ることもなかろう。

「陽太郎どの、じつは折り入ってはなしがある」

「何だ、あらたまって」

「聞いてくれるか」

「だから、何だと言うておる」

「ならば、言おう。妹の早苗どのを、嫁に貰えぬか」

「えっ」

驚きすぎて、ことばを忘れた。

金吾は恥ずかしげに、身を寄せてくる。

「じつはな、早苗どのもわしを好いてくれておる。御母堂さまもお喜びくださった。あとは、おぬしだけだ。おぬしにうんと言うてもらえれば、わしは胸を張って早苗どのに気持ちを伝えられる」

「寝言を言いおって。くそっ、藩も故郷も捨てた男に何を言えと」

陽太郎が怒ったように応じると、金吾は俯いてしまう。

異を唱えられたと勘違いしたのだろう。

「ふはは、めでたい。金吾、早苗をよろしく頼む」

わざと戯《おど》けてみせるや、金吾は安堵したように微笑んだ。

だが、すぐに陽太郎は不安に襲われる。

「父は亡くなり、家を継ぐべき息子も出奔した。今の小柴家はないも同然だ。母上と早苗が身を寄せていた伯父も今は謹慎中と聞く。そうした家の娘を娶ったところで、おぬしに益はあるのか」

「益になるかどうかなぞ、どうでもよい。出世はおのれの力量で摑むもの。それより、生涯にわたってよき伴侶となる相手かどうか、たいせつなのは、それだけさ」

陽太郎は、ただ何度もうなずくことしかできない。

辺りは薄暗くなってきた。

「そろそろ、酒席とまいりましょう」

気の利く茂助の背にしたがい、陽太郎と金吾は肩を並べて歩いた。

本堂の裏手には「西照庵《せいしょうあん》」という料理屋がある。

招じ入れられた部屋に腰を落ちつけると、茂助は酒と旬の魚を注文した。大皿には鰹《かつお》のたたきが盛られ、注ぎつ注がれつする酒もすすむ。

酔いがまわってくると、金吾は深刻な顔で藩の窮状を訴えはじめた。

「危ういのだ、わが藩は。国家老の別所さまが御納戸金《おなんどきん》を私《わたくし》しおってな、ここだけのはなし、先物相場に手を出して焦げついた。浪費した額は何と、二万両だ」

「げっ」

「わしも驚いた。裏帳簿をみつけてな、別所さまに尻尾《しっぽ》を振る国許の勘定方が何年ものあいだ、御納戸金着服の事実を隠しておった」

「表沙汰にしたのか」

「いいや。今はまだ、殿もご重臣の方々もご存じない。表沙汰にいたせば、別所さまや派を仕切る長曾根帯刀さまなどは腹を切ることになろう。されど、それで済むはなしではない。おそらくは、藩の存亡にも関わってこよう。それだけの重大事だ。何しろ、国家老のやったことゆえな」

すっかり酔いも醒《さ》め、陽太郎は前のめりになる。

「金吾、どうするつもりだ」

「内々に穴埋めせねばならぬ。少なくとも、来春までに金策の目途を立てねば、藩は潰れてしまうやもしれぬ」

「まさか。それで、何か方策は」

「百姓たちから年貢を搾りとる。それ以外に、妙案は浮かばぬ」

「莫迦な。それは妙案などではないぞ」

「ああ、わかっておる。百姓につけをまわすのは愚の骨頂だ。されど、ほかに方策はない」

金吾が大坂へやってきたのは、事情を知る上役から「金貸しどもに頭をさげてこい」という命を受けたからでもあった。

だが、それも徒労に終わるのは目にみえている。

「六万石の小藩に低利で金を貸す商人などおらぬ。大名貸はくれてやったものと考えよというのが、商人どもの不文律になっておるのだ。それでも、殿が幕閣《ばっかく》の老中であられたときは、いくらでも金は借りられた。じつは、そのときの借金も残っておる」

老中の職を解かれた途端、商人たちは潮が引くように遠ざかってしまったという。

「国家老め」

腹の底から、怒りが込みあげてきた。

藩の窮状を見過ごせない気持ちに駆られてくる。

「金吾よ、何故、殿は老中を辞めさせられたのだ」

「わしのごとき下っ端が知るはずもなかろう」

ただ、一部藩士たちのあいだには、まことしやかな噂が囁かれていた。

忠良公は老中の立場を利用し、攘夷《じょうい》を声高《こわだか》に叫ぶ水戸《みと》の徳川斉昭《なりあき》公を失脚させるべく、水戸徳川家のなかで斉昭公に抗う有力な勢力と手を結んだ。実行する段になって謀事が露見し、老中の地位を逐《お》われたというのだ。

「事の真意はわからぬ。千代田《ちよだ》城のなかは伏魔殿《ふくまでん》も同じだ」

いずれにしろ、焦臭《きなくさ》いはなしだ。藩主が江戸で深謀遠慮《しんぼうえんりょ》の渦潮に巻きこまれているあいだ、国許ではせっせと阿呆どもが私腹を肥やしていた。おかげで、今や藩は存亡の危機に瀕している。

「今わが藩に必要なのは、侍としての矜持だ。みずからは食えずとも、藩を生かすために命を懸ける。そうした気概を持つ者が、ひとりでも多く欲しい。陽太郎どの、戻ってこぬか。おぬしがおってくれれば、わしにとっては百人力だ」

友の胸底から絞りだされた叫びに、陽太郎はこたえねばならぬとおもった。

が、安易に首を縦に振ることはできない。

自分には負い目がある。

負い目を引きずりながら、どの面下げて藩へ戻ればよいのか。

それでも、金吾は粘り強く、夜を徹して口説《くど》きつづけた。

「戻ってこい。いや、戻ってきてくれ。藩を生かすためには、誰よりも気持ちの熱いおぬしのごとき男が必要なのだ」

気持ちはぐらぐらと揺れつづけ、朝方になってついに、陽太郎は根負けした。

篠山へ戻ると、金吾に約束したのである。

五

数日後、金吾は安堵した様子で大坂をあとにした。

「陽太郎どのが戻ったら、早苗どのと祝言をあげる」

と釘を刺され、承知したとうなずいたものの、心は今も揺れ動いている。

いずれにしろ、けじめだけはつけておかねばなるまいと、陽太郎はひとりで芦屋郷へ向かった。

——きょっきょ、きょきょきょ
六甲の里山では不如帰《ほととぎす》が鳴いている。

卯月《うづき》も半ばを過ぎ、田植えもあらかた済んだところだ。

まっさきに日野屋の水車小屋がある渓谷へ足を運び、疾風を葬った土饅頭に祈りを捧げた。

驚いたことに、土饅頭は石楠花《しやくなげ》や牡丹や百合で飾られていた。

知花であろう。

時折訪れては、花を手向《たむ》けてくれていたのだ。

「お嬢さん……」

陽太郎は胸を締めつけられ、家へ行こうか行くまいか、ふたたび迷ってしまう。

知花に会えば、侍として故郷に戻るという決断が揺らぎかねない気もする。

四半刻ほど迷ったすえに、ようやく腰をあげ、水車の軋みを背にしつつ、海辺へと重い足を引きずった。

西の空は薄紫に染まり、眼下には白波がみえる。

夕暮れが近づいていた。

日野屋の酒蔵は閑寂《かんじやく》として、近くに人の気配はない。

寒造りを仕込まぬ時季、以前ならば治兵衛は野良仕事に精を出していた。

患ってからは、狭い田圃を小作人に任せて、養生につとめているはずだ。

一方、知花は甲斐甲斐しく父親の世話を焼きながらも、じっとしていられない性分ゆえ、西宮の茶屋などで賄《まかな》い奉公することもあったが、あくまでもそれは寒造りまでの繋ぎにすぎない。

陽太郎は迷った。足が動かない。

やはり、やめておくべきか。

いや、けじめだけはつけねばならぬ。

留守のようなら、書き置きでも残しておこう。

ようやく歩きだし、表口へ近づいた。戸口に隠れ、内の様子をうかがう。

「くそっ、だめだ」

勇気が出ない。

踵を返し、戸口に背を向けた。

と、そのとき、扉が音もなく開いた。

知花が外へ出てくる。

こちらに気づき、惚《ほう》けたように立ち尽くした。

「お久しゅうございます」

陽太郎は間の抜けた台詞を吐き、ぺこりと頭をさげる。

「……あ、あんた、戻らはったんか」

知花は独り言のようにつぶやき、さっと家のなかへ引っこんだ。

佇んでいると、病んだ父親の手を引いて戻ってくる。

治兵衛はすっかり衰え、頰などもげっそりしていた。

「何しに来たんや。今ごろ来られても、やってもらうことなんぞ、何にもあらへん」

「わかっとります。ただ、ご挨拶だけでもと」

「何の挨拶や。身売りせなあかんようになったちっぽけな蔵元に、何の用があって来たんや」

刃《やいば》のように鋭いことばが、胸に突き刺さってくる。

知花が横から口を挟んだ。

「お父ちゃん、まだ身売りすると決まったわけやないんやで。せっかくこうして、陽太郎はんがおみえになったんや。日野屋が今どないなってるのか、ちゃんと聞いてもらったらええんやないの」

治兵衛は押し黙り、家のなかへ引っこむ。

知花がこちらに身を寄せ、白い手を差しだした。

「さあ、こっちへ。遠慮せんと」

陽太郎は差しだされた手を取り、ぐっと引きよせる。

驚く知花に気づき、ぱっと手を放した。

「お嬢さん、船荷のこと、申し訳のないことにございました」

「何言うてんの。陽太郎はんが謝ることとやない。海の神さんやないんやからね」

「お嬢さん」

「お父ちゃんかて、そうおもってる。人の力ではどうにもできんこともあると、わかっとるんや。でもな、正直なところ、相当にこたえとる。『一分』を失ったことよりも、勘八どんのことを悔やんどるんや。何で、あないな素人を船に乗せてしもたんか。あんたのこともそうや。訪ねてきてくれたら、心の底から謝りたい言うとった。それが本音や。不器用やから、あんな物言いしかできん。あらためて、娘のうちから謝らせてもらいます。ほんまに、ご苦労をお掛けし、申し訳のないことでございました」

知花は袖に縋りつき、大粒の涙を零す。

陽太郎は口を結び、涙を必死に堪えた。

家のなかへはいると、治兵衛は殺風景な居間で待っていた。

さきほどとは異なり、殊勝な態度で畳に額《ぬか》ずいてみせる。

「このとおりや、許してくれ」

「そんな……頭をあげてください」

陽太郎は慌てて駆けより、治兵衛の肩を抱き起こした。

「勘八の最期をご報告せねばならぬのに、なかなか参じる勇気が出ず、謝らねばならんのはこちらのほうです」

治兵衛は顔をあげ、嗄れた声で語りはじめた。

「舵取りの森三はんが訪ねてくれてな、遠州沖で破船にいたった経緯を詳しく聞かせてもろうた。勘八の最期も知っている。ご遺族を訪ねてすべておはなしし、相応のこともさせてもろうた。そやから、心配することは何にもあらへん。森三はんから、あんたのことも聞いた。仕舞いまで弱音を吐かず、仲間を励ましつづけたそうやな。勘八のことは弟も同然におもい、最期までそばにいてくれたと聞いた。わしはえらく感銘を受けた。樽廻船にはじめて乗り、生死の境を生きつ戻りつしたにもかかわらず、最後まで生きる望みを捨てずにいつづける。そないなこと、容易《たやす》くできることやない」

　陽太郎はことばもない。

「……も、もうそのくらいで。旦はんにどれだけ褒めてもろうたかて、勘八は生きかえりまへん」

「そうやな。生き残った者は、前をみなあかんな」

「前を」

「そうや。わしはまだ寒造りをあきらめたわけやない。多吉はんにも、冬になったらまた来てもらえるように頼んでおいた」

　残った半分の「一分」を大坂の金貸しに引きとってもらい、それをもとに借金までしたらしい。

「淀屋の申し出を受けぬために、わざわざ利子の高い金貸しから借金をした。それで当座はしのげるやろ。もう一度、寒造りの仕込みもできる」

　酒造りはやめぬという強い意志に、陽太郎は感動していた。

「あんたも、蔵へ来てもらえるんやろ。来てもらわんと困る。そう、多吉はんも言うてたわ」

「そうや。何せ、わしらは天下一の『一分』を仕込み、新酒番船に挑むんやからな」

「えっ、ほんまですか」

陽太郎が目を瞠ると、知花が慌てて口を挟んだ。

「まだ、そうと決まったわけやないのよ。でも、わたしら父娘《おやこ》の意志は固いんです」

「知花の言うとおりや。何としても、新酒番船で惣一番を取らなあかん」

すでに、中古の樽廻船を購入する算段もつけているという。

要するに、治兵衛は船問屋に頼らず、自前の船で勝負に打って出ようと目論んでいるのだ。

「日野屋の生き残りを懸けた挑戦になる。新酒番船で惣一番になるくらいのことをしでかさんことには、借金を返すこともできんのや。一発勝負に負けたら終わり。覚悟はできとる」

覚悟とは、酒株を手放すことを意味するのだろう。

そうなれば、有力な売却相手は淀屋になる。

淀屋の好きなようにさせぬため、無謀《むぼう》とも言うべき帆船競走に参じ、勝負に負けたときには淀屋の言いなりになるつもりなのだ。

皮肉なはなしではないか。

ただ、治兵衛と知花の表情はけっして暗いものではない。

むしろ、憑きものが落ちたように、さっぱりとしている。

ふたりの覚悟は小気味よく、陽太郎はこの無謀な挑戦をどうにかして成功に導きたくなった。故郷の篠山に戻るという台詞を呑み込んだのも、どうにかして関わりたい衝動に駆られたからだ。

治兵衛が病人とはおもえぬほどの活力を漲《みなぎ》らせ、ぬっと身を乗りだしてくる。

「知花はな、ぼんくら息子の嫁になるくらいなら、首を縊《くく》ったほうがましやと言うておる。わしはな、淀屋をぎゃふんと言わせてやりたいんや。それさえできれば本望や」

熱い気持ちが、ひしひしと伝わってきた。

さらに、治兵衛は眸子を爛々《らんらん》とさせる。

「そこでや、陽太郎はん、あんたにひとつ頼みがある」

「……な、何でしょう」

「難しい頼みやで」

「何でも言うてください」

「ふむ。なら、言う。船頭の源五郎を呼び戻してもらえんやろか」

「えっ」

「難しいことは承知のうえや。森三はんも言うとった。源五郎はたぶん、二度と船には乗らんやろうと。わしはな、そうはおもわん。源五郎のやつは、むかしっから言うとった、新酒番船に出るのが夢やとな。夢を叶えられる千載一遇《せんざいいちぐう》の好機や。生まれながらの船頭なら、きっと戻ってきてくれるはずや」

「生まれながらの船頭」

「そうや」

「でも、どうしてわしに」

「これも森三はんが言うてたことや。源五郎は気難しい男やけど、あんたとは馬が合う。あんた以外に、たぶん、やつを説きふせることのできる者はおらんやろとな」

ずっしりと重い荷を背負わされた気分だ。

「陽太郎はん、うちからもお願いします。源五郎はんがおらなんだら、勝負にならしまへん」

きらきら輝く知花の瞳を、まっすぐみつめることができない。

陽太郎は仕舞いまで、故郷に帰る気で挨拶に訪れたことを告げられなかった。

六

新酒番船で惣一番にならねば、阿漕《あこぎ》な淀屋に知花も酒株も奪われてしまう。

冷静になって考えれば、地獄のとば口に立たされた者が悪あがきをしてみせるようなものかもしれない。一発逆転に懸けるしかないところまで、治兵衛と知花は追いつめられているのだ。

しかも、勝負に勝つどころか、挑むことができるかどうかの保証すらもない。船もなければ船頭もおらず、高利で借りた金もどこまで保《も》つかわからぬのだ。

それでも、治兵衛と知花は前しかみていない。

あらゆる苦難を突破し、勝負に勝つことだけを思い描いている。

新酒番船で惣一番を取れば、おそらく、借金をぜんぶ返してもおつりがくるほどの利益を得られよう。いや、おつりどころか、江戸で「一分」の評判が高まれば、嘉納屋の「白鶴」をも凌駕《りょうが》するほどの名声は揺るぎないものとなり、酒蔵を増やさねばならぬほどのことになるやもしれない。

「この年になって、どでかい夢をみられるとはおもうてもみんかった」

治兵衛は不敵に笑っていた。

「萎《な》えそうな気持ちを焚きつけてくれた淀屋に、感謝せなあかんな」

野心を抱いた者は、目つきまでもちがってくる。今まで「身の丈を超えたことはしない」と言いつづけていた治兵衛は、人が変わったような饒舌《じょうぜつ》さで夢を語ってみせた。

新酒番船という響きには、それだけ人を惹きつける魔力があるのだろう。

船頭の源五郎も、その魔力に魅せられた者のひとりにちがいなかった。

二度と会うまいと決めた相手と対峙する。

ひょっとしたら、自分にとっても再生のはじまりとなるかもしれない。

陽太郎は昂揚したおもいを抱き、森三から手渡された紙切れを睨んだ。

――住吉大社門前　福来《ふくらい》
とある。

住吉は古来より白砂青松《はくさせいしょう》の景勝地として知られ、遊山気分で訪れたいところだ。堺筋から南へ進んで道頓堀に架かる日本橋《にっぽんばし》を渡り、さらに南に進んで今宮村《いまみや》つ《ふだ》の札《ふだ》の辻《つじ》から住吉街道を抜けていく。

まずは、住吉大社に詣でて大願成就《たいがんじようじゆ》を祈り、陽太郎は賑やかな門前町をぶらついた。

訳知り顔の香具師《やし》に聞けば「福来」とは居酒屋のことで、おふきという四十路《よそじ》の美人女将が細腕ひとつで切盛りしているという。

露地裏の吹きだまりに、おふきの見世はあった。

八《や》つ刻《どき》（午後二時ごろ）のせいか提灯も出しておらず、香具師に聞かねば見過ごすところだ。

表口の脇には雛罌粟《ひなげし》が植えられ、薄紅色の花を咲かせていた。か細い茎《くき》が風に揺れる様子が、いかにも頼りない。

勇気を奮い起こして戸を開け、敷居の内へ踏みこんだ。

おふきらしき女将が、奥の大振りの床几に伏している。

どうやら、居眠りをしているらしい。

起こすのも憚《はばか》られたが、そっと声を掛けてみる。

「もし、女将さん」

おふきは顔をあげ、寝ぼけ眸子《まなこ》を擦《こす》った。

「堪忍。暗なったら、お越しくださいな」

後《おく》れ毛《げ》を掻きあげる仕種《しぐさ》が色っぽい。

陽太郎は、小鼻をぷっと膨らませた。

「わしは陽太郎と申します。源五郎はんにお会いできませんか」

途端に、おふきは頰を強ばらせる。

「あのひと、誰とも会わへんよ」

「わかっております。ほんでも、会わなならんのです」

「ようわからんな。会わんとわかっておるのに、会いたいんか」

「栄光丸でいっしょやったんです。あの大嵐で、弟も同然だった仲間を亡くしました。そやから、逝った仲間のことを思い出さんように、二度と栄光丸の生き残りとは会わんと誓ったんです。もちろん、海に出る気なんぞ、これっぽっちもなかった。でも、こんなんではあかん。逝った仲間のためにも、ちゃんと生きなあかんて気づいたんです」

「どう気づいたんや」

「上手《うま》くは言えまへん。ただ、あの大嵐の海にもういっぺん挑んで乗り越える以外に道はない。それ以外に仲間を供養する道はないと、そんなふうにおもうとります」

「あんた、うちのひとを奪いに来たんやね」

「えっ」

「どうせ、また海に誘う気やろ」

おふきは眦《まなじり》を吊りあげ、般若《はんにゃ》のような顔を向ける。

そして、溜息を吐き、床几から立ちあがった。

何も言わず、ふらりと見世から外へ出ていく。

陽太郎は、ほっそりした背中にしたがった。

大社の大鳥居を背にして、松林のなかを浜のほうへ向かう。

五丁ほど歩くと、噂に聞いていた出見浜《いでみのはま》がみえてきた。

埋立てによって景観はかなり変わったものの、古くから詠《よ》み継がれてきた歌枕の地だけあって、遠浅の縄手《なわて》が緩やかに広がる浜辺には何とも言えぬおもむきがある。

おふきは、ふいに足を止めた。

「あそこに、高灯籠《たかとうろう》があるやろ」

「はい」

「上ったさきに、あのひとはおるよ」

「えっ」

「日がな一日、あそこから海を眺めてるんや。未練やとおもう。あのひとから船を取りあげたら、何ひとつ残りまへん。今は魂の抜け殻も同然や。でも、あのひとがそばにおってくれるだけで、うちは幸せなんや。無理にでもな、そうおもうようにしとるんや」

おふきは俯いて睫《まつげ》を瞬《しばたた》き、来た道をゆっくり戻りはじめる。

源五郎を説きふせるのが良いことなのかどうか、陽太郎はしばらくのあいだ考えつづけた。

そして、おもむろに一歩踏みだす。

人にはそれぞれ、天から与えられた役目がある。

杜氏には杜氏の役目があり、船頭には船頭の役目がある。

役目を全うしたさきでしか、真の幸福は得られない。

「そうではないのか」

新酒番船に挑む好機を逃すことは、船頭としての死を意味する。

仲間の死を乗り越えるためにも、源五郎はふたたび船に乗らねばならぬ。

——ざぶん

打ち寄せる白波が砕け散った。

左手には淡路島をのぞむことができ、右手には六甲の山脈が蒼く連なっている。眼前に聳《そび》えるのは、鎌倉《かまくら》の御世からある日本最古の灯台だ。何千何万という人の心を照らしてきた。

「どうか、ご利益《りやく》がありますように」

陽太郎はつぶやき、高みにいたる階を上っていった。

目を瞑り、最後の一段を踏みつける。

ぱっと目を開くと、懐かしい背中がみえた。

「源五郎はん」

呼びかけても、振りむこうとしない。

源五郎はじっと、六甲の山脈を睨んでいる。

「陽太郎です」

声を震わせると、頑固な船頭は背中で応じた。

「何しに来たんや」

あいかわらず、ぶっきらぼうな物言いだ。

引き返すわけにはいかない。

「日野屋の旦はんから、言伝《ことづて》を預かってまいりました。来春、新しい『一分』を携えて新酒番船に挑むそうです。中古の船を買う算段もつけたが、肝心の船頭がおらん。源五郎はんに乗ってもらわんことには、せっかくのはなしもわやや(だめ)になる。旦はんは、日野屋の行く末を左右するはなしやから、首に縄を付けてでも引っぱってきてくれと、畳に手をついて仰いました」

ひと息に喋りきり、砂浜を走ってきたかのように肩を上下させる。

「帰ってくれ」

源五郎は身じろぎもせず、静かな口調で言った。

おもっていたとおりだ。

陽太郎は何か言いかけ、ことばを呑みこむ。

あらためて、分不相応な役まわりを荷《にな》ったことに気づかされた。

源五郎の負った傷は深い。

自分の負った傷の比ではなかろう。

わかっていたつもりだが、それは勘違いだった。

たった一度しか樽廻船に乗ったことのない素人が、しゃしゃり出てはいけないはなしなのだ。
ことばもなく項垂れ、陽太郎は踵を返す。
それでも、階を下りきるまで、呼びとめられるのを期待した。
――ざざん
砕け散る波音だけが聞こえてくる。
源五郎はひとことも発しない。
わずかでも期待したことを、陽太郎は悔いた。

七

――おまえは、どうしたいのだ。

自分自身に問いかけても、決断はつかない。

茂助は旅仕度を整えていたので、呆れてものも言えずにいた。

「金吾さまとのお約束を破るおつもりですか」

「そうなるかもしれへん。でもな、こんな気持ちのまま戻ったら、一生後悔するとおもう」

「若、早苗さまのことはどうなされます」

いくら責められても、気の利いた言い訳はおもいつかない。

陽太郎が故郷に戻らねば、早苗との婚儀も進まぬのだ。

幼い頃に離れ離れになったとはいえ、血を分けた可愛い妹に変わりない。幸せになってほしかった。金吾ならば、まさに、うってつけの相手だ。

そうした気持ちでいるにもかかわらず、篠山に戻ることを躊躇《ためら》っている。

日野屋はまだ船すら手に入れておらず、船頭の源五郎には拒まれた。

新酒番船に参じる目途すら立っていないのに、いつまでも未練がましく大坂に留まっている。

偽りのない心の奥を覗けば、おのずとこたえを導きだすことはできた。

何としてでも船に乗り、寒造りの「一分」を誰よりも早く江戸に届けたい。

無謀とおもわれる難事に挑むことで、地に足をつけて生きているという証《あか》しを立てたいのだ。

「若、もうお悩みになられますな。今から篠山へ戻り、金吾さまに事情を説いてまいります」

茂助の申し出に、陽太郎は頭を垂れた。

「ええんです。半分嬉しいのですよ。何やら、むかしの若をみているようで」

「すまん」

「むかしのわし」

「若は幼いころから負け嫌いで、どれほどいじめられてもめげることなく、いつも潑剌《はつらつ》としておられました。そのころに戻られたような気がして……な、何やら懐かしゅうなって……う、うう」

「おいおい、泣くな」

「……は、はい」

「涙もろいやつやな」

茂助は涙を拭き、毅然と言ってのける。

「若、こうなれば新酒番船とやらに乗りこみ、是が非でも一番を取りましょう。わしも乗ります」

「えっ」

「茂助も船に乗り、若といっしょに江戸へまいります」

「……そ、そうか」

「こうなれば、生きるも死ぬもいっしょやし」

鼻息も荒く豪語する茂助を止める手だてはなさそうだ。

陽太郎はもう一度、いや、相手の気持ちが変わるまでは何度でも、源五郎のもとを訪ねようとおもった。

ちょうどそこへ、赤腹の伝蔵から使いが寄こされた。

あらためて考えてみれば、事態は新酒番船を賭けの対象にする胴元の望むほうへ向かいつつある。陽太郎が説得するまでもなく、日野屋父娘は新酒番船へ挑むことを決めていたのだ。挑戦が本決まりになれば、帆船競走の裏側で今まで以上に大金が動くのはまちがいなかった。

夕刻、指定された料理屋へ向かった。

金吾と酒を酌みかわした月江寺裏手の西照庵だ。

女将の先導で離室《はなれ》を訪ねてみると、伝蔵は左右にきれいどころを侍らせ、ひとりで酒膳を楽しんでいる。

「遅いのう。四半刻早かったら、座敷から日の入りを眺められたのに。まあええか、こっちに来て一杯飲《や》れ」

廓で助けられたときよりも横柄《おうへい》な態度だ。

陽太郎は反感を抱いたが、顔には出さない。

治兵衛と知花が新酒番船への挑戦を決めた今、裏の事情を知る伝蔵は鍵になるかもしれない男だった。信用はできぬものの、陽太郎なりに智恵をはたらかせ、上手に利用しようとおもっていた。

酒を酌みかわしてしばらくすると、伝蔵は女たちを部屋から出ていかせた。

あたりは薄暗くなっており、遠くのほうから三味線の音色が聞こえてくる。

「聞いたで。日野屋は自力で新酒番船に挑む肚《はら》らしいやないか。あんたがやってくれたんやろ。わしが見込んだとおりや」

さすが、地獄耳なだけはある。

陽太郎は否定もせず、曖昧《あいまい》な笑みを浮かべた。

「おもろいことになってきよったで。淀屋はぼんくら息子の縁談を断られ、世間に赤っ恥を晒《さら》した。怒り心頭や。どないにえげつない手を使ってでも、日野屋を潰しに掛かりよるで」

まずは対抗手段として、淀屋はみずから新酒番船へ参じることを決め、灘五郷最大手の嘉納屋と手を組んだという。

「まさか、嘉納屋と」

「そうや。わしが描いとった筋書きどおり、淀屋はまず当代一の船頭と評判の甚太夫を引き抜いた。慌てた三國屋は嘉納屋と掛けおうたが、時すでに遅し。淀屋のほうで抜かりなく手をまわし、嘉納屋を取りこんでたんや」

淀屋は秘かに、向こう五年間にわたって格安の船賃を提示していたらしい。嘉納屋としては、三國屋を除いてでも損得を天秤に掛けざるを得なかった。とどのつまり、淀屋の術中に落ち、除かれた三國屋は別の大きな蔵元と手を組んで出帆することになるであろうという。

「淀屋は二千石積みの新造船に『白鶴』の樽を載せ、満を持して新酒番船に挑む肚を決めたんや。淀屋の船を負かすには、よほどの策が要るで。日野屋にはせめて、二番手程度にはあがってきてもらわなあかん」

「二番手って、まだ出られるかどうかもわからへんのに」

「あんたの言うとおりや。淀屋はやると決めた以上、とことんえげつない手を使いよるで。たとえば、船や。日野屋が唾をつけた船を、片っ端から倍の値で買いとるかもしれへん」

「まさか」

「火のないところに煙は立たん。噂にも出とるいうことは、覚悟しておかなあかんちゅうこっちゃ。ふへへ、船もなければ、船頭もおらん。ないない尽くしで、酒蔵もいつまで保つかわからへん。八方塞《ふさ》がりやな。ほんでも、あんたはどうにかして、日野屋を勝たせてやりたいんやろ。え、どうなんや」

「勝たせてやりたい。是が非でも」

「ぬはは、ええ心構えやな。それこそ、反骨いうもんや」

不幸にも日野屋が船を調達できぬときは相談しろと、伝蔵は胸を叩いた。

幾ばくかの金さえ払えば、船を調達する道はあるという。

「船より、船頭や。甚太夫と張りあえるだけの技倆《ぎりよう》と胆力の持ち主やないと、勝負にならへんで。日野屋はいったい、誰を使う気なんや」

陽太郎は迷ったが、正直にこたえた。

「栄光丸に乗ってた源五郎はんや」

「まさか。破船させた船頭を使うんか」

伝蔵は仰け反り、大袈裟に驚いてみせる。

「なるほど、源五郎いう船頭の評判は聞いとる。癖の強い一匹狼やが、技倆も胆力も申し分ないらしいの。しかも、金をいくら積んでも動かへんし、気に入った相手としか組まんそうやないか。そうした筋の一本通った男は嫌いやない。そやけどな、源五郎はあかん」

「何でや」

「船頭にとって、何よりも大事なものを欠いとる」

「何よりも大事なもので」

「運や。決まってるがな。船をわやにした船頭に、誰が大金を賭けるとおもう」

参じる船の各々にそれなりの金が投じられなければ、賭けは成立しない。

「船頭の名によって、張る額もちがってくる。源五郎はあかん。ほかを探すように、日野屋を説得せな」

「無理や。源五郎はんでなければ、新酒番船に出る意味はないと、旦さんも言うとります」

「そうか、困ったのう」

伝蔵は杯を置き、じっと考えこむ。

そして、おもむろに重い口を開いた。

「あんたに言うてもしゃあないけどな、二千両ほど集めればどうにかなるかもしれん」

「どういうことや」

「二千両を呼び金にするんや。賭けが成立し、誰ひとり見向きもせん源五郎の船が惣一番になりでもしたら、配当は十倍を超えるで」

「十倍」

まさか、二千両が二万両になるというのか。

「信じておらんようやな。あんた、大坂の連中を見くびったらあかんで。堂島の米市場ではな、仲買の連中が指一本で何万石も動かすんや。二万両や三万両ごときで、びびっとる場合やない。一度の新酒番船で、いったい、いくらの金が動くおもうとるんや」

虚勢を張っているとしかおもえぬが、騙そうとしているようにはみえない。

伝蔵は本気で淀屋をぎゃふんと言わせ、新酒番船では大穴に賭けて大儲けしたいとおもっている。

「あんたには無理やろな、二千両」

もちろん、どうにもならぬほどの大金だが、何とかなるような気もしないではない。

何故そうおもったのか、自分でもよくわからなかった。

ただ、陽太郎はこのとき、金吾の顔を思い浮かべていた。

藩の窮状を憂う金吾も、起死回生の策を探しているはずだ。

「まあ、呑め」

伝蔵の注いでくれた酒は、きれはあるが味には丸みがあった。

「気づかへんのか。『一分』やで」

「えっ、まさか」

「そのまさかよ」

漁師が座礁した「栄光丸」から海に流れた樽のひとつを拾い、大坂の酒屋に売りつけたものだという。

「荒波に揉まれて、味がまろやかになったんやろ。そいは正真正銘の『一分』や。拾われた樽は、ひとつやないで」

大坂の町では、秘かに出まわった「一分」が、金満家や酒飲みのあいだでちょっとした話題になっているらしい。

「藻屑《もくず》となって消えたはずの銘酒、日野屋の『一分』は幻の銘酒やがな」

陽太郎はもう一度慎重に酒を味わい、小首をかしげた。

やはり、自分も仕込みを手伝った寒造りとはおもえない。

「ふふ、何を隠そう、幻の酒の噂をひろめてんのは、このわしや。本物の『一分』であろうがなかろうが、そないなことはどうでもええ。大事なんは、話題づくりや。『栄光丸』が破船したことも、使えるもんは何でも使《つこ》たる。わしも日野屋やあんたと同様、来年の『一分』に懸けとるんや。どうあっても、江戸へ一番に運んでもらわなあかん。心の底から、そうおもうとるんやで」

眸子を赤くさせて唾を飛ばす男と、肩を組む気はない。

だが、口八丁の山師を信じる以外に、窮地を脱する術もなかった。

第五章　挑む者たち

一

数日後。

芦屋郷の日野屋を訪ねてみると、治兵衛は病を悪化させていた。

知花は父親の看病をしながら、切々と嘆いてみせる。

「頼りにしていた人が船を売ってくれへん」

伝蔵が言っていたとおり、淀屋が裏で手をまわしたにちがいない。

しかも、金貸しは足許をみて、利子を吊りあげようとしているらしかった。

「こうなれば、うちが身売りせなあかん」

「身売りって……まさか」

淀屋の言いなりになるつもりか。

「待ってください」

知花の投げやりな態度を、陽太郎は厳しい口調で諫《いさ》めた。

「今あきらめて、どないするんです。せっかくの好機を逃したらあきまへん」

「ほんなら、陽太郎はんが船をみつけてくれるんか」

「心当たりはあります」

うっかり口を滑らせると、知花は治兵衛の許しを得て大金を携えてきた。

「銀十八貫《かん》あります。これは手付け分で、残りも銀十八貫しかない。陽太郎はんに預けるさかい、一千石積みを超える弁才船を調達してきてもらえへんか」

「えっ」

「でけへんのか」

「……い、いえ、お任せください」

ぽんと胸を叩いた以上、後戻りすることはできない。

陽太郎は日野屋を出たその足で、伝蔵のもとへ向かった。

玉子を扱う伝蔵の見世は、新町遊郭の片隅にひっそり建っている。

訪ねてみると、渋い顔をされたが、とりあえずは客間へ通された。

「夕方から忙しなるんや。用件だけ聞かしてもろうたら、帰ってもらうで」

「船を買いたいんや。ここに銀で十八貫ある」

陽太郎は風呂敷を畳に広げ、無造作に包んであった銀貨をみせた。

「日野屋の旦さんから預かった虎の子の銀や。これを手付けにして、一千石積みを超える弁才船を調達してほしい」

伝蔵は銀に目を奪われていたが、我に返ると冷静な口調で言った。

「残金はいくらや」

「銀十八貫」

「新造船は無理やで。銀三十六貫で買える船は決まっとる」

「決まっとるとは」

「進水から十二年以上経った古船や。下手すりゃ、塩船《しおぶね》に払い下げるまえの姥丸《うばまる》しかないかもしれん。淀屋がめぼしい船に唾を付けてまわっとるやろ。古船でも作事をすればどうにかなる。それでええなら、探したる」

「お願いします」

「ほんなら、わしを信じて銀を預けろ。それが条件や」

伝蔵は眦を吊りあげ、三白眼《さんぱくがん》の目で睨みつけてくる。

陽太郎は逆しまに睨みかえし、ぬっと身を寄せた。

「わかった、わしはあんたに懸ける。十日以内に船を探してくれ。決まったら、この目でみにいく」

静かな口調だが、本気の意志は伝わったはずだ。

「裏切ったら、命を貰うで」

陽太郎が念を押すと、伝蔵はごくっと唾を呑む。

脅しではなく、裏切られたら本気で斬ろうとおもった。伝蔵を斬り、自分も腹を切るしかあるまい。

何故、たいして深く関わってもいない相手を信じてしまったのか。

陽太郎自身、よほど追いつめられていたとしか言いようがない。

どうにかして、治兵衛と知花の手助けをしたかった。

その一念が判断を曇らせたのだろうか。

約束の十日が過ぎても、伝蔵から連絡《つなぎ》はなかった。

新町遊郭の見世を訪ねてみると、伝蔵はおらず、みたこともない男が玉子屋に座っていた。

聞けば、伝蔵は方々に借金をしており、男は担保に取られていた玉子屋を金貸しから安く買いとったのだという。買いとるはなしは半月前についており、伝蔵は夜逃げも同然に消えてしまったらしかった。

虎の子の銀十八貫を持って逃げられた。

陽太郎は、まんまと騙されたのである。

暦は芒種《ぼうしゅ》に替わっていた。

朝から鬱陶しい雨が降りつづいている。

陽太郎はぼんやり雨を眺めながら、狭苦しい部屋でまんじりともせずに過ごした。

人とは、こうしたものなのか。

世の中には人を騙しても平気な輩がいるのだ。

善人と悪人との区別もつかぬ自分が情けない。

新酒番船どころか、預けられた銀十八貫をどうやって弁償するか、ない頭でそれだけを考えつづけた。

何ひとつ、よい智恵は浮かんでこない。

ふらふらと外に出て、雨に濡れながら彷徨《うろつ》きはじめた。

腹の減り具合から推せば、八つ刻あたりだろうが、辺りは夕暮れのように薄暗い。

堺筋を横切り、東横堀川を渡って、谷町《たにまち》筋まで斜めに上る。

気づいてみれば、天満橋の南詰めまでやってきた。

背には雄壮な大坂城が聳えている。

雨に打たれた濠《ほり》は灰色に沈み、天守閣は黒雲に包まれていた。八軒家《はちけんや》の栈橋から、生駒山《いこまやま》の山脈はみえない。

長さ五丈六尺(約一七メートル)の三十石船《さんじっこくぶね》が一艘、客も乗せずに繋がれている。

あの乗合夜船で京にでも逃げるか。

そんな気力もなく、踵を返す。

ふと、顔をあげれば、目の前に大きな船問屋が建っていた。

淀屋だ。

「くそっ」

名状し難い怒りに駆られ、表口を睨みつける。

ちょうどそこへ、主人の惣右衛門があらわれた。

「あいつめ」

一度目にしたら忘れられない鮟鱇《あんこう》顔だ。今から宴席でもあるのか、銀の光沢を放つ絹の着物を纏い、手代に傘を差しかけられつつ、待機する駕籠《かご》のほうへ向かっていく。

陽太郎は往来の端に佇んだまま、ぎゅっと拳を握りしめた。

一発撲《なぐ》ってやろうとおもい、裾を捲《まく》って一歩踏みだす。

つぎの瞬間、後ろから誰かに襟を摑まれた。

強引に引っぱられ、首が絞まりかける。

殺気走った顔で振りむくと、船頭の源五郎が立っていた。

「あほんだら、何しとんねん」

平手打ちを食らい、陽太郎は道端に転がった。

鼻血を拭きながら睨むと、阿漕《あこぎ》な商人を乗せた駕籠は地を離れ、滑るように遠ざかっていく。

「立たんかい」

源五郎に腕を取られ、どうにか立ちあがった。

「こないなところで勝負して、どないするねん。どんだけどついたところで、淀屋の優位は動かれへん。真っ向から勝負を挑み、白黒つけるしかないやろうが」

「えっ……」

陽太郎は源五郎の袖に縋り、声を震わせた。

「……ふ、船に乗ってくれるんですか」

「あたりまえや。そのために、博労町の小汚い裏長屋を訪ねたんや。そしたら、おまえは雨んなかを幽鬼のように彷徨きはじめた。たどりついたさきが、淀屋やったいうわけや。おおよその事情は、察しがついとるわ。淀屋のえげつないやり口は、嫌でもわしの耳にはいってくる。日野屋のおやっさんは、えろう苦労してるようやないか。それを黙って見過ごせるほど、わしは人間ができてへん」

陽太郎は泥濘《ぬかる》んだ地べたに両手をつき、必死の形相で窮状を説いた。

治兵衛と知花から船を調達するように頼まれ、銀十八貫もの大金を預かったこと。虎の子の銀十八貫を知りあったばかりの伝蔵という山師に預け、まんまと持ち逃げされてしまったこと。せっかく源五郎がその気になってくれても、船がなければ新酒番船に参じることすらできぬこと。それらすべてを吐きだすと、源五郎は優しげに微笑んでくれた。

「意固地になったわしのせいや。あんたには余計な苦労を掛けたな」

「えっ」

「船の交渉事は難しい。素人が手ぇ出したらあかん。わしのほうで、いくつか道筋を探ってみる。日野屋の旦さんへ事情を説くのは、船を調達してからでええ」

「金はどないするんです」

「出世払いで頼むしかないやろ。何せ、一銭もないのやからな」

源五郎は豪快に笑い、獣のように吼えあげる。

「わしら、失うものは何にもない。とことん、やったろうやないか」

「はい」

暗闇のなかで光明をみた。

五体がじんじん痺れ、次第に熱くなってくる。

源五郎さえいてくれれば、どうにかなるにちがいない。

陽太郎は空を見上げて大口を開け、雨粒をごくごく呑んだ。

二

梅雨《つゆ》の晴れ間、陽太郎のもとを源五郎が訪ねてきた。

「ちいと、つきおうてくれんか」

気軽な調子で従いていくと、何度かひとりで訪れたことのある西船場にたどりついた。

京から流れてきた淀川《よどがわ》は、天神橋のさきで堂島川と土佐堀《とさぼり》川に分かれる。ふたつの川に挟まれた中之島《なかのしま》には百を超える藩の蔵屋敷が集中しており、合流したふたつの川はさらに海へと注ぐ安治《あじ》川と木津《きづ》川に分かれていく。

西船場には船大工や船具屋が多く集まっていた。

源五郎が立ちよったのは阿波堀《あわぼり》川の南岸、古船を解体して加工する職人たちが住む解船町《ときふねちょう》だ。

大小の小屋が立ちならび、帆、纜《ともづな》、碇などが無造作に置き捨ててある。

源五郎は小屋のひとつを覗き、奥の暗がりに声を掛けた。

「権十《ごんじゅう》はおるか」

「うるさいのう」

面倒臭そうな返事とともに、日焼けした小柄な老爺《ろうや》がすがたをみせる。

源五郎は笑いかけた。

「どや、使えそうな船はみつかったか」

「ふふ、ええのが寄こされてきたで。千二百石積みの十八年ものや」

「十八年ものか、姥丸といっしょやな」

「塩船に払い下げになるところを、わしが押さえた。造りが頑丈でな、繋ぎ目の釘はぼろぼろやけど、作事《さくじ》すれば新造船に負けんほどの船になる。わしが言うんやから、嘘やないで」

「そうやな、一流の元船大工が言うんやから、信じるしかないな」

「元は余計や」

怒ったふりをする権十に、源五郎はぺこりと頭を垂れた。

「おおきに。恩に着ます」

「安心するのはまだ早い。帆だけは新品を揃えなあかんで。どうせ、松右衛門《まつえもん》の織り帆がええんやろ」

「そうやな」

「おまえの要求は、二十八反の横帆だけやない。船首の弥帆《やほ》に両舷の副帆《そえほ》、二艘ある伝馬船にも立派な帆を設えなあかん。帆だけでも、なんぼ掛かるておもっとんねん」

「なんぼや、遠慮せんと言うてみい」

源五郎が声を荒らげても、権十は怯まずにうそぶく。

「十二貫やな」

「高っ」

「おまえの親爺さんには、ずいぶんと世話になった。おまえにもようけ儲けさせてもろうたさかい、船代と作事代は出世払いでええ言うたんや。そやけど、帆だけはどうもならん。わしの仕事やないからの」

「わかった。返事はどれだけ待てる」

「せいぜい、半月やな。金をもろうたら、すぐに作事を始められるようにしとくわ」

「恩に着るで。ただし、このこと、くれぐれも内密にな」

「わかっとる。わしを誰やおもっとんねん」

淀屋に気取《けど》られぬように、改造船を進水させねばならぬ。

作事を頼む側と請け負う側の双方に、石橋を叩いて渡るほどの慎重さが求められていた。

権十は皺顔をしかめ、陽太郎のほうに目を向ける。

「おまえも乗るんか」

「はい」

「年はいくつや」

「二十六です」

「源五郎はその年には、もう舵を握っとったな。頼むで、新酒番船で惣一番を取るんは、死んだ親爺さんの悲願でもあったんや。それを息子の源五郎が継ぐ。わしらの造りなおす樽廻船には、解船屋たちの夢がぎょうさん詰まっとんのやさかいな」

「夢ですか」

「ああ、そうや。夢のためなら、寝食《しんしょく》を忘れてでも頑張れる。そういうもんやろ」

「はい」

ふたりは解船町をあとにし、活気に溢れた雑喉場《ざこば》も背にしつつ、安治川の河口までやってきた。

今日も多くの帆船が繋留されている。

まんなかが高くなった反り橋は、本田《ほんだ》と大仏島《だいぶつしま》に架かる安治川橋であろう。

海に面した天保山からは約一里、大きな弁才船は帆を下げて安治川を遡上《そじょう》し、点々とつづく澪標《みおつくし》に沿って橋を潜ってくる。大仏島には樽廻船の船蔵があり、河口には幕府の御船手《おふなて》屋敷や官船を泊める御船舎《おふなや》などもあった。河口の船溜まりは「出船千艘、入船千艘」などとも言われ、川岸の高台に立てば帆船の行き交う雄壮な景色を堪能することができた。

全国津々浦々から大坂湊へ運びこまれる品は、米、菜種《なたね》、材木、干鰯《ほしか》、紙、鉄など百数十種、金額にして三十万貫を超え、大坂湊から運びだされる品は、菜種油、縞木綿《しまもめん》、精銅、白木綿、綿実油《めんじつゆ》、醤油など百種近く、金額にして十万貫を超える。

一千石積みを超える弁才船は船溜まりからさきへ進めないので、荷は伝馬船や風帆船《ふうはんせん》に積みかえられ、網目のごとく張りめぐらされた堀割に沿って市中へ届けられた。

「ほれ、みてみい。帆にもいろいろあるやろ」

源五郎の言うとおり、船によって帆の大きさや形状は異なる。檣《ほばしら》に張られた帆は一反ずつ糸で繋いであるため、帆の繋ぎ目を数えれば船の大きさもわかった。

単純に考えて、樽廻船の足を決定づけるのは、風をはらませる帆の大きさにほかならない。さらに、帆の枚数や形状や強度なども関わってくる。「千石船は一本檣の横帆にせよ」と幕府は奨励しているものの、新酒番船に参じる船にそのような制限は設けられていない。

源五郎は豊富な経験と照らしあわせ、いかに効率よく増帆できるかを常に考えつづけていた。

熾烈《しれつ》な帆船競走は、船が進水する前からはじまっている。

陽太郎は、そのことを思い知らされた気分だった。

「源五郎はん、松右衛門の織り帆はそないにええんですか」

「刺し帆なんぞにくらべりゃ、格段に頑丈で強風にもびくともせえへん。番船に出よる船は、みんな松右衛門の帆や」

「そうなんですか」

「ああ。そやから、帆の数と置き方を工夫せなあかんのや」

源五郎は目を細め、ぼそりとつぶやく。

「まずは、金やな。帆代の十二貫をどうにかせなあかん。日野屋の旦さんに泣きつきたくはないしな」

伝蔵に盗まれた十八貫があれば、権十を待たせることもなかったはずだ。

陽太郎はあまりに情けなく、歯軋りをしたくなった。

「まったく。わしが阿呆なせいで、こないなことになるとは。ほんまに申し訳ないことで」

「もう済んだはなしや。禍福《かふく》はあざなえる縄のごとし。逆風のつぎには順風が吹くもんや」

「はあ」

力強く発する源五郎をみれば、手先がわずかに震えている。

「武者震いや」

新酒番船で惣一番を取れば、源五郎は伝説になるであろう。

その偉業に立ちあいたいと、陽太郎は心の底からおもった。

忽然と頭に浮かんできたのは、何枚もの帆を広げた樽廻船が真っ青な海原に白波を立てて奔る光景だ。

「何やら、わしも」

手足が、ぶるぶる震えてくる。

篠山城内で御前試合に挑んだときと同様、陽太郎は気力が横溢《おういつ》してくるのを感じていた。

三

杏色の夕陽が、露地裏に咲く紫陽花《あじさい》を真紅《しんく》に染めている。

興奮冷めやらぬ顔で家に戻ると、見知らぬ男が待っていた。

頬に刀傷があり、目つきが尋常ではない。

「あんたが、陽太郎はんですか」

「はい、そうですが」

「わては左源太《さげんた》いうもんです。扇屋宇左衛門《おうぎやうざえもん》の手下をやっとります」

「扇屋宇左衛門はんですか」

「新町遊郭の肝煎りですわ」

「はあ」

嫌な予感が走った。

「赤腹の伝蔵いう名に、聞きおぼえはありまへんか」

「ありますが」

うなずいた途端、ぐっと睨みを利かせてくる。

「そうやったら、ちいと顔を貸してくれるか」

「伝蔵に会わせてくれるんですか」

「もちろんで。そのために、わざわざ迎えにあがったんやから」

仕度をして表へ出てみると、乾分《こぶん》らしき者が三人立っていた。

四人に囲まれて向かったさきは、新町橋を渡ったさきの遊郭である。

瓢簞町の一角に豪勢な二階建ての楼閣があり、左源太は表口ではなしに勝手口へ陽太郎を導いた。

新町遊郭の肝煎りといえば、気後《きおく》れするほどの大物だが、怖さはまったくない。

それより、伝蔵に預けた金を取りもどすことしか考えていなかった。

まったく動じない様子を、むしろ、左源太のほうが不思議がる。

「あんた、びびっとらんのかいな」

「何をびびらなあかんのや」

あとで知ったことだが、左源太は「鬢剃《びんぞ》り」の異名をもつ危ない男らしかった。

長い廊下を渡って導かれたのは、外に声が漏れない土蔵のなかだ。

ひんやりとした奥のほうへ踏みこみ、はっとして足を止める。

全裸の伝蔵が両手首を縛られ、天井から荒縄で吊るされていた。

笞《むち》でしたたかに打たれたのか、顔もからだも赤紫に腫れあがり、立つこともできずに膝をついている。

「肝煎り、連れてめえりやした」

左源太の声に、大柄の肥《こ》えた五十男が振りむいた。

扇屋宇左衛門であろう。

修羅場を潜ってきた者だけの持つ凄味を身に纏っている。

さすがの陽太郎も、ごくっと空唾を呑んだ。

「あんた、伝蔵の請人《うけにん》なんか」

藪から棒に問われても、返答できない。

「おとなしく玉子売りでもやってりゃええもんを、このあほんだら、博奕の胴元になって賭け金を持ち逃げしよったんや」

逃げきれずに捕まり、手荒な責め苦を受けていたらしい。

「盗んだ金は、しめて六十貫や。わしからしたら、たいした額やない。わしから盗むいう根性が気に食わんのや。のう、玉子屋」

宇左衛門は一歩近づき、伝蔵の腹に蹴りを入れる。

「ぬぐっ」

伝蔵は激しく咳きこみ、黄色みがかった反吐《へど》を吐いた。

宇左衛門は表情も変えず、淡々とした口調でつづける。

「妙なはなしやけど、伝蔵はあんたのために盗《と》ったて言うとるんや。何やら、前代未聞の大博奕をやるらしいのう。それに使う軍資金がいるんで、うっかり手を出したとも言うとるんやが、そないなはなし、誰が信じるかいな。さあ、もういっぺん聞いたる。あんた、伝蔵と関わりがあるんか」

なおも黙っていると、宇左衛門は溜息を吐いた。

「首を横に振れば、それでええ。そうすりゃ、こいつを簀巻《すま》きにして海に沈めるだけのことや」

陽太郎は、じっと考えこむ。

首を横に振れば、伝蔵とは今日でおさらばだ。

もちろん、そうされても仕方なかろう。騙して虎の子の金を奪った罰《ばち》が当たったとおもえばよい。

逆しまに、首を縦に振ったらどうなるのだろうか。

自分も同罪とみなされ、伝蔵ともども葬られるのか。

こちらの迷いを見透かすように、肝煎りは煽ってきた。

「さあ、こたえてみい。伝蔵と関わりがあるんか」

「ある」

何故か、おもっていることと逆のこたえが口を衝いて出た。

宇左衛門は予期せぬ返答に驚いてみせる。

伝蔵も腫れた瞼の奥から、陽太郎をみつめた。

「伝蔵はわしのために大博奕を打とうとしてくれた。それは真実や。どうか、命だけは助けてやってほしい」

背後の左源太や乾分どもから、殺気が放たれてくる。

緊張が頂点に達したとき、宇左衛門が笑いあげた。

「ぶはは、こら傑作や。何処の馬の骨とも知らん若造が、小悪党の命乞いをしよった。おまえ、陽太郎とかいうたのう。船乗りくずれの人足にしては、えらい性根が据わっとるやないか」

すべて調べつくしたうえで、こちらの出方を窺ったらしい。

「おまえが虎の子の金を盗まれたことも、その金で一千石積みを超える船を買おうとしていたことも、それから、来年の新酒番船に出て惣一番を狙おうとしていたことも、みいんな知っとるわ。伝蔵が吐いたんや。わしは根っからの博奕打ちでな、おまえを使って賭けをやった。おまえが伝蔵の命乞いをするかどうかや。もちろん、命乞いをするほうに賭ける者など、ひとりもおらん。伝蔵本人も、そうおもうたやろう。ところが、おまえはわしやみなの予想を裏切った。それだけやないで。そやから、おまえの勝ちや。伝蔵の命は助けたるし、金も返したる。それだけやないで。何か望みがあれば、ひとつだけ叶えたる。たとえばや、伝蔵から取り返した金をわしに預ければ、十倍にして返したるで」

「十倍ですか」

ぐらりと、気持ちが動いた。

だが、陽太郎は胸の裡で首を横に振る。

相手が誰であろうと、安易に信じるわけにはいかない。

伝蔵を信じて莫迦をみた二の舞だけは踏みたくなかった。

陽太郎は、くっと顎を突きあげる。

「わしの望みはただひとつ、新酒番船に勝つこと。それ以外には、ありません」

「なるほどのう。新酒番船に勝ちたいなら、自分の力で何とかせなあかん。わしには何もでけへんいうわけやな」

「はい」

「ふふ、益々おもろいやっちゃ」

宇左衛門は口端《くちは》で笑い、ぬっと身を寄せてくる。

陽太郎は身じろぎもせず、肝煎りの顔をまっすぐにみつめた。

「澄んだ目をしとるのう。わしはな、そないな目をした若造が好きなんや。ふふ、何かあったら、わしを訪ねてきたらええ。いつでも歓迎したるで」

「かたじけのう存じます」

丁寧に礼を述べると、宇左衛門は片眉を吊りあげた。

「しゃっちょこばった返事やな。おまえ、もしや侍か」

「いいえ、ただの船乗りにござります」

「そうか。まあ、ええ。おまえが新酒番船に参じるのを楽しみにしとるで」

「はい」

どうしてこうなったのかはわからぬが、陽太郎は幸運と不運は常に隣り合わせであることを感じていた。

土蔵から外に出れば、あたりはすっかり暗くなっている。

表通りは昼間のような明るさに包まれ、すぐさま、廓の喧噪が甦ってきた。

四

伝蔵から戻った虎の子の十八貫を持ち、さっそく源五郎のもとを訪ねた。

源五郎はたいそう喜び、これで帆も手にはいるし、おもっていた以上の作事ができると胸を張った。

一方、伝蔵の身柄は新酒番船が終わるまで宇左右衛門のもとに預けられることとなった。

命が助かっただけでも感謝せねばなるまい。

数日後、人足仕事から家に戻ると、杉浦金吾が待ちかまえていた。

「あっ」

「驚いたか、陽太郎どの」

「すまん、このとおりや」

敷居をまたいで頭を下げ、膝を屈して土間に両手をつく。

「やめんか。侍が易々《やすやす》と土下座するもんやない」

「そうはいかん。わしは男同士の約束を破った。篠山に帰ると言うたのに、帰らへんかった。詰め腹を切らなあかんところや」

「ふん、どうでもいいところだけは、侍のまんまやな」

陽太郎は、はっとした。

自分はまだ、侍という身分を捨てたわけではない。

いざとなれば、ふたたび禄貰いの藩士に戻り、篠山に戻ればよいと心の片隅ではおもっている。にもかかわらず、一度捨てた故郷へ戻るのは金吾や早苗のためだと、都合のよいように考えているのではあるまいか。

「まあ、あがって座れ。おぬしの部屋だ」

金吾に促され、陽太郎は履き物を脱いで対座する。

「茂助から、あらましは聞いた」

「……そ、そうか」

「おぬしを迎えにきたのではない。わしが来たんは、別の理由や」

「えっ」

金吾は座りなおし、襟をきゅっと寄せた。

「国家老の別所長宗さまが、公金横領の責で腹を切った」

「何だと」

御納戸金を私し、先物相場で藩に二万両もの損失をもたらした。

金吾ら勘定方の調べでそのことが発覚し、動かぬ証拠となる帳簿を突きつけられて進退窮まったのだ。

「派閥を仕切っておった中老《ちゅうろう》の長曾根帯刀さまは隠居謹慎、これにより藩内で強権をふるっていた別所派は雲散霧消した。わしらをいじめていた長曾根数之進は、生まれてはじめて路頭に迷うことになろう。天罰とおもえばそれまでだが、零落《れいらく》する者の悲哀をおもわざるを得ぬ」

陽太郎はことばもなく、ぎゅっと口を結んだ。

今となってみれば、数之進とその取りまき連中にいじめられたことも、懐かしい思い出のひとつにすぎぬ。むしろ、上士の子息たちからいじめられたおかげで、どんな苦難にもめげずに耐える力が培われたのだとおもった。

あるいは、派閥争いのばかばかしさや、出世することの虚しさ、侍という身分そのものへの疑念や、虐《しいた》げられた百姓たちへの同情など、いずれも踏みつけられていじめられた経験がなければ、気づかなかったことばかりだ。そうしたことをおもえば、長曾根数之進には感謝しなければならぬ。

金吾はつづけた。

「別所さまに代わって藩政の表舞台へ躍りでたのは、今まで謹慎を余儀なくされていた元江戸家老の尾崎修理さまだ」

国家老となって返り咲き、藩政を司る腹積もりらしい。

「尾崎派は気勢をあげている。その先頭に立つのが、おぬしの伯父でもある桑田忠左衛門さまでな。雌伏《しふく》五年の歳月を経て、こちらも中老として華々しく出世を遂げたというわけさ」

「ふん、とどのつまりは同じ穴の狢《むじな》が仕切るというわけか。藩もよほど人がおらんとみえる」

「おぬしの言うとおりだ。藩には公正な政《まつりごと》ができる人がおらぬ。しかも、桑田家には跡継ぎすらもおらぬようになった。じつは、ご長子が流行病《はやりやまい》に罹《かか》って急死なされてな、親類縁者を見渡してもこれといった男児がおらぬ」

何故かと言えば、主立った連中は零落寸前の桑田忠左衛門を見限り、親族であるにもかかわらず、別所派に尻尾を振っていたからだ。

当然のごとく、そうした連中から養子を貰う気にはならない。

「それで、おぬしに白羽の矢が立った。長年冷や飯を食わされているおぬしを、養子に迎えたいから早急に連れ戻せと、わしはおぬしの伯父御《おじご》から直々に命じられたのだ」

「それで訪ねてきたんか」

「ああ。正直、気が重い。このあいだ再会したときは、おぬしに戻ってきてほしいと心の底からおもった。早苗どののこともあったしな。されど今は、おぬしを戻すことに一抹の不安がある」

「どうして」

「わしがおもっていた以上に、わが藩の台所事情は厳しい。おぬしを連れ戻しても、泥船に乗せるだけのことかもしれぬ」

「来春までに返さなあかん藩の借金は二万両であったな」

「ああ」

「それは確かか」

「確かだ。二万両あれば、当座はしのげる。それも、向こう十年にわたって、二万両とは別に数万両を低利で貸してくれるような奇特な商人があってのはなしだ。されど、今どき大損するとわかっている大名貸に手を出す商人はおらん」

「金を借りられんようになったら、藩はどうなる」

「即刻、改易《かいえき》だろうな。派閥争いなんぞしている暇はなかったんだ。わが殿も、そのことにようやく気づかれたわけだが」

気づいたときはすでに遅し、もはや、手の打ちようはないも同然になった。

「おぬしが重臣の養子となって藩に戻っても、藩そのものが消えてしまえば、またすぐに浪人暮らしに舞いもどることになる。それなら、最初から期待を持たせぬほうがよいかもしれん」

そんなことをつらつら考えながら、金吾は大坂まで出向いてきたのだ。

あいかわらず何もわかっていない伯父にも腹が立ったが、藩を崖っぷちまで追いこんだ藩主の忠良公にも腹が立つ。

しかも、金吾は聞き捨てならないことを言った。

「尾崎さまや桑田さまが進言なさり、わが殿は百姓たちから年貢を今以上に搾りとる算段を立てておられる。ついては、米の増産に傾注すべく、五十年以上前の禁令を、また発布《はっぷ》しようとなさっておるようでな」

「禁令とは何だ」

「男女奉公人他所奉公無用。違反した者には七年間の入牢を科すという出稼ぎ禁足令よ」

「まさか」

心ノ臓が、ばくばくしてくる。

百姓清兵衛が命懸けの駕籠訴をやり、時の藩主であった忠裕公の翻意を促した。それによって「百日稼ぎ」が許され、篠山の百姓が杜氏として出稼ぎに出る素地が生まれたのだ。

先代の藩主すら廃した悪法を、何で今さら復活させねばならぬか。

「ここだけのはなし、わが殿は考える気力を失っておられるのだ。幕閣老中までおつとめになったお方なのにな」

下手に老中なんぞをつとめただけに、足許の藩政をきちんとできなくなっているのではあるまいか。

「なるほど、そうかもしれぬ。江戸を逐《お》われるように国許へお戻りになってからは、領内の視察もなされずに酒浸りになっておられるとの噂もある。重臣たちのなかで諫言《かんげん》する者もおらぬしな」

「金吾」

「ん、何だ」

「藩に今、すぐに使える金はいくらある」

「せいぜい、二千両やな」

「わかった。わしを殿に目通りさせてもらえんか」

「えっ」

「桑田家の跡継ぎだと申せば、御目見《おめみえ》を許されるかもしれん」

「それはそうかもしれぬが、おぬし、跡継ぎになるのか」

「いいや、ならぬ。殿に目通りするための方便さ」

「ふうむ」

方便に加担するのが許されることなのかどうか、金吾は宮仕えの藩士らしく考えあぐねている。

「目通りがかなったとして、おぬし、何をする」

「諫言申しあげる。百姓の惨状を訴え、まずは悪政をやめさせる。そのうえで、起死回生《きしかいせい》の妙手を提案する」

「起死回生の妙手だと」

「ああ、そうだ」

陽太郎は来春の新酒番船に参じることと、帆船競争には一攫千金を狙って多額の金が賭けられることを、気迫の籠ったことばで説いた。

「伸《の》るか反《そ》るか、指をくわえておっても潰れる運命ならば、ここはひとつ大博奕に打って出るしかあるまい、そう、訴える。政争は博奕のようなものや。殿は身を削って政争を闘ってこられた。ゆえに、勘もはたらくはずや」

「ふん、ばかげたはなしや」

金吾は呆れながらも、頭のなかで算盤を弾いている。どうやら、陽太郎を目見《めみえ》させられるかどうかを、画策しはじめたようだった。

五

梅雨は明けた。

陽太郎は故郷に戻ってきた。

王地山の小高い丘に登り、城下を見下ろしている。

かつて疾風にまたがり、何度となく駆けあがった。

右手には多紀連山の山脈をのぞむことができる。

眼下をうねうねと流れる黒岡川の向こうには、入母屋造りの大書院もみえた。

たった一度だけ、大書院の前庭で御前試合にのぞんだことがあった。並みいる強敵を打ちまかして頂点に立ったが、今となっては遥かむかしの出来事に感じられる。

二度と戻らぬと決めた篠山へ、筋を通すために戻ってきた。

筋を通すとは、おのれの過ちを清算することでもある。

侍の瑣末《さまつ》な事情に踊らされ、百姓を斬殺しようとした。

それが取り返しのつかない過ちであったことを、領地を治める藩主に訴えねばならない。そして、藩を存続させるためには何よりも百姓たちの支えが要ることを、居並ぶ重臣たちにも知らしめねばならない。

そのために、陽太郎は真夏の篠山へ戻ってきた。

すでに、伯父の屋敷で母と妹には再会している。

「桑田家の養子になること、よくぞご決心なされましたね」

半信半疑ながらも喜ぶ母に向かって、陽太郎は正直な気持ちを告げた。

「御目見がかなったのち、養子縁組は解消いたします。伯父上は面目を失われることとなりましょうが、自業自得にござります。五年前、鶴橋さまとそれがしに理不尽な命を下された罰をお受けにならねばなりませぬ」

母は密命のことを薄々感づいていた。陽太郎が出奔するにいたった理由を探ったからだ。母も実兄が信用できずに実家を飛びだし、長らく疎遠になっていたらしい。ふたたび実家へ戻ったのは、陽太郎の出世したすがたをみたい一心からだった。

それがつかのまの夢であることを知っても、母は悲しい顔をしなかった。

「けっして節を曲げようとせぬ、おまえの負け嫌いの性分、亡き父から受けついだものに相違ない」

あきらめたようにこぼし、好きなようにせよと言ってくれた。

一方、妹の早苗はあきらめきれぬ様子だった。

兄には一刻も早く城勤めに復帰してもらい、自分は重臣の親族として嫁ぎたいと願っていた。もちろん、相手は金吾である。兄が浪人となれば、金吾との婚儀もなくなってしまうのではないかと危惧《きぐ》していた。

陽太郎は不安がる妹に同情しつつも、厳しい口調で諭した。

「金吾は約束してくれた。おまえがどのような身分になっても、嫁にするとな。金吾は算盤ひとつで世を渡っていくことができる。それだけの器量を備えた男だ。たとい、侍でなくなったとしても、添い遂げる覚悟を決められるかどうか、そこはおまえの一存に掛かっている。母の実家への遠慮はいらぬ。おぬしに家はない。家に縛られることもないのだ」

突きはなすように諭したにもかかわらず、早苗は憑きものが落ちたように、さっぱりとした顔でうなずいた。

そして、陽太郎は新酒番船に乗って惣一番を勝ちとる夢を語ったのである。

母と妹は眸子を輝かせてはなしを聞き、心の底から応援すると約束してくれた。

ふたりのことばを励みにしつつ、陽太郎は羽織袴を身に着けた。

いよいよ、今日は御目見の当日、朝から雲ひとつない快晴となった。

青山家第五代藩主の下野守忠良公は齢四十四、老《ふ》けこむにはまだ若い。父から二代つづきで栄誉ある幕閣老中となったが、水戸徳川家の内紛に関わって失脚の憂き目にあった。国許の篠山に戻ってみれば、六万石の小藩でしかない。一時は幕政の舵取りを担ったという自負と過信が、藩政をなおざりにする原因であろうことは想像に難くなかった。

だが、幕閣の重責を担った怜悧《れいり》な頭をもってすれば、物事の善し悪しがわからぬはずはない。要は、駄目なものは駄目だと命を賭《と》してでも説諭する家臣が見当たらぬからだと、陽太郎は確信していた。

ならば、自分がその先駆けとなってくれよう。

荒ぶる気持ちが恐れや過度の緊張を排し、今や陽太郎のすがたは威風堂々《いふうどうどう》としたものにみえる。

「なかなかに、立派な面構えじゃ」

伯父の桑田忠左衛門は策に嵌《は》められたことも気づかず、鼻高々な様子だった。

「雌伏《しふく》のときがあったればこそ、今のわしがある。おぬしとて、そうじゃ。けっして、後ろをみてはならぬぞ。今日から、おぬしには桑田家を背負ってもらわねばならぬ。来し方の諍《いさか》いは水に流し、ともにお家のいやさかを支えようではないか」

「はい」

と、力強く返事はしておいた。

すべては、忠良公との御目見に漕ぎつけるための方便である。

四つ（午前十時頃）頃、伯父とともに登城し、さっそく大書院へ向かった。

下士出身の陽太郎にしてみれば、夢のような出来事にほかならない。

藩政を司る中老の跡継ぎとなれば、一足飛びの出世はまちがいなく、御目見の場で近習の役目を申しつけられるやもしれなかった。

大書院には、国家老となった尾崎修理を筆頭に偉そうな重臣たちが居並んでいた。伯父の桑田忠左衛門は尾崎の懐刀と目されているので、跡継ぎの御目見に参じねば、後でどのような嫌味を言われるかわからない。多くの者が渋い顔で座っているのをみれば、いかに伯父が人望に乏《とぼ》しいかは一目瞭然である。

陽太郎は伯父ともども、下座にかしこまった。

重臣たちを面前にしても、動揺することはない。

いざとなれば、肚が据わる。

相手も自分も人と人、たとい身分に雲泥《うんでい》の差があっても、対座すれば五分と五分。言いたいことを言って命を失っても、それが運命《さだめ》とあきらめよ。おぬしのやりたいようにせよと、父も囁いてくれているような気がした。

次第に心持ちも落ちついてくる。

「御屋形《おやかた》さまの御成《おな》り」

小姓が叫んだ。

正面脇の襖《ふすま》が開き、衣擦《きぬず》れの音とともに、忠良公が登場した。

「ははあ」

国家老以下のお歴々が、潰《つぶ》れ蛙《がえる》よろしく平伏《ひれふ》す。

陽太郎も畳に額を擦りつけ、殿さまが座る気配に耳をそばだてた。

「一同、面《おもて》をあげい」

発したのは、国家老の尾崎だ。

陽太郎は平伏したまま、微動だにしない。

「殿、ご機嫌麗《うるわ》しゅう存じまする」

尾崎が一段と疳高《かんだか》い声をあげた。

「さっそくにござりまするが、本日は桑田忠左衛門が一子の御目見をお許しいただきたく存じまする」

　忠良公の返答はない。

　尾崎がこちらに声を掛けた。

「桑田忠左衛門、まずはおぬしから口上を述べよ」

　指名された伯父は膝行し、忠良公の御前に向きなおるや、大袈裟に両袖を払いのけて平伏す。

「ははっ、されば申しあげまする。こたび養子縁組と相成った一子陽太郎は、じつを申せば、わが藩随一の剣客にござりまする。五年前、御前試合にて頂点を極め、長らく廻国修行の旅に出ておりましたが、このたび、御屋形さまのお側でご奉公させていただくことと相成りました。ひきつづいて、本人よりご挨拶申しあげたてまつりますれば、どうかどうか、口上をお聞き届けくださりますよう、お願い申しあげたてまつりまする」

　忠良公は返事もせず、ただ溜息を吐いただけだ。

「面をあげよ」

　尾崎の命にしたがい、陽太郎は顔を持ちあげた。

　赭《あか》ら顔の忠良公は、遠くで脇息《きょうそく》にもたれている。

酒でも呑んできたのか、眸子に光はなく、覇気《はき》というものを微塵《みじん》も感じられない。

ここが勝負と見定め、気合い一声、陽太郎は凜然《りんぜん》と発した。

「百姓は国の礎《いしずえ》、百姓を軽《かろ》んずる者は国を滅ぼす」

しんと静まった書院のなかが、ざわつきはじめる。

陽太郎は気にもせず、よく通る声で毅然とつづけた。

「わが父、小柴陽蔵の遺言にござります。今から十七年前、父は藩命により百姓清兵衛を闇討ちにいたしました。剣術指南役の職を辞して野《や》に下ってからも、命尽きるまでそのことを悔いつづけておりました」

「待て、陽太郎」

狼狽《うろた》えた伯父が振りむき、低声《こごえ》で窘《たしな》める。

国家老の尾崎も慌てふためき、怒鳴りつけてきた。

「おぬしはいったい、何を申しておる。口上を述べよ」

陽太郎はきっとふたりを睨みかえし、腹の底から声を絞りだす。

「黙らっしゃい。それがしは今、それがしなりの口上を申しあげておる。藩の支柱をかたむけた奸臣《かんしん》どもは黙っておれ」

剣の申し合いにも通じるものがあった。先手を取られた連中は呆気にとられ、ことばを発することもできなくなる。

身を乗りだしてきたのは、忠良公その人であった。

「おぬし、御目見に託《かこつ》けて、わしに何事かを訴えるつもりか」

「お察しのとおりにござりまする。それがしの名なぞ、おぼえていただく必要もござりませぬ。御屋形さま、つづけてよろしゅうござりますか」

これも大博奕にはちがいないが、元来は聡明な殿さまなら、かならず許してもらえるだろうという確信はあった。

「許す」

と、忠良公は発したのである。

左右に居並ぶ重臣どもは黙るしかない。

伯父の桑田は怒りからか、唇《くち》もとを震わせている。

陽太郎は平伏し、ふたたび喋りはじめた。

「全国津々浦々に名を轟《とどろ》かす銘酒がござります。たとえば、灘五郷の『正宗』や『白鶴』といった上等な下り酒はすべて、篠山から出稼ぎに行った杜氏や若い衆たちが造ったものにござります。杜氏は篠山の宝、日の本の宝にほかなりませぬ。それゆえ、出稼ぎ禁足令などという悪法は、未来永劫《えいごう》、撤廃いたさねばなりませぬ。百姓たちを領内に縛りつけたところで、増える年貢の量はたかが知れております る。焼け石に水のごとき施策に縋るのは賢明なご領主にあらず、奸臣どもの言うなりになれば藩の命運は明日にでも尽きましょうぞ」

忠良公にしてみれば、耳の痛い諫言の数々であろう。切腹を申しつけられても仕方のないところであったが、言うまでもなく、陽太郎は命懸けで諫言をつづけている。少なくとも覇気は伝わったのか、藩主は黙って耳をかたむけつづけた。

伯父の桑田は涙目で「頼むから黙ってくれ」と懇願してくる。

しかし、ここで黙るわけにはいかない。

「訴えをお聞き届けいただいたあかつきには、畏れながら、わが藩の窮地を救う起死回生の策をご提示申しあげたく存じまする」

「起死回生の策じゃと」

「はい」

「よい、申してみよ」

「ははあ」

陽太郎はまたも平伏し、くいっと顎を突きだした。

「されば、申しあげまする。来春、それがしは新酒番船に参じる所存でおりまする」

「新酒番船とな」

「はい。和泉《いずみ》や摂津や播磨に集う蔵元や船問屋が意地と名誉を懸け、江戸へ酒樽を運ぶ帆船競走にござりまする」

「わかっておるわ。新酒番船がどうしたと申すのだ」

「それがしの乗る船に二千両をお賭けいただければ、十倍にしてお返しいたしまする。それだけではござりませぬ。とある人物を介して、豪商の鴻池《こうのいけ》とははなしをつけてござります。それがしの乗る船が惣一番となったのち、幕閣の御老中をつとめられた御屋形さまの御墨付きさえあれば、向こう十年の大名貸をも厭《いと》わぬそうにござりまする」

「まことか、それは」

突如、死んでいた魚が生きかえったかのように、忠良公は爛々と眸子を輝かせた。

陽太郎は喋りを止めない。

まるで、海神《わだつみ》でも憑依《ひょうい》したかのようだった。

「御屋形さま、これは博奕にございまする。藩の浮沈を懸けた大博奕に伸るか反るかのおはなしにございまする。このまま指をくわえて潰れるのを待つか、一発逆転の大博奕に打って出るか、決断なさるのは御屋形さまご自身にございまする」

緊迫した空気のもと、誰もが生唾を呑みこむ。

伯父は片膝立ちになり、脇差《わきざし》の柄《つか》に手を掛けていた。

忠良はひとこと、厳しい口調で尋ねてきた。

「その勝負、勝てるのか」

陽太郎に迷いはない。

「勝てぬ勝負はいたしませぬ。御屋形さまのご決断如何《いかん》に拘《かかわ》らず、それがしは船に乗りまする。わが藩の窮状に心をかたむけたは、ひとえに篠山領内に暮らす民を守らんがため、百姓たちの暮らしを守ることが武士の本懐とおもわんがためにございまする」

伯父はどんと尻もちをついた。腰が抜けてしまったのだろう。

一方、国家老はわなわなと唇を震わせている。驚きすぎて、ことばを失ったのだ。

書院に居並ぶ身分の高い者たちはみな項垂《うなだ》れてしまったが、下士たちがこのやりとりを耳にしたら、快哉《かいさい》を叫んだにちがいない。

陽太郎は御目見の機会を摑み、それだけのことをやってのけた。

あとは、忠良公の決断に任せるしかない。

藩の浮沈がかかっている。もちろん、おいそれとこたえは出まい。

だが、忠良公は目を輝かせ、新酒番船に参じる船の名を問うてきた。

「一分丸《いちぶんまる》」

凜として、陽太郎はこたえた。

源五郎が付けようと言ってくれた名だ。

誰にも文句は言わせぬと、胸を張って付けた名であった。

重臣たちが惚けた眸子でみつめるなか、陽太郎は思案投げ首で考える藩主のもとを辞し、意気揚々と広縁から逃れていった。

六

五年前の凶事を清算するためには、どうしても会っておかねばならない相手がいる。

「おみな……」

その名を口にするたびに、陽太郎は甘酸っぱい感覚にとらわれた。

もちろん、兄の死に深く関わったことは悔やんでも悔やみきれない。会って謝りたかった。許してもらえずとも、ひたすら謝るしかない。上から命を受ければ、人斬りをも厭わぬ、侍の理不尽さに嫌気が差し、藩も故郷も捨てて逃げた。卑怯な自分を許してほしいと、おみなの目をみて謝るのだ。

おみながどうおもっているのかを知りたかった。

五年前と今とでは、考え方も変わっているだろう。

あのときは本気で、連れだして逃げようとおもった。

そうできずにひとりで逃げた自分にたいして、未練を感じているのかどうか、何よりもそれが知りたかった。

会ってどうするかは決めていない。そのときの情にしたがうしかなかろう。

だが、陽太郎はおみなに会うことができなかったのである。

消息を教えてくれたのは、杜氏の多吉だった。

今田村へ向かう途中、炭焼き小屋へ立ちよったのだ。

多吉は歓迎してくれたが、おみなのことを聞くと顔を曇らせた。

「あんたに会《お》うたら、言わなあかんておもとったんや。この春、おみなは死んだ。胸を患ってのう」

ことばもなく項垂れると、多吉は奥から何かを携えてきた。

「籠り屋の世話をしていた婆《ばば》さまに、お守りを預かった。何かあったら、わしに報せてほしいと言付けてあったんや。あんたの名は出してない。そやけど、おみなにはわかっとったんやろ」

手渡されたお守りをみて、陽太郎は顎を震わせた。

それは波々伯部神社のお守りだった。

愛しいおもいが込みあげ、我慢できなくなる。

「波々伯部神社のお守りや。わしに託せば、あんたの手に渡るおもうたんやろ。ほんまに、哀れやな」

五年前の夏、波々伯部神社の祭礼で、おみなとはじめて手を繋いだ。そして、祭りの喧噪から逃れて当て所もなく歩き、偶《たま》さかみつけた阿弥陀堂のなかで結ばれた。ふたりにとって、波々伯部神社は特別な場所なのだ。

「……う、うう」

陽太郎は嗚咽《おえつ》を漏らした。

それでも、多吉は喋りを止めない。

「おみなが何でお守りを渡したかったんか、あんたにはわかるか。婆さまは言うておられた。いまわにお守りを託し、おみなは『心のままに』とつぶやいたそうや」

「……こ、心のままに」

「あんたへの遺言や。むかしのことは気にせんと、おもうがままに生きてほしいと、そう言いたかったんやないか。死に顔は微笑んでたそうや。あんたのことをおもいつづけ、邪魔にならぬように逝きよった。おみなの気持ちにこたえるためにも、しっかり生きていかなあかん。わしかてそうや。命あるかぎり、日野屋の『一分』を造りつづけなあかんておもっとる」

「……た、多吉はん」

「そうや。わしらには、やらなあかんことがあるんや」

多吉はことばに力を込め、一升徳利《とっくり》を持ってきた。

もちろん、酒は寒造りの「一分」である。

「日野屋の旦さんは海難を恐れて、残りの半分を大坂の金貸しに売りはったんや。

そやから、江戸に『一分』は行きわたらへん。首を長くして待っておられる方もおるやろ。そうした方々のためにも、今まで以上の寒造りを仕込んで、来年はしっかり届けてもらわなあかん。源五郎のやつ、旦はんとお嬢のところへ挨拶に来たそうやないか」

「ようご存じで」

「わしは地獄耳やけえ、何でも知っとる。船の手配もできたそうやの」

「はい」

「楽しみやな」

多吉は眸子を細める。

西宮の沖合に白い帆を張った樽廻船の雄姿を思い浮かべているのだろう。

「そう言えば、わしのもとへ嘉納屋の手代が来よったで。内々のはなしやけど、嘉納屋で『一分』を仕込む気はないかと誘われた。手間賃を日野屋の倍にするそうや」

「まさか」

「あほんだら。そないなはなし、受けるかいな」

噂には聞いていた。杜氏の引き抜きは、けっしてめずらしいことではない。

「嘉納屋には龍造がおる。龍造の仕込む『白鶴』とわしの『一分』を競わせ、二艘の番船で江戸へ運ぶ気やったらしい。どっちが惣一番を取っても、嘉納屋の天下はつづくっちゅうわけや。たぶん、淀屋の入れ智恵やろう。どないな汚い手を使《つこ》ても、惣一番を取る気なんや」

引き抜きの手は多吉だけでなく、おそらく、磯松や善六や卯助たちにも伸びているにちがいない。

「手間賃を倍にする言われたら、あっちに行きよる者もおるかもしれん。冬になったら何人集まるか。見物やで、ほんま」

多吉は他人事《ひとごと》のように言うので、陽太郎もさほど深刻にはとらえなかった。

「ところで、あんた、お城でたいそうな見得《みえ》を切ったそうやないか」

「何で知っとるんですか」

「そやから、地獄耳言うたやないか。今までどおり百日稼ぎを認めてほしいと、お殿さまへ直々に訴えたそうやな。そないなことして、よう首が繋がっとるな。あんた、お偉方の血筋やったんか」

「たとい、そうやったとしても、胸を張って言えるようなもんやないんです。正直、その人の血筋やったことを恥じております。身分の高い者の命じたことばを鵜呑《うの》みにしたばかりに、わしは取り返しのつかぬ過ちを犯してしもた。そやから、侍はもうええておもっとるんです」

「ほんなら、杜氏になるんか。それとも、船頭になるんか」

「わかりません。何かにならなあかんておもっとります。そやけど、それが何なのかはまだわかりません。新酒番船に参じて、みつけられるかどうかもわかりませんけど、みつけたいおもっとるんです」

「勘八もみとるやろしな」

「はい」

多吉の言うとおり、亡くなった勘八のためにも樽廻船に乗り、荒波を乗り越えて一番で江戸へたどりつかねばなるまい。

「そして、おみなのためにもな」

「はい」

陽太郎は力強く返事をし、波々伯部神社のお守りをぎゅっと握りしめた。

七

勝負の冬が来た。

陽太郎は目見《めみえ》で、藩主の忠良公に大博奕を持ちかけた。新酒番船に参じる船に二千両を賭ければ、十倍にして返す。さらに、御墨付きを貰えれば、とある人物を介して豪商の鴻池に大名貸をみとめさせると言い切った。「とある人物」とは、大坂新町の廓を牛耳る扇屋宇左衛門のことである。事前にはなしを通してあったのは言うまでもない。

鴻池の当主は扇屋に足繁く通う上客にほかならず、宇左衛門には橋渡しできるだけの力があった。それだけでなく、陽太郎は鴻池の当主から直に言質《げんち》を取っていた。「殿さまの御墨付きをくれ」という条件を出したのは、当主のほうであった。

忠良公からは何ら返答もないかわりに、お咎《とが》めもない。

伯父の桑田忠左衛門は面目を潰され、中老の役目をみずから辞した。母と妹はふたたび実家を出たが、金吾がまめに面倒をみてくれている。金吾自身は勘定方として金策に飛びまわっていたが、大坂にも堺にも色よい返事を貰えそうな商人はいないようだった。

どのような情況になっても、陽太郎の意志が揺らぐことはない。新酒番船で惣一番を取り、日野屋の「一分」を満天下にひろめる。持っている力のすべてを注ぎこみ、命懸けで闘う。そのことを、波々伯部神社の主神にも誓っていた。

一方、源五郎が手当てした弁才船の作事は順調に進み、檣《ほばしら》の補修や帆の造作も指図どおりに仕上がりつつある。

そうしたなか、日野屋の酒蔵も慌ただしくなってきた。

霜月の六甲颪が吹きすさぶなか、耳を澄ませば凛々と桶洗い唄が響いている。

「寒むや北風、今日は南風、明日は浮名のたつみ風、今日の寒さに洗番はどなた、可愛い殿さの声がする。可愛い殿さの洗番のときは、水も湯となれ風吹くな……」

陽太郎の心配をよそに、杜氏を支える小頭には昨年と同じ顔触れが集まった。

「多吉はんのご人徳やなあ」

治兵衛は上機嫌で言い、みなに祝儀《しゅうぎ》を振るまった。

知花は気張りすぎて寝込んでしまったが、数日もすれば起きてこよう。

淋しいのは、勘八がいないことだ。

穴埋めとして、茂助が手伝うことになった。

「飯炊きはお手のもんです」

酒蔵で寒造りを手伝い、陽太郎とともに樽廻船にも乗るという。

何とも心強いかぎりだが、心配事がひとつ増えたとも言えた。

渓谷の水車は休む間もなく米を搗《つ》き、牛車の列が酒蔵へつづいた。

脇杜氏には博奕に嵌《は》まっていた磯松が返り咲き、さっそく蒸米造りがおこなわれていく。

酒米を冷たい井戸水に浸けるのに三日、そののち、水切りした精白米を甑《こしき》に入れる。

若い衆を指図するのは、釜屋の善六だ。

善六は蒸した米を指で摘まみ、猫のように首をかしげながら蒸し加減を確かめる。と同時に、黴《かび》の胞子を着生させ、できあがった蒸米の色合いから「白花」や「黄花」などと名を付けていった。

つぎは十二坪ほどの室で麴造りにはいる。

「酒造りは、一に麴、二に酛《もと》、三は造りや」

頬の瘦《こ》けた麴師の卯助が、室へ運んだ蒸米に種麴の「もやし」を振りかけていった。

威勢の良い声を聞いていると、寒気も吹きとぶかのようだ。

陽太郎と茂助を除くと若い衆は六人おり、そのうちの四人は知った顔だった。

酒造りがはじまれば、蒸米や麹用に使う米をみなでせっせと洗わねばならない。一日に十石として、使う米は一千石を超える。蔵人たちは百日余りものあいだ、一日も休まずに働きつづけねばならなかった。過酷な労働だが、上等な「一分」ができあがったときの喜びはなにものにも代えがたい。

「床揉みや。切り返せ」

卯助は声を嗄《か》らし、若い衆は蒸米をせっせと揉みほぐす。

床にあった知花が快復し、蔵へも顔を出すようになった。

「ほら、初雪や」

作業に熱中するあまり、陽太郎は六甲颪が初雪を運んできたのに気づかなかった。

「みんな、気張っとるね。いい顔しとる。うちはな、蔵人の気張っとる顔がいっち好きや」

頬を赤くして喋る知花を、抱きしめたい衝動に駆られた。

もちろん、そんな余裕はない。

麹ができあがれば、つぎは難所の酛造りとなる。

酵母を雑菌のない状態で培養すべく、底の浅い「半切」という桶を何枚も使う。

蒸米、麴、水の順に入れ、初櫂の荒摺りで蒸米を擂りつぶすのだ。

目端の利く卯助のもとで麴造り、鈍重そうにみえる吾平のもとで酛造りと仕込みは順調に進み、陽太郎は道具廻しをやりながら、各々の工程を手伝った。

嘉納屋で「白鶴」を仕込む杜氏は、今年も龍造らしい。

かつての弟子に先を越されまいと、多吉はいつも以上に燃えている。

「酒蔵にはいると、五歳は若返るようやのう」

と、治兵衛も目を細めた。

やがて師走《しわす》となり、酛造りも半ばを迎えたころ、上灘東組の肝煎りでもある山邑屋の当主から妙なはなしが舞いこんできた。

「困ったことになったで」

多吉によれば、勝手に新酒番船に参じることは肝煎りとして許さぬというのだ。

それでも強引に出るというなら、上灘東組から抜けてもらうしかないと、高飛車な態度で通知してきたらしい。

「寝耳に水のはなしやが、どうせ、淀屋あたりの入れ智恵やろ。組の誰かが新酒番船に挑むというなら、先頭に立って応援するのが筋や。それを許さぬと言うてきたんは、淀屋に頼まれたからやろ。淀屋は上灘東組の酒樽もぎょうさん運んどるさかい、泣きつかれたら肝煎りも嫌とは言われへんのや」

組から抜けるとなれば、米の調達などで優位な取引ができなくなる。販路も狭まるであろうし、今後の金策にも事欠くことになるだろう。

よいことはひとつもない。

だが、影響が出てくるのは、すべて来年以降のことだ。

「新酒番船で惣一番になれば、肝煎りのほうから組に戻ってきてくれと頼んでくるはずや」

「それじゃ、旦はんは」

「出る。たとい、肝煎りから何を言われようともな。こうなったら、わしは日の本一の酒を仕込む。その酒を船に積み、あんたにはどうあっても、いの一番で江戸へ届けてもらわなあかん」

多吉にじっとみつめられ、陽太郎は小鼻をぷっと膨らませる。

「よし、やったるで」

曇天に拳を突きあげると、ほかの連中も同じように拳を突きあげた。

困難が仲間同士の絆を固くする。

治兵衛と知花も輪のなかにはいり、酒造りは順調に進んでいくかにみえた。

師走も半ばを迎えると、酛造りもあらかた終わり、いよいよ醪《もろみ》造りの工程に移行していく。

千石蔵の二階には、酛の桶がずらりと並んでいた。

寒さは日増しに厳しくなり、動いていないと凍えそうだ。

醪造りは、今まで以上に神経を使う。

作業としては、まず水に麴を加えて混ぜた水麴を蒸米に加える。そして、酛を数回に分けて加えていく「添《そえ》」という仕込みを四日掛けておこなわねばならない。一度に加えると酛の酸が薄められ、酵母の増殖が追いつかない。加える量をまちがえたら、たいへんなことになるからだ。

一日目の作業は「初添《はつぞえ》」と呼び、三尺桶一本ぶんの水、麴、蒸米を酛に加える。二日目の「踊り」では櫂入れのみをおこない、酵母の増殖をじっくり促す。さらに、三日目の「仲添」では三尺桶二本ぶんの水、麴、蒸米を加え、四日目の「留添」では三尺桶四本ぶんを加える。

初添の「荒櫂」は仕込みの成就を祈念する儀式でもあり、今年も杜氏の多吉がおこなった。

「荒櫂を焦ったら元も子もなくなるんやで。にっとりと沸かせてから入れると、ちょうどええ塩梅の旨味《うまみ》と辛味が出るんや」

こののち、櫂入れは随時おこない、徐々に加える水も増やしていく。

「寒中は汲み水を延ばさなあかんで」

多吉の指図は的確で、小頭や若い衆らも黙々としたがった。

途中で年越しを迎えても、正月行事はおこなわない。

簡素な門松が立てられるだけのはなしだ。

多吉は桶に手を入れて温度を計り、醪の香りや泡立ちの様子に気を配った。泡の出ない地になれば、そのさきは搾りの工程になるのだが、搾りに移ると定めた日の未明、酒蔵はまたひとつ試練を迎えることとなった。

誰もいない仕込み樽の下に、怪しげな人影が近づいた。

偶さか厠に起きた陽太郎だけが、それを目撃したのだ。

人影は磯松であった。

博奕を止めて気持ちを入れかえたはずの男が、酛を入れた樽を右手に提げ、大きな仕込み樽のひとつに近づいていく。

背中が極度に緊張していた。

やってはいけないことをやろうとしているのだ。

今の段階で酛を追加されたら、すべては台無しになってしまう。

「おい」

陽太郎の鋭い呼びかけが、磯松の背中に突き刺さった。

「何する気や」

「やかましい」

磯松は振りむき、血走った眸子で睨みつける。

陽太郎は冷静になろうとつとめた。

「止めろ。『一分』をわやにする気か」

「そうや、わしは金が欲しい」

「誰に頼まれたんや」

「はんざきの弥平次や」

「あないなやつと、まだつきおうてたんか」

「こっちがつきあいを断ちたくても、向こうが許してくれへんのや」

弥平次の後ろには、淀屋が控えている。おそらく、酒を駄目にしろと命じたのは、淀屋であろう。

磯松は本気だった。

「まとまった金を手にせんことには、篠山に残してきたがきどもが飢えてまうんや」

「だからと言うて、おまえは杜氏の誇りを捨てるんか」

「えっ」

「多吉はんは、おまえにすべてを引き継ごうとしとる。杜氏は篠山の宝や。宝になるべきおまえがそれをやったら、篠山から杜氏はおらんようになる。何代もまえから築きあげてきた伝統が、すべて失われてしまうんや。篠山の百姓たちはな、領主たちとも闘《たたこ》うてきたんやで。出稼ぎの禁令を廃させようと駕籠訴までして、命を落とした百姓もおる。杜氏はな、貧しい暮らしを強いられてきた百姓たちにとって、最後に頼るべき心の支えなんや。貧しくとも、誇りをもって雄々しく生きる。『一分』には、百姓たちの切々とした心情が込められとる。おまえはそれを、自分の手でわやにできるんか」

磯松はからだを硬直させ、顎をわなわなと震わせはじめた。

陽太郎は慎重に、ゆっくりと身を寄せていく。

そして、すぐそばまで近づくと、磯松の手から桶が落ちた。

酛が土間に流れるのも気にせず、陽太郎は黙って無骨な肩を抱く。

磯松はたまらず、声をあげて泣きだした。

「大の男が泣くんやない。今日のことは誰にも言わん。わしの胸に仕舞っておくさかい」

最後の試練を乗り越え、寒造りは無事に搾りの工程を迎え、三十日余りにおよぶ滓引《おりびき》の工程に移行していった。

そして、仕上がった樽は例年どおり、二千樽におよんだ。

多吉たちが渾身のおもいを込めて仕込んだ「一分」である。

すでに、新酒番船への参加は表明してあったが、試し酒の催しには山邑屋の当主も紋付き袴で訪れた。

みなが固唾《かたず》を呑むなか、できあがったばかりの「一分」を口にしたのである。

「見事や。酒の味は嘘を吐かん」

山邑屋の当主が感嘆するや、蔵人たちからどっと歓声が沸きあがった。

「おおっぴらには言えへんけど、わしは秘かに『一分』を推す。誰からも文句を言われんためにも、新酒番船ではかならず惣一番を摑みとってくれ」

治兵衛も知花も感激しながら、当主のことばをしっかり受けとった。

だが、嘘のない気持ちを吐露した山邑屋とて、本心では日野屋の樽廻船が惣一番を取るとはおもっていない。世間の下馬評を覗いてみれば、源五郎たちの乗りこむ古船など賭けの対象にもなっていなかった。

ほんとうの勝負は、ここからはじまる。

陽太郎は拳を固め、ぐっと気を引きしめた。

第六章

順風はらみて

一

如月《きさらぎ》二十三日、卯《う》ノ刻（午前六時頃）。

東涯《とうがい》は白々と明け初め、いよいよ決戦の日を迎えた。

西宮沖には九隻の樽廻船が碇《いかり》を下ろし、静かにそのときを待っている。

海は凪《な》いでいた。

西宮湊から今津湊へ向かう浜道には松並木が連なり、陣幕の張られた舞台には肝煎りたちが合戦場《かっせんば》の武将よろしく列座している。

嘉納屋を筆頭に灘五郷を仕切る蔵元たちが雁首《がんくび》を並べ、大坂や西宮の船問屋も顔を揃えていた。なかでも一番偉そうにしているのは、淀屋惣右衛門である。係の者に火鉢《ひばち》を持ってこさせ、ひとりだけ暖《だん》を取っていた。

一方、日野屋治兵衛と知花の父娘はとみれば、舞台下で寒そうに立っている。

舞台にも砂浜にも「新酒番船」と書かれた幟《のぼり》が何本もひるがえり、舞台の左右には焚火《たきび》が赤々と燃えていた。

陽太郎はさきほどから、武者震いを禁じ得ない。

幾度となく困難を乗りこえ、ようやくここに立てた喜びを、からだぜんぶで味わっていた。

陽太郎は脚力を買われ、行司役から渡された切手を水際まで運ぶ役目を負っている。五丁先の波打ち際まで駆け、そこで待ちかまえる八挺櫓《はっちょうろ》の伝馬船へ乗りこみ、さらに沖で出帆を待ちつづける樽廻船へ漕ぎすすまねばならない。もちろん、江戸までの帆船競走が砂浜で決着するはずはないものの、選ばれた者たちは験《げん》を担いで一番になろうと狙っていた。

「負けへんで」

大役を担った九人が赤や白の法被《はっぴ》を纏い、額に捩《ねじ》り鉢巻きを締め、砂に引かれた仕切線の手前に並んでいる。

番船の振りわけは、大坂樽廻船仕置建《しおきだて》が淀屋、大和屋《やまと》、加瀬屋《かせ》など四隻、西宮樽廻船仕置建が吉田屋《よしだ》、鹿島屋《かしま》、木屋《き》など四隻、そして、蔵元である日野屋持ちの樽廻船仕置建が一隻となっていた。

すでに、船名や船頭名の書かれた切手は各々の手に渡されている。

陽太郎は紙縒《こよ》りにして紐に巻きつけ、元結にしっかり絡ませていた。

「されば、ただいまより、新酒番船を開始する」

行司役が高らかに宣言し、一隻ずつ船主と船名を読みあげた。

いずれも名だたる船問屋の所有船である。

最後に「日野屋一分丸」の名が告げられると、淀屋はあからさまに渋い顔をしてみせた。

陽太郎は治兵衛と知花に顔を向け、じっくりとうなずく。

旦那さん、お嬢さん、任せてください。

目で訴えかけると、ふたりもしっかりうなずき返してくれた。

やることはすべてやったのだ。もはや、ことばを交わす必要はない。

最後まで船に乗りたそうにしていた知花に向かって、朗報を待っていてくれと、陽太郎は胸につぶやいた。

——どん
陣太鼓が腹に響く。

はっとばかりに、陽太郎は飛びだした。

砂を蹴りつけ、腹を打つほど腿《もも》を持ちあげる。

「わあああ」

野次馬たちの歓声と囃子《はやし》太鼓が重なった。

――どんどこどん、どんどこどん
興奮は頂点に達し、心ノ臓が早鐘を打ちだす。
やがて歓声は遠退き、横一線で飛びだした連中の吐息も聞こえなくなった。
誰も追いかけてこない。
次第に波音が迫ってくる。
陽太郎はひとり、突出していた。
白波が打ち寄せ、粉々に砕け散る。
突如、足が縺《もつ》れた。
――ずさっ
顔から落ち、砂を嚙む。
「陽太郎はん、駆けろ、はよ駆けろ」
勘八の叱咤《しった》が聞こえてきた。
「くそっ」
すぐに起きあがり、走りだす。
振りむけば、二番手は半丁近くも離れていた。
「駆けろ、陽太郎」

砕け散る波頭の狭間から、父の怒声が聞こえてくる。

「おまえの一歩が江戸への一歩になる」

陽太郎は前歯を剝き、波打ち際までたどりついた。

もちろん、ここが終わりではない。

「早う乗れ」

叫んでいるのは、岩だ。

八挺櫓の伝馬船が待ちかまえている。

「眼力、ようやった。船首で櫂《かい》を持て」

「おう」

「行くど」

艫《とも》に陣取る化けもんの指図で、漕ぎ手たちが呼吸を合わせた。

膂力自慢の若い衆は、紅白の締め込みに捩り鉢巻きをしている。

「せい、せい、せい」

何本もの吹き流しで飾りたてた伝馬船が、滑るように沖へ漕ぎだしていった。

あっというまに浜辺は遠ざかる。

ほかの連中が豆粒にみえた。

強い波が舷《ふなべり》にぶつかっては砕ける。

それでも、陽太郎たちは力強く漕ぎつづけ、伝馬船の競いあいでも後続を遥かに引き離した。

空と海の境目がくっきり浮かびあがってくる。

波間の向こうに、樽廻船がみえた。

九隻がまとまって碇を下ろす壮観な光景だ。

「どはは、やったろうやないか」

岩が豪快に叫んだ。

眼前には船首に大房をつけた「一分丸」が聳《そび》えていた。

解船町の権十ら熟練の船大工によって、作事のほどこされた千二百石船だ。

漏水していた箇所を補修し、腐りかけた釘や古びた艤装《ぎそう》もすべて直した。

六畳敷きの舵も新しいものに取りかえ、塩船になる一歩手前だったとはおもえぬほどの立派な船に生まれかわっている。

造作も手の込んだものに変更され、陽太郎にはよくわからない出っぱりや仕掛けが甲板の一部に見掛けられた。

余計なことは聞かず、権十にすべてを託すしかない。

荷積みはすべて、とどこおりなく済ませた。

胴の間に積みあげられた酒樽は、千八百樽におよんでいる。

もちろん、樽の中身は蔵人たちが魂を込めて仕込んだ「一分」の寒造りであった。

岩は片手に持った徳利をかたむけ、焼酎をぐびぐび呑みはじめる。

「ぷはあ、眼力、合図や」

「ほいきた」

陽太郎は船上に立ちあがり、朱色の四角い旗を左右に振った。

合図を受けとった樽廻船では、源五郎が叫んでいる。

「碇をあげよ」

伝馬船はほどもなく、伝馬込みへ吸いこまれていった。

「帆を張れ、全開や」

三十反はあろうかという松右衛門帆が、するすると巻きあがっていく。

そして、権十が新たに設えた高さ九十尺余りの檣《ほばしら》に、真っ白な横帆《おうはん》が翩翻《へんぽん》とはためいた。

「行くで、みなの衆」

源五郎の操る「一分丸」は他船に先駆け、雄々しく波を蹴りあげた。

切手は「矢倉」の神棚に納めた。

二

蒼海を矢のように進むと、一刻もせぬうちに、大坂住吉の高灯籠と天保山がみえてくる。

「おう、高灯籠や」

艫《とも》の物見《ものみ》から左舷に身を乗りだしたのは、炊《かしき》として乗りこむ茂助だった。

今日までに「一分丸」は播州の室津《むろつ》や下津井《しもつい》、あるいは備後《びんご》の鞆《とも》などへ、試し乗りも兼ねて何度か荷を運んでいた。その際、茂助も志願して乗りこんだが、大坂の外海に沿って航行するのは初の経験だけに、目にする景色に興味が尽きないのだ。

「見物してるときやないで」

下の甲板から、水夫頭の「布袋はん」こと忠弥が注意をしてきた。

「後ろをみてみい」

「あっ」

後続船だ。

八艘が白い帆をあげ、縦に横になりながら追走してくる。

まるで、青海原に白い花が咲いたかのようだった。

「若、もう駄目や。心ノ臓がばくばくしよる」

「今から弱音を吐いてどないするんや」

茂助を叱咤しているあいだにも、ひときわ大きな一隻だけが突出し、ぐんぐん近づいてきた。

「淀川丸や」

水夫たちは口々に叫んだ。

嘉納屋の「白鶴」を満載にした淀屋の持ち船にほかならない。

「さすが、二千石積みやで」

櫓から張りだす主帆も大きい。

順風をはらめば、船足の差は歴然となる。

だが、風はまだ弱い。

ほぼ同じ間隔で堺を過ぎ、岸和田《きしわだ》を過ぎ、貝塚《かいづか》、吉見《よしみ》と通過する。

岬の張りだした黒崎《くろさき》沖まで進めば、紀淡海峡はすぐそこだ。

いつのまにか、太陽は中天《ちゆうてん》に近づいていた。

右舷前方には、淡路島の島影もくっきりみえる。

左舷前方に突きだした岬には淡嶋《あわしま》神社があり、神社のさきの加太《かだ》からが紀伊国であった。

鋭利な「淀川丸」の舳先が、すぐ後ろに迫っている。

「来よったで」

紀淡海峡を目前にして、ついに「一分丸」は追いつかれた。

併走するように海峡を抜けたが、やはり、船足ではかなわない。「淀川丸」はこちらを刺激するかのように、右舷方向から船体を近づけてきた。

——ばっ、ばっ
風をはらんだ横帆が、小気味よい音を起《た》てている。

こちらより垣立《かきたつ》の一段高い「淀川丸」の船首には、刺子半纏《さしこばんてん》を羽織った船頭が立っていた。

「甚太夫や」

背の高い男だ。

日に焼けた顔をこちらに向け、にかりと白い歯をみせる。

双方の水夫たちが舷に並び、敵意剝きだしで睨みあった。

「ほな、おさき」

海神のごとき「淀川丸」は徐々に離れ、尻をみせて遠ざかっていく。

太い水脈《みお》とともに、水夫たちの歓声が尾を曳《ひ》いた。

「くそったれ」

岩が地団駄を踏んだ。

若い衆らも口惜しがる。

だが、源五郎だけは動揺する素振りもみせない。

「抜かせてやりゃええ」

織りこみ済みとでも言いたげだった。

紀淡海峡を通過したあと、通常ならば紀伊半島西岸の印南《いなみ》や田辺《たなべ》や周参見《すさみ》あたりへ入津してひと晩を過ごすのだが、少しでもさきを急ぎたい番船は夜間航行をつづけ、潮岬を経巡《へめぐ》って熊野灘へ向かうはずだった。地乗りで明け方までには志州へたどりつき、難所の遠州灘へ向かうべく、的矢《まとや》周辺の湊に入津するのである。

当然のごとく、源五郎も夜間航行を選ぶとおもわれたが、日没直後、周参見の沖合で帆を五分に下ろさせた。

周参見は枯木灘《かれきなだ》にある風待ちの湊だ。

「沖でひと晩明かすで」

紀伊半島突端の潮岬を越えぬのかと、誰もが首を捻った。

軍師の森三が目尻の皺を深め、船頭の意図をみなに説きはじめる。

「東に雨雲がある。このまま進めば、嵐のただなかに突っこむことになる。それやったら、潮岬の手前で風待ちするんが賢明や」

無理をせぬという決断は、源五郎らしくもない。

やはり、先回の教訓があるからだろうか。

陽太郎は不安になった。

このような生温《なまぬる》いやり方で、惣一番を取ることができるのか。

心の内に叫んでも、船頭の方針に逆らう者はいない。

潮岬の手前へ着くと、源五郎の読みどおり、西寄りの向かい風が強くなってきた。

「東風返《こちのかえ》しやな」

冷たい雨も落ちてくる。

「周参見には入津せん。たらしや」

帆をたたみ、波立つ海面に碇を八つも落とした。

漆黒の闇のなか、風はいっそう強く吹き、波も高まってくる。

「ことによったら、刎荷《はねに》せなあかんかもな」

布袋はんが、あっけらかんとした口調で言った。

酒蔵で「一分」を仕込んだ者なら、おいそれと口にできぬ台詞だ。

だが、怒りは感じない。

いざというとき、判断の遅れは命取りになる。

布袋はんのように、積み荷にこだわりがないほうがよい。

陽太郎はけっして快適とは言えない「矢倉」のなかで息を詰め、嵐が去るのを待ちつづけた。

脳裏に浮かんできたのは、金吾の紅潮した顔だ。

一昨日の晩、ふいに裏長屋へやってきた。

「陽太郎、やったで。殿が大博奕に打って出ることをお決めになった。勘定方に虎の子の二千両をお預けくださったんや」

「よし、今からはなしを通しに行く」

陽太郎は金吾を連れ、新町遊郭の扇屋へ向かった。

幸い、忘八《ぼうはち》の宇左衛門が会ってくれたので、かいつまんで事情をはなすと、二千両を「一分丸」に賭けてやると、ふたつ返事で請けおってくれた。

「まさか、篠山藩の命運が新酒番船の行方《ゆくえ》で決まるとはな。前代未聞の痛快な大博奕になりそうやで」

宇左衛門は掛け値なしに喜んでみせたが、もちろん、口外はできない。

一国の領主が博奕に手を出すことなどあってはならぬ。武士の沽券《こけん》にも関わるはなしだからだ。

あくまでも内々で事を運んでもらうために、陽太郎は扇屋を頼った。

「あんたはんの心意気、しっかり受けとったで。約束したとおり、鴻池の旦さんにも繋いだる。ただし、すべてはあんたはんの乗る船が惣一番を取ってからのはなしや。一番やなかったら、このはなしは消えてなくなる。篠山藩もろとも地獄へ真っ逆さまっちゅうわけやな」

よくわかっている。

この決戦に勝たねば、何ひとつ得るものはない。

虎の子の二千両も、水泡と消えてしまうだろう。

金吾は弾んだ口調で言った。

「これはまだ内々のはなしだが、殿は国家老の尾崎修理さまを隠居させるおつもりのようだ。こたびの件でも、尾崎さまは最後まで異を唱えておられたからな。それともうひとつ、おぬしに言っておかねばならぬことがある。新酒番船で惣一番になったら、殿が小柴陽太郎を改めて召し抱えたいと仰せになったぞ」

藩主に名をおぼえてもらっただけでも名誉なはなしだ。

が、陽太郎は別段、嬉しいともおもわなかった。

正直、藩に復帰するかどうかはわからない。

それに、万が一にも負けることなど考えてもいないが、負ければ腹を切らねばならぬだろう。藩に二千両もの金を出させたのだ。一国の藩主にそれだけの決断をさせてしまったことの責は負わねばならぬ。

今は番船のことしか頭になかった。

「伊吹山《いぶきやま》は大雪らしいで」

甲板の端で誰かが吐きすてた。

風波は強まり、檣を維持する筈緒《はずお》が「ぶん、ぶん、ぶん」と、不気味な音を鳴らしはじめる。

「死神が泣いとるようや」

布袋はんは不吉なことを口走り、ついで豪快に笑いとばした。

かたわらでは、茂助がじっと耳をふさいでいる。

「静まれ、嵐よ、静まってくれ」

陽太郎は波々伯部神社のお守りを握り、呪文のように唱えつづけた。

三

二日目の早朝、嵐は去った。

岩の差配で、碇はすべて引きあげた。

船首の物見に立つと、左手遠方に紀州の山脈がみえる。

ちらちらと、白いものが舞っていた。

「蛍のようですなあ」

茂助が惚けたような顔でつぶやく。

「蛍か」

そう言えば、父も二月に降った降り仕舞いの雪をみて、蛍に喩えたことがあった。

――陽太郎、みよ。雪蛍《ゆきぼたる》や。

幼いころの遠い記憶に、父の嬉しげな笑顔が留まっている。

今にしておもえば、不忠を貫いた人生に悔いはないとでも言いたげな、晴れ晴れとした顔だった。

「父上……」

船上に舞う風花《かざはな》は、亡くなった者たちの魂なのかもしれない。

やがて、低い山々を越えて、強風が吹きよせてきた。

若狭湾から伊勢湾へ吹きぬける北西風だ。

「大西風や、帆を張らんかい」

源五郎が嬉々として声を張りあげる。

「よっしゃ」

水夫たちは待ってましたと言わんばかりに、帆桁《ほげた》をどんどん持ちあげていった。

蟬《せみ》から垂れる水縄《みなわ》も帆桁を左右する手縄もぴんと張り、巨大な横帆がひるがえる。

まるで、怪鳥《けちよう》が雄々しく羽ばたいたかのようだ。

一分丸は潮岬を左手に置き去り、大島の沖合へ躍りでる。

順風をはらんだ怪鳥は、滑るように海上を進んだ。

「ひゃっほお、沖乗りや」

志州の海岸沿いに進むのではなく、最短航路で遠州灘を走破する。先回吹きもどしに遭った御前崎には目もくれず、一気に下田をめざすのだ。

「源五郎は最初《はな》から、これを狙ってたんや」

布袋はんが太鼓腹を突きだし、ぱんと叩いてみせる。

紀州の突端から沖乗りに挑む船頭は、おそらく、参じた番船のなかにひとりもおるまい。

「桁違いの沖乗りやで」

言うまでもなく、予期せぬ危険をはらんでいる。

このまま苦もなく進むとは、誰も考えていなかった。

一刻ほど快調に航行していくと、布袋はんが沖を指差した。

「あれをみてみい、海鳥の群れや」

それが何を意味しているのかは、ほどもなく判明する。

——どん
突如、凄まじい衝撃を受け、船体がぐらついた。

波濤《はとう》ではない。

空は晴れ、海原は何処までも蒼い。

——どん

またもや、右舷から衝撃を受ける。

「鯨や」

布袋はんが叫んだ。

「岩礁とまちごうとるんや」

皮膚に付いた寄生虫を刮《こそ》ぎ落とすために、鯨は硬いものにからだを擦りつけたがる。

樽廻船が標的にされる例は、けっしてめずらしいことではないらしい。

「ふうん、鯨かあ」

茂助は興味深そうに、舷から身を乗りだした。

「危ないで」

陽太郎は茂助の襟を摑み、引きもどそうとする。

そのときだった。

——どん

後ろから蹴りつけられたような衝撃を受け、つぎの瞬間、陽太郎のからだは宙へ投げだされていた。

「あっ、若」
茂助の声を聞いたような気がする。
と同時に、陽太郎は海に落ちていた。
片足が網に絡まり、船体の脇を引きずられる。
船は止まることなどできない。
水中で藻掻きながら、引きずられていくだけだ。
「ぬぐ、ぐぐ」
息が苦しくなってきた。
海面が遠ざかり、身は錘《おもり》となって沈んでいく。
そこへ、黒いかたまりが突っこんでくる。
はっきりみえた。
鯨だ。
並みの大きさではない。
黒い岩が腹の下を通りぬけ、船体に身を擦りつける。
——ごり、ごりごり
水中に妙な音が響いた。

突如、鯨が浮きあがっていく。

網も同時に浮き、網に絡まった陽太郎も海上に浮きあがった。

「ぷはあ」

青空が間近に迫り、船の甲板が真下にみえる。

鯨は頭をまっすぐに立て、すぐさま海中へ沈んでいった。

渦潮が巻き、船ごと巻きこまれそうになる。

陽太郎は海面に叩きつけられ、気を失いかけた。

そこからさきは、よくおぼえていない。

水夫たちが総出で網を引きあげ、九死に一生を得たことだけはわかった。

「驚いたで。助かったんは、天佑《てんゆう》や」

奇蹟的に、船体もたいした傷は負っていなかった。

「あんたは強運の持ち主や。運を味方につけた船が惣一番を取るんや」

源五郎の指図で「一分丸」は航行をつづけた。

正午を過ぎると、今までと風向きが変わってくる。

四方は青一面の海原なので、どの辺りを走っているのかもわからない。

「吹き返しや。詰め開きで上がるで」

源五郎が叫ぶ。
水夫たちは緊張の面持ちで持ち場についた。
船首の弥帆《やほ》、その後ろの中帆《なかほ》も上げる。
――ばばっ、ばばっ
帆が一斉にはためいた。
「ぬおっ」
南東から強風が吹きつけてくる。
立っていられないほどの風だが、源五郎は船首をぶつけるように船を進ませた。
「何でそっちへ進むねん」
水夫のひとりが泣き言を漏らす。
逆風をものともせずに進まねば、先回の二の舞になるだろう。
志州沖まで戻され、下手をすれば座礁する。
眼前の風と波を乗りこえねば、確実に勝利はない。
「くそっ」
順風のままなら、日没には下田を指呼《しこ》のうちに置いていたのに。
口惜しくもあったが、当初から逆風は予想していたことだ。

うねる波が群青《ぐんじょう》色から草色に変わり、さらに灰色へと沈んでいく。
正面から大波が押しよせた途端、鉈《なた》のごとき船首が曇天に突きあげた。
「うわああ」
足許の「矢倉」から、茂助が転げでてくる。
甲板を転がる水夫もあった。
大波を越えると、今度は頭から奈落の底へ落ちていく。
「ひぇぇえ」
引きずりこもうとする波の力は凄まじい。
船体は木の葉のごとく、大波に翻弄された。
綱で縛った酒樽が軋み、藁屋根は吹っ飛んだ。
上下の揺れが大きすぎ、このままでは荷崩れを起こしてしまう。
だが、強風は収まらず、大波はつぎつぎに襲いかかってきた。
「毘嵐婆《びらんば》や」
布袋はんが、泣きそうな顔で吐きすてる。
毘嵐婆とは世の終わり、劫末《ごうまつ》に吹く大暴風のことらしい。
源五郎は艫で踏んばり、水夫たちを叱咤しつづける。

「飆《ひょう》に負けるな、ここが正念場や。進め、間切りで前へ進むんや」

帆桁がぎしぎし鳴った。

太いはずの櫓が、撓《たわ》んだ柳の木にみえた。

一瞬の気のゆるみが死を招く。

大波に負けたら、櫓を鉞《まさかり》で断つような事態にもなりかねなかった。

「させるか」

叫んだのは、源五郎自身にほかならない。

二度と漂流は御免だと、誰もがおもっている。

陽太郎も凍りついた手縄を握り、帆を操ろうと試みた。

「耐えてくれ、松右衛門」

ちぎれそうな帆に向かって、懸命に叫びつづける。

虚しい叫びは風音に掻き消され、波に呑まれていった。

四

夕方になっても風は止まない。

霙《みぞれ》交じりの雨まで叩きつけてくる。

帆も縄も凍りつき、甲板に出た途端に凍えてしまう。

それでも、惣一番を狙う「一分丸」は荒波を乗りこえていた。

向かい風のなかを、稲妻のように進む間切り走法である。

間切りを効率よくおこなうべく、源五郎は帆に細工を施していた。

大きな横帆の左右に縦長の副帆《そえほ》を副《そ》えることで、戎克《ジャンク》のような縦帆に近いかたちに変化できるようにしたのだ。

「休むな、死ぬ気で踏んばれ」

副帆は予想以上の活躍をみせ、船は堂々と強風に立ち向かっていた。

だが、源五郎は船頭として、水夫たちの命を守らねばならない。

いざというときには檣を断つ覚悟を決めており、手の届くところには鉞がかならず置いてあった。

「掻きだせ、水を掻きだせ」

布袋はんが白髪を振り乱し、胴間声《どうまごえ》で叫んだ。

陽太郎も茂助も桶を持ち、半日近くも水の掻きだしをおこなっている。

「それにしても、間切りで何処へ向かうんや」

若い衆のひとりが首を捻った。

こたえたのは、軍師の森三である。

「決まっとるやないか。黒瀬川に乗るんや」

どうやら、それが源五郎の考えた奇策らしかった。

黒瀬川は、御蔵《みくら》島と八丈《はちじょう》島のあいだを流れる潮流である。

潮流に乗って御蔵島寄りにたどりつくことができれば、下田を飛ばして浦賀《うらが》を直《じか》に狙える海域までたどりつけた。

ただし、潮流は凄まじく速いので、蝦夷のさきまで流される危うさもある。

「これも賭けや。われらが船頭を信じるしかないで」

布袋はんの言うとおりだ。

腕は痺れているものの、気力は衰えていない。

「茂助、へこたれたらあかんで」

陽太郎は茂助を叱咤し、すぐに溜まる水を掻きだしつづけた。

「舠荷や、身を軽くせなあかん」

布袋はんが怒声を発する。

源五郎は拒んだ。

「まだや、まだ耐えられる」

布袋はんは血走った目を向けたが、抗おうとしない。

船では船頭の判断が一番だし、船頭に命を預けてもいた。

頑固な源五郎を拒まず、どんなことがあっても守《も》りたててやる。

それが水夫頭として為すべき役目だと、布袋はんはよくわかっていた。

嵐のなかを、どれだけ間切りで進んだであろうか。

暗闇に光明を見出したのは、おそらく明け方に近くなってからのことだ。

時を正確に知る目標はないが、源五郎には走っている肌の感覚でわかる。

「丑三つ刻やろ」

さすがに疲れた声で言ったとき、船体がふわりと浮いたような感覚を抱いた。

あいかわらず、風雨は強い。

あきらかに逆風なのだが、船は滑るように進みはじめる。

しかも、間切り走行をする必要もなくなっていた。

「乗ったんや」

布袋はんが声をひっくり返す。

「黒瀬川に乗ったんや」

「うわああ」

　水夫たちから歓声があがった。

　逆風でも悠々と前進できるほどの潮流が助けてくれるかもしれない。

「神風ならぬ、神潮やで」

　岩の口からは冗談まで飛びだした。

　森三は海図や和磁石を駆使しながら、今の位置を探ろうとする。

「ようわからん。ひょっとしたら、房総《ぼうそう》沖まで流されとるかもしれへん」

「それはない」

　源五郎は言い切った。

「わしにはわかる。まだ遠州沖や」

「ほんなら、御蔵島まで、あとどれほどですか」

「わからん。一刻なのか二刻なのか、それとも四半刻なのか、そこだけがわからへん。ともあれ、ここからが勝負や。朝まで一睡もでけへんで」

　交替で甲板に立ち、闇の奥に目を凝らしつづけねばならない。

「島影がみえたら回避せなあかん。激突したら仕舞いやからな」

　そして、島の脇を抜けたら、全力で黒瀬川からの脱出をはからねばならない。

順風をみつけて帆を張り、左舷のほうへ突出するのだ。

「失敗《しくじ》ったら一巻の終わりや。地の果てまで流されてまうで」

源五郎に脅され、水夫たちは奥歯を食いしばる。

つかの間の喜びは水泡と消え、新たな試練への時が刻まれた。

陽太郎はしかし、浮きたつような気持ちを抑えきれない。

「これや、これが生きているっちゅうことや。のう、茂助」

振りむけば、茂助はいない。

炊事場の片隅で、人知れず嘔吐《おうと》していた。

「無理をさせとるんやな」

心の底から、茂助には感謝しなければなるまい。

そして、治兵衛や知花や母や妹や、期待してくれるすべての人々にたいして、陽太郎は感謝の念を抱かずにはいられなかった。

かならずや、みなの期待にこたえてくれよう。

人ひとりの力など芥子粒《けしつぶ》のようなものだが、抗い難い自然の猛威にも、今なら打ち勝つことができるかもしれない。そう陽太郎はおもった。

五

三日目、未明。

乳色の霧が晴れ、左舷前方に島影がみえてきた。

「御蔵島や」

風は順風、黒瀬川は北東へ滔々《とうとう》と流れていく。

「横帆は五分《ぶ》下げや。弥帆を全開にしい」

「うおっ」

源五郎の指図にしたがい、水夫たちは水縄や手縄を手繰りよせた。

「引け引け」

「弛《ゆる》めい」

喧嘩口調でやつぎばやに指示が飛び交い、檣や帆桁が軋みをあげる。

風をはらんだ帆は船体を操り、潮流を斜めに裂きはじめる。

左舷前方に岩礁群が迫ってきた。

「面舵《おもかじ》や、面舵」

舵取りの森三が巧みに舵を操り、岩礁を難なく回避していく。

島の周辺は岩礁が多い。

だが、島から離れすぎると、潮流から逃れ難くなる。

岩礁を避けながら、いかに潮流から逃れるか。

そこが船頭の腕の見せ所だった。

「取り舵や」

帆桁が機敏にかたむきを変え、船首は白波を切りわける。

右舷前方から曙光《しょこう》が射しこんできた。

目も開けていられぬほどの眩しさだ。

「菩薩《ぼさつ》の後光やで」

布袋はんの軽口にも、笑う者はひとりとしていない。

潮流の野太い流れから外れようと、人も船も懸命に藻掻いた。

そうやって半刻余りも格闘したのち、船体は見事に黒瀬川から抜けだしてみせたのである。

激闘が嘘のように、海上は穏やかになった。

空はあっけらかんと晴れ渡り、微風《そよかぜ》が頬を撫でてくる。

寒さは微塵も感じない。

全身に汗を搔いていた。

半日掛かりで「一分丸」は慎重に進む。

すると、左舷前方に島影がみえてきた。

「大島や」

相模湾の入口である。

江戸湾へと通じる浦賀までは、二刻も掛からずにたどりつけるだろう。

西宮沖を出帆してから、たった二日半で達することになる。

番船の最短記録に近づく勢いにまちがいない。

「惣一番は決まりやで」

気の早い布袋はんは、豪快にうそぶいた。

まちがいなかろうと誰もがおもったが、陽太郎は一抹の不安を抱く。

「勝負は仕舞いまでわからへんで」

船頭の源五郎が、真剣な顔で吐きすてたからだ。

船改めをおこなう幕府の船番所は浦賀湾の入口にあたる千代ケ崎《ちよがさき》にあり、新酒番船はさらにそこから半日近く掛けて品川《しながわ》沖まで向かう。品川沖で待つ見張船に船切手を改められたのち、番船は十樽ほどの酒樽を伝馬船に積みかえねばならない。伝馬船は隅田《すみだ》川の河口から左手に進み、霊岸島《れいがんじま》の新川《しんかわ》にある船番所でふたたび船改めを受け、そこではじめて着順が確定するものとされていた。

おもしろいことに、最後は伝馬船の勝負となる。

ただし、そうなった例《ためし》は一度もない。

千代ヶ崎の船番所に到達した時点で、十中八九、勝負は決まっている。

江戸湾や隅田川が帆走競べの舞台になることなど、あろうはずもなかった。

なにせ、西宮沖から百里（約三九三キロ）以上の航路をたどってくるのだ。勝負の行方が伝馬船の争いに持ちこまれることなど、どう考えてもあり得ない。

源五郎とちがい、布袋はんはあくまでも気楽だ。

「眼力よ、切手渡し場に飛びこむのは、おまえの役目やで。偉そうな肝煎りから一番札と金杯をもらうんや。金杯には『惣一番』と刻印してあるんやで」

緋《ひ》色の法被《はっぴ》を着られるのは、船頭の源五郎だけだ。

巨体の岩が「壹番船日野屋」と大書された幟を自慢げに掲げるであろう。

祝いの囃子太鼓が鳴りひびくなか、みなで江戸の町を練り歩く。

そして、衆目のなか、華々しく鏡割りをおこなう。

江戸の人々に貴賤《きせん》の別なく「一分」を振るまうのだ。

「『一分』を捨てんかったのは正解や」

源五郎の手柄にもかかわらず、布袋はんは胸を張った。

「惣一番になれば、酒の値は青天井や。それにな、賭け金も十倍になって戻ってくる。今やから言うが、わしは身代《しんだい》を全部注ぎこんだんやで」

緩やかな順風が吹いてきた。

「若、あれを」

茂助が物見にあらわれ、右舷を指差す。

すぐそばを、海豚《いるか》の群れが併走していた。

嬉しそうに海上に跳ね、銀色の帯となって去っていく。

「吉兆やで」

やがて、右前方に安房《あわ》の陸影がみえてきた。

突端の洲崎《すのさき》を過ぎれば浦賀水道になり、左手に三浦《みうら》半島がみえてくる。

城ヶ島《じょうがしま》の岩場は、渦を巻いているので気を付けねばならない。

剱崎《つるぎざき》沖を進めば、千代ヶ崎の燈明《とうみょう》堂が遠望できるであろう。

浦賀湾の入口にある石積みの燈明堂を、陽太郎はまだ目にしたことがない。

台座のそばには海難で亡くなった者たちの慰霊碑も立っているという。できれば、勘八の遺髪も供養したかった。遺族の許しを得て、半分だけ頂戴してある。遺髪は奉書紙に包み、懐中に仕舞ってあった。

「頼むで、勘八」

最後まで見守ってくれることを、陽太郎は祈らずにいられなかった。

六

はたして、惣一番はどの船か。

心ノ臓の高鳴りを抑えきれない。

千代ケ崎の船番所まで迫ったとき、陽太郎は信じられない光景をみた。

先行する巨大な番船が、帆を五分下げにしながら入津していたのだ。

「淀川丸や」

布袋はんが悲痛な叫びをあげた。

百里以上もの航路を遥々《はるばる》航行してきて、まさか、終着点の一歩手前で宿敵のすがたを目にするとは、悪夢としか言いようがない。

「遅れるな、帆を下げるんや」

啞然とする水夫たちに向かって、源五郎が怒声を発する。

みなが弾かれたように動きはじめた。

「まだまだ、こっからが勝負やで」

布袋はんに叱咤されても、勝てると確信する者はひとりもいない。

江戸湾を舞台にした直線勝負では、帆の大きい「淀川丸」の優位は動かぬからだ。

ともあれ、遅れをとるわけにはいかず、源五郎は「一分丸」の船首を桟橋へ向けた。

「眼力、ひとっ走り行ってこい」

「はい」

岬の突端から長々と延びる桟橋を挟んで左右に、二隻の樽廻船が睨みあうように並んで繫留された。

纜《ともづな》を繫いだあと、誰かが桟橋に下りて呼びにいかねば、役人は足を運んでくれない。

陽太郎は源五郎に命じられて走り、役人を呼んでくる。

すでに「淀川丸」は船改めを終え、出帆の仕度に取りかかっていた。

「やあい、追いつけるもんならやってみな」

水夫たちが憎まれ口を叩く後ろで、船頭の甚太夫は手綱形の銀煙管《ぎんぎせる》をぷかぷか喫《ふ》かしている。

ひとまわり小さな「一分丸」に負けるはずがないとおもっているのだ。

纜が解かれ、巨体が桟橋から静かに離れていく。

「帆を上げろ、全開や」

甚太夫の合図で、三十反余りはあろうかという横帆が開いた。

まさに、桁違いの大きさだ。

檣の長さは百尺（約三十メートル）、帆桁は八十尺（約二四メートル）はあるにちがいない。

「ほう、近くでみると圧倒されるのう」

布袋はんは目を丸くする。それでも、どこかに余裕があった。

幸い、風はまだ弱い。

追走できる余地はあるとでもおもっているのか。

「下手な考え休むに似たりや。ほれ、からだを動かせ」

船改めを済ませた「一分丸」も纜を解いた。

「帆を張れ」

源五郎の合図で、こちらも帆を全開にする。

「行ったるで」

敵船の尻は、はっきりと捉えていた。

が、間合いはいっこうに縮まらない。

「くそっ、追いつかん」

陽太郎は吐きすてた。

一方、源五郎は泰然として動かず、その顔には自信らしきものが漲《みなぎ》っている。

「ふふ、さすがやな」

布袋はんも不敵な笑みを浮かべた。

軍師の森三も何やら嬉しそうだ。

「あんひとら、勝つ気でおるんでしょうか」

茂助が不安げに囁きかけてくる。

「さあ、わからへん」

陽太郎が首をかしげた。

源五郎は艫の物見に立ち、じっと何かを待っている。

「風を待っとるんや」
と、布袋はんがつぶやいた。
風は平等に吹く。帆の大きな敵船の優位は動かぬものとなるのではないか。
陽太郎の疑念を吹きとばすように、強烈な風が吹いてきた。
――ばっ
横帆が風をはらむ。
「ほうら、来たで。順風や」
つぎの瞬間、源五郎が凜然と発した。
「櫓を上げよ」
おもわず、陽太郎は「えっ」と漏らす。
すでに、檣は船首に聳《そび》えていたからだ。
――ぎっ
軋みをあげ、船尾側にもう一本の檣が立ちあがった。
船首側にくらべれば細く、長さも半分に足りない。
だが、強度は申し分ない。柱を何本か束ねて鉄の責込みで締めあげたものだ。
鉄の輪で締めた先端を船底まで差しこみ、筒挟みに固定してあったらしかった。

気づいていなかったのは、経験の浅い陽太郎と若い衆の一部だけだった。

源五郎は船大工の権十に頼み、船体に一発逆転の秘策を施していたのである。

船首と船尾、全開に張られた横帆が順風をはらんだ。

それだけではない。

船首両舷に位置する合羽のうえには、二艘の伝馬船が備わっており、各々の伝馬船にも翩翻と帆がひるがえった。

さらに、船首側の左右には副帆があり、まんなかには中帆もある。

「いったい、何枚の帆があるのか」

陽太郎は目を瞠った。

「得手に帆をあげっちゅうやつや」

布袋はんが、がははと笑いあげた。

風をはらんだ真っ白い帆の連なりが、不死鳥の翼にみえる。

水縄や筈緒がぴんと張った。

船はぐんぐん加速し、観音崎《かんのんざき》と富津《ふっつ》岬のあいだを通過する。

袋状の巨大な江戸湾へ進入するや、敵船の尻を捉えた。

「行くで」

源五郎の合図に、みなが一斉に「うおっ」と呼応する。

金沢《かなざわ》の沖合を過ぎたころ、敵船の右舷に並んだ。

相手の水夫たちは慌てふためき、必死の形相で何か叫んでいる。

「越させるな。死ぬ気できばれ」

さすがの甚太夫も余裕を欠いていた。

予想を遥かに超える増帆《ぞうはん》であったにちがいない。

源五郎の操る「一分丸」は風を御《ぎょ》す鳥と化し、宿敵の「淀川丸」を追い抜いた。

まさに、風帆雲鳥《ふうはんうんちょう》というべきか、天空を飛翔するかのごとく海上を疾駆《しっく》し、
その差をぐんぐんひろげ、保土ケ谷《ほどがや》沖、神奈川《かながわ》沖と通過していく。

「みてくれ、勘八、知花はん、多吉はん、金吾、母上、早苗、父上、そして、おみな……」

五穀豊穣を祝う祭り囃子が響き、応援してくれる者たちの顔がひとりずつ頭に浮かんでくる。

陽太郎は真っ黒に日焼けした顔を蒼天に向けた。

船は川崎沖を通過し、いよいよ品川沖を指呼のうちに置く。

向かうさきには、切手改めの見張船が待機していた。

艫から後ろを眺めても、敵の船影はみえない。

「ぶっちぎりや」

布袋はんが腹を抱えて笑った。

船乗りたちの手には、杯が握られている。

杯にはもちろん、日の本一の「一分」がなみなみと注がれていた。

背を押す順風は吹きつづけている。

「やったったで」

陽太郎は雄叫びをあげ、勝利の美酒を呑みほした。

最終章……出帆

七年半後、安政《あんせい》四年（一八五七）葉月《はづき》。

左手の出島《でじま》には、蘭国《オランダ》の国旗がはためいている。

野分《のわき》めいた風が吹きぬけ、海面はさざ波立っていた。

羽ばたいた鶴に喩《たと》えられる湊には、黒光りした砲艦が浮かんでいる。

「咸臨丸《かんりんまる》か」

嬉しそうに発するのは、幕臣の勝麟太郎《かつりんたろう》であった。

一昨年の神無月《かんなづき》に長崎《ながさき》海軍伝習所《でんしゆうじよ》が創設されたときからの一期生で、伝習生に蘭語《らんご》を教える教官も兼ねている。そもそもは四十俵取りの小普請《こぶしん》だったが、海防に関する意見書が幕閣の重臣たちから評価され、異国応接掛附蘭書翻訳御用という長ったらしい役目に任じられたあと、長崎へ赴任することになった。

ひとつ年上の勝から、陽太郎は「先生」と呼ばれている。

「浦賀でみた黒船は咸臨丸の倍はあったな。まこと、あのときは腰が抜けかけたわい。先生も黒船をみたのだろう」

「ええ、みましたよ」

今から四年前の真夏、ペリー提督率いる四隻の軍艦が忽然と浦賀にあらわれた。あの光景を忘れることはできない。

「ペリーの乗ったサスケハナ号は全長何フィートだっけな」

「二百五十七フィート（約七八メートル）ですね」

総トン数は二千四百五十トン、最高速度は十ノット、機関で石炭を燃やして蒸気の力を推進力に変える原理にも驚かされたが、何と言っても左舷に九インチ砲をずらりと並べた威容は国力のちがいをまざまざとみせつけるものだった。

「黒船をみちまってから、おれの人生は変わったのかもしれねえ」

勝の言うとおり、陽太郎の人生も変わった。

侍身分を捨て、蔵元からも離れ、船乗りになる決心がついたのだ。

勝は手に提げた一升徳利をかたむけ、祝い酒をぐい呑みに注ぐと、咸臨丸の舳先に掲げてみせた。

「それにしても、一分は美味《うめ》えな。ペリーが喜んで土産に持って帰っただけのことはあるぜ」

陽太郎が一分を仕込んだ蔵人だったと知る者はいない。しかも、一分を積んだ番船に乗りこみ、三年つづけて惣一番を取ったことなど、伝習所のなかで知る者はひとりもいなかった。

息災《そくさい》にしているだろうか。

知花のことをおもうと、甘酸っぱい気持ちになる。

日野屋は治兵衛が隠居して代替わりし、知花が跡を継いで女主人になってからは千石蔵が三つも増えた。杜氏の多吉は十も若返ってみえ、脇杜氏の磯松を筆頭に蔵人も大勢集まるようになった。

新酒番船に挑んだ三年目は一千五百石の新造船を就航させ、陽太郎も二代目一分丸に乗って遠州灘を走破した。もちろん、船頭は源五郎である。軍師の森三や布袋はんや岩もいっしょだった。

日野屋は灘目一の蔵元になり、源五郎は日の本一の船頭となった。一方、一か八かの賭けに勝ったことで、篠山藩は豪商の鴻池から破格の条件で借入をおこない、不死鳥のごとく甦った。

大手柄をあげた金吾は若くして勘定吟味役格となり、約束どおりに早苗を嫁に迎えてくれた。母は手放しで喜び、めでたいこと尽くしであった。当然、陽太郎も藩へ復帰するであろうと誰もがおもったにもかかわらず、陽太郎は藩主直々の誘いを断り、多吉のもとで酒を造り、源五郎のもとで船に乗りつづけた。

三年目も惣一番を取った三月後、知花に「用がある」と囁かれ、酒蔵の裏に呼びだされた。

五月晴《さつきば》れの気分のよい日で、蒼天には雲ひとつない。

酒を仕込む時期ではないが、蔵の増えた日野屋には商売を手伝う者たちが起居《ききょ》していた。酒造りにも番船にも精通する陽太郎はみなから頼りにされ、自然と束ねを任されるまでになっていたのだ。

知花からも頼りにされ、隠居した治兵衛には「知花を頼む」と頭を下げられたことすらあった。

頼りにされて嬉しくないはずはない。

意気に感じて懸命に商売をおぼえ、日野屋の帳面まで任されるようになった。

商売だけではない。知花のことを脳裏に浮かべると、胸苦しくなって食べ物もろくにのどを通らなくなる。おたがいに意識し合っているのはわかっていたし、杜氏の多吉や船頭の源五郎も、親しくなったほかの連中も、口には出さぬが、陽太郎ならば日野屋の婿にふさわしいと考えていた。

誰もがみな、陽太郎の素姓を知っていた。多吉は「喋ったんは、わしやない」と言い張ったが、陽太郎こそが篠山藩の窮状を救った張本人なのだと、酔った勢いで自慢したらしかった。

何らかの事情があって藩を離れ、手柄をあげたことで藩主直々に復帰を打診されたにも拘らず、自分にはやりたいことがほかにあると言いきり、潔く断ってみせた。それほどの武勇伝を持っているのに、何ひとつ語らず、黙々と日野屋で汗を流している。そんな陽太郎が慕われぬはずはない。

知花に呼ばれた理由も、大方の察しはついていた。

――つっぴー、つっぴー、つつぴーっ

雑木林で鳴いているのは、四十雀《しじゅうから》であろうか。

知花は小首をかしげ、鳴き声に耳をかたむける。

人の気配がないのを確かめて一歩近づき、こちらをまっすぐにみつめた。

「陽太郎はん、うちはあんたが好きや。これからさき、どないなことがあっても従《つ》いていきたいおもっとる。あんたさえよければ……」

と言いかけ、知花はことばに詰まる。

おもわず、陽太郎は目を逸らした。

心は大波のように揺れていた。有無を言わさずに知花を抱き寄せ、おもいのたけをことばにできればどれだけ楽であったか。

知花はすっと身を離し、目に涙をいっぱい溜めながら耐えていた。

好いているのに、何で抱いてくれへんの。

おそらく、そう問いたかったにちがいない。

だが、蔵元の誇りを持つ知花は唇もとを嚙んで黙っていた。

「出ていくんやね」

仕舞いにぽつんと漏らし、淋しげに微笑んでくれたのだ。

翌朝早く、陽太郎は日野屋を去った。

知花にたいして、最後まで明確な理由を告げることはできなかった。

自分でもよくわからない。ただ、居心地のよいところから脱し、みずからの行くべき道を見極めたいとおもった。


世の中は激動している。

列強諸国の脅威が迫り、盤石《ばんじやく》であった徳川《とくがわ》の地盤は揺らいでいた。武には武をもって抗えと声高に叫ぶ者もあれば、到底かなわぬから門戸を開けと諭す者もあり、日本に留まっているだけでは何ひとつ物事の本質はわからない。江戸に出て黒船を目にした瞬間、陽太郎は海の向こうへ渡りたい衝動に駆られた。

そして、あらゆる伝手《つて》をたどって渡航する手段を探り、名の知れた船大工に弟子入りすることで手蔓《てづる》を摑み、渡航への近道になるであろう長崎伝習所へ運よくたどりつけた。

あくまでも、陽太郎は船のことを熟知してる船大工のひとりとして、伝習所で学ぶことを許されていた。伝習所には蘭国の師範たちがおり、航海術や造船術や砲術のみならず、算術や医術や活版《かつぱん》印刷術まで教わることができる。もちろん、蘭語にも習熟しなければならない。

陽太郎は船大工にもかかわらず、すべての科目で優秀な成績をあげていた。スパルタ教育で名高い第一次教師団長のライケンも、のちに自国の大臣となった第二次教師団長のカッテンディーケも褒めてくれ、格別のはからいで伝習生の仲間入りを認められているのだ。

伝習生は第一期生から第三期生まで、合わせて七十五名におよぶ。幕臣のみならず、薩摩《さつま》や長州《ちようしゆう》や、佐賀《さが》、肥後《ひご》、筑前《ちくぜん》、備後などの諸藩から選《え》りすぐられた若者たちが集められていた。新しい西洋の知識に餓えている者たちは、貪るようによく学んだ。が、そうした連中からも一目置かれるほど、陽太郎の成績は抜きんでていた。

勝が「先生」と呼ぶのは、不得手な算術の補習をいつも頼まれているからだ。船酔いにならぬ方法も教えてやったので、陽太郎には頭があがらないのである。

「咸臨丸なら、海を渡ってアメリカにも行けるぜ。先生も行きてえんだろう」

そのために、ここにいる。船乗りになったのも、船大工として伝習所に潜りこんだのも、海の向こうをこの目でみたいがためだった。

「それなら、何で侍《さむれ》えをやめたんだ。先生は侍えだったたんだろう。佇まいをみればわかるぜ。どんな事情があったのか知らねえが、それだけの頭がありゃ、藩の推薦なんざ容易に貰えるはずだ。侍えとして海の向こうへ渡るほうがよかねえか。そのほうが待遇もちがうだろうしな」

侍を捨てた理由を、陽太郎はいつも考えている。

侍は体面を重んじる。これだけは譲れぬという一分がある。体面を軽んじた者は腹を切らねばならぬこともあり、死をも厭《いと》わぬ覚悟をもって生きねばならぬがゆえに敬われてもいる。

陽太郎の父は、紛《まご》うことなき侍であった。おのれの信念にしたがい、信念に殉《じゅん》じる覚悟をもっていた。藩士の誰よりも侍の一分を守った人物であり、そんな父を陽太郎は誇りにおもう。

ほんとうは、父のようになりたかった。

侍として一生を全《まっと》うできれば、本望であったかもしれない。

だが、理不尽な命《めい》を与えられたことで運命の歯車は狂いだした。

侍という身分に縛られていたら、おそらく、今ごろは生きてはいまい。

一分ということばは好きだが、自分とは相容れぬものとなってしまった。

おそらくは、そのことに気づいたからこそ、侍を捨てようとおもったのであろう。

もはや、侍でも何でもない。

陽太郎は今、地べたを這ってでも生きぬこうと決めている。

海の向こうで興味を惹くものに出合ったら、そこで骨を埋めてもよいとまでおもっていた。

憧れるのは、万次郎《まんじろう》という船乗りの生き様だ。漁船で漂流し、米国の捕鯨船に助けられた。ハワイ経由で米国本土へ渡り、オックスフォード学校や私塾であらゆる学問を学んだ。そして、日本へ戻ってきてからは通詞《つうじ》としてだけでなく、米国の進んだ文明や文化を伝達する貴重な役割を担っている。

「万次郎は薩摩のお殿さまのお気に入りだ。お殿さまに、ごうるどらっしゅということばを教えたそうだぜ」

「ごうるどらっしゅ」

「ああ、かりほるにあってところへ行けば金が取り放題らしい。成金どものなかには船を買い、外洋を股に掛ける商人になる者がいるかもしれねえ。万次郎もそんな夢をみかけたが、望郷の念をどうしても捨てられずに帰ってきた。先生だって向こうの国へ渡れば、いずれは生まれ故郷に帰ってきたくなるだろうさ」

そうかもしれぬ。だが、故郷をおもうのは、まだみぬ世界をみてからのはなしだ。

やがて、護岸一帯が騒々しくなり、伝習所の取締と町奉行が蘭国の教官たちをしたがえてやってきた。

それに呼応するかのように、咸臨丸がゆっくり近づいてくる。

伝習生たちも好奇に顔を輝かせ、ぞろぞろと桟橋に集まった。

「さあ、乗りこもうぜ」

勝に背中を押され、陽太郎は前屈みに歩きだす。

仰け反るほどの逆風のなかへ、誇らしく一歩を踏みだしていった。

解説

末國善己《すえくによしみ》
（文芸評論家）

歴史時代小説には、沢庵《たくあん》和尚の導きで自分の愚かさに気付いた宮本武蔵《みやもとむさし》が、剣の修行を通して精神を高めようとする吉川英治《よしかわえいじ》『宮本武蔵』、子供の頃は泣き虫だった坂本竜馬《さかもとりようま》が、幕末の政治と経済を動かすまでになる司馬遼太郎《しばりようたろう》『竜馬がゆく』、海坂《うなさか》藩の政争に巻き込まれた父が亡くなり家禄を減らされた牧文四郎《まきぶんしろう》の成長を、親友の小和田逸平《おわだいつぺい》や島崎与之助《しまざきよのすけ》との交流、隣家の少女ふくへの恋などを軸に追った藤沢周平《ふじさわしゆうへい》『蟬しぐれ』など、青春時代小説としても秀逸な作品が少なくない。

この青春時代小説の系譜に新たに加わった傑作が本書『一分』である。本書には、すべてを失った主人公が「二十一やったら、なんぼでも出直しはきく」と励まされるシーンがあるが、これは武蔵が「青春、二十一、遅くはない」との想いを胸に廻国《かいこく》修行に出る吉川英治『宮本武蔵』へのオマージュだろう。

坂岡真は、将軍の毒味役（別名「鬼役」）にして、幕府の奸臣《かんしん》や悪党を成敗する裏御用も務める矢背蔵人介《やせくらんどのすけ》を主人公にした大人気の〈鬼役〉シリーズを手掛けている。蔵人介の仕事は毒味役も、裏御用もハードなものだが、家に帰ると個性的な家族が織り成すホームドラマになる。矢背家は、蔵人介の養母・志乃《しの》は薙刀《なぎなた》の名人、妻の幸恵《ゆきえ》は小笠原《おがさわら》流弓術を修め、裏御用を支える用人の串部六郎太《くしべろくろうた》は柳剛《りゅうごう》流を遣うなど一流の武芸者が揃っているが、蔵人介の息子の鐵太郎《てつたろう》だけは武芸の才能に恵まれなかった。武芸が苦手なのに矢背家を継げるのか悩む鐵太郎に焦点をあてたところ（第十一巻『矜持《きょうじ》』や第十四巻『気骨《きこつ》』など）は秀逸な青春時代小説になっているので、著者が『一分』を書いたのは必然といえ、〈鬼役〉のファンであれば間違いなく満足できるはずだ。

物語は天保《てんぽう》十年（一八三九）、徳川家譜代の名家・青山家が藩主の丹波篠山《たんばささやま》藩で馬の世話をしている小柴陽太郎《こしばようたろう》が、恒例行事の流鏑馬《やぶさめ》を見ている場面から始まる。流鏑馬には徒士《かち》組の弓自慢が挑んでいたが、続けて的を外し見物人から失笑が洩れた。それに怒り刀を抜こうとした射手を止めた陽太郎は、荒馬の疾風《はやて》に乗ると見事に的を射ぬいた。武芸に優れ、弱者に寄り添い、不当な行為があれば上にも立ち向かう反骨精神を持ちながら、負けず嫌いで直情径行という幼ない一面もある陽太郎のヒーローぶりには、初登場の場面から魅了されてしまうのではないだろうか。

だが陽太郎は、決して恵まれた環境にはいなかった。父の陽蔵《ようぞう》は下士の家に生まれたが、剣技と才覚で注目を集め重臣の娘・佳津《かづ》と結婚、陽太郎と妹の早苗《さなえ》が生まれた。順調に出世していた陽蔵だが、陽太郎が九つの春に突然、勤めを辞め、家禄が低い徒士が暮らす一画に転居した。母は妹を連れて実家に戻ったが、陽太郎は父と暮らす道を選んだ。なぜか父は二十俵の捨て扶持《ぶち》を貰っていたが、そのほとんどを貧しい農民のために使い、開いている小柴流の道場も門弟は農民ばかり。藩士で道場に通っているのは上士の生まれながら陽太郎とは身分を越えた友人になった杉浦金吾《すぎうらきんご》くらいなので、生活は決して楽ではなかった。陽太郎は剣の腕を磨いていたが、それを隠すよう父に命じられていたので、藩校では上士の息子たちにいじめられていた。

陽太郎が長年、溜めていた鬱屈《うつくつ》を晴らす機会が、弘化《こうか》元年（一八四四）に訪れる。二十一歳になった陽太郎は、藩主の下野守忠良《しもつけのかみただなが》が幕府の老中に抜擢された祝いも兼ねた御前試合に参加し、順調に勝ち上がっていったのだ。一昨年、昨年と頂点を極めた本命で新陰《しんかげ》流を遣う明神数馬《みょうじんかずま》との決勝戦は、息詰まる攻防が連続し、〈鬼役〉シリーズはもちろん、〈ひなげし雨竜剣〉シリーズや〈あっぱれ毬谷慎十郎〉シリーズなどでも迫真の剣戟《けんげき》を描いている著者の本領が発揮されている。

陽太郎は数馬に勝利し、道場で祝宴が開かれる。そこで門弟で農民の清七《せいしち》の妹おみなと再会した陽太郎は、おみなを思い出すたびに胸が苦しくなる。陽太郎とおみなの恋の行方は、物語を牽引する大きな鍵の一つになっていく。

丹波篠山藩で下士が出世するのは、剣の腕か、学問の才が認められる必要があった。御前試合を勝ち抜いて藩一の剣客になり出世の糸口を摑んだ陽太郎に、伯父の桑田忠左衛門《くわたちゆうざえもん》と御前試合の行司で剣術指南役の鶴橋十内《つるはしじゆうない》が接触してくる。忠左衛門は、ある農民を秘密裏に殺すよう命じ、断れば陽太郎が出世をする道は閉ざされるという。

青山下野守忠良は実在の丹波篠山藩主で、寺社奉行、大坂城代、老中など幕府の要職を歴任したのも史実である。長く稲作以外の産業がなかった丹波篠山藩は、京、大坂などの大都市に近かったため農閑期に出稼ぎに行く農民が多く、そのまま故郷を捨てる者も少なくなかったため、出稼ぎを制限し、財政再建のため徴税の強化、税の新設も行った。だが出稼ぎが制限され、重税にも苦しむ農民たちは、何度も一揆を起こして政策の変更を迫り、藩が農民の要求を呑むこともあったようだ。陽太郎に下された密命は、政策変更を迫る農民を抑えるためのもので、かつて父が勤めを辞めた理由、捨て扶持を農民に与えていた理由も、陽太郎への密命と無縁でない事実も判明するだけに、虚実の皮膜を操る著者の確かな手腕が味わえる。

雪が深いなどの理由で冬場は仕事がなくなる農家が農閑期に都市部で働くのが出稼ぎで、現在でも行われている。出稼ぎと聞くと農家の事情と考えがちだが、広く副業と捉えると企業で働く人たちも無縁ではないと気付く。現代の日本では長く給与が低く抑えられてきたため、収入の確保、活躍できる場の発見、キャリアアップの勉強なども兼ねて政府が副業を推進するようになった。だが疲労などによる本業への支障、情報漏洩の危険性、副業をした従業員がトラブルを起した時の企業イメージの低下などへの懸念から、副業を禁止している企業もある。政府が旗振りをし、副業を認めている企業もあるなかで、自分の勤務先が副業を禁止していると当然ながら不満を抱く従業員も出てくる。自由に出稼ぎがしたい丹波篠山藩の農民たちの願いは、副業をしたいのに禁止されている企業で働く人たちに近いものがある。

　また道場の同門に農民が多く、その苦労を知る陽太郎は、武士の「一分」に従って上役の命令を果たし出世するか、人として絶対に譲れない「一分」を守って命令に背き将来を擲《なげう》つかの難しい決断を迫られる。何らかの組織に属していると、職務命令と良心のどちらを取るかを選ぶ必要が出てくることもあるので、陽太郎の葛藤が生々しく感じられる読者も少なくないように思えた。

　人としての「一分」を選び丹波篠山藩を出奔《しゅっぽん》した陽太郎は、灘《なだ》の蔵元・日野屋に身を寄せる。伝統的な日本酒造りは、酒造りの時期だけ酒蔵で働く杜氏《とうじ》を頂点とした技能集団が行い、南部《なんぶ》杜氏、越後《えちご》杜氏と並び、丹波杜氏は日本三大杜氏の一つに数えられていた。丹波篠山藩の農民たちが求めていた出稼ぎも中心は杜氏で、陽太郎が日野屋で働くようになったのは、丹波杜氏で伝説の名杜氏といわれる多吉《たきち》の縁である。

　江戸時代、日本酒の本場は上方で、初期は伊丹《いたみ》、池田《いけだ》が有名だったが、次第に灘、今津《いまづ》、西宮《にしのみや》などが優位になり、後期になると港に面して出荷に便利な灘が発展した。江戸では上方から船で運ばれる下り酒が上等で（「取るに足りない」を意味する「下らない」は、「下り酒ではない」が語源との説もある）、関東の酒蔵で造られる日本酒は安価で取り引きされていた。寛政《かんせい》の改革を進めた松平定《まつだいらさだ》信《のぶ》は、関東の酒蔵を優遇する政策を採ったが、下り酒の優位は揺らがなかったようである。

江戸時代の日本酒は精米歩合が九〇パーセント前後（これは今の食用米の精米歩合とほぼ同じ。現代の日本酒の精米歩合は、本醸造が七〇パーセント以下、吟醸が六〇パーセント以下、大吟醸が五〇パーセント以下）だったので、米のたんぱく質や糖質などが雑味になり、かなり味が濃く甘かったとされる。そのため江戸では、日本酒は水割りで飲まれていた。ただ江戸後期になると、灘では醸造技術が進み、水車で精米歩合を八〇パーセントくらいにし、汲水歩合（仕込む米に対する汲水の割合）を一二五パーセント程度まで高め、すっきりした日本酒に仕上げていた。日野屋が手掛け「幻の銘酒」と呼ばれる「一分」は、当時の最新技術で造られたと思われる。

吉川英治『宮本武蔵』は、すべての欲望を絶ち切って剣の修行に打ち込む武蔵を描いたが、あそこまでストイックに生きるのは難しい。これに対し陽太郎は、武士を捨てて杜氏の仕事に励むも、続いて凄腕の船頭・源《げん》五郎《ごろう》の船「栄光丸」に乗り込むので、職を転々としながら自分さがしをする等身大の存在になっている。それだけに物語が、日本酒の醸造プロセスを詳述する技術小説、職人小説、さらに江戸の航海術が活写される海洋冒険小説へと転じるので、どのジャンルが好きでも楽しめ、迷いながら進むべき道を探す陽太郎への共感も大きいのではないか。

順調に航海を続けていた「栄光丸」だが、御前崎《おまえざき》直前で荒天に見舞われ、積荷を捨てざるを得なくなり漂流する。陽太郎は生還するが、多吉や日野屋の人たちに合わせる顔がなく放浪を続けた。しかし陽太郎は、「一分」を失い経営危機に陥った日野屋の娘・知花《ちか》に、豪商・淀《よど》屋の次男で朝霧《あさぎり》太夫を身請けして妾《めかけ》にするという惣次《そうじ》との縁談が持ちあがり、淀屋は日野屋の経営権も狙っているとの話や、丹波篠山藩で重臣の公金使い込みが発覚し激しい政争が巻き起こっているが、不足している二万両がないと藩の存続が難しいといった話を聞き、世話になった人たちを救うため、再び「一分」を積む船を仕立て、新酒を江戸に運ぶ競走「新酒番船」に参加する仲間を集め始める。

上方から江戸まで誰が最も早く新酒を運ぶかを決める「新酒番船」は、やはり上方から江戸まで新綿を運ぶ「新綿番船」と並び江戸っ子を熱狂させた一大イベントで、勝利した「惣一番」には、一年間、積んだ酒を高値で取り引きする、優先的に荷揚げができるなどの特権が与えられた。

だが陽太郎たちが、ようやく調達した船「一分丸」で「新酒番船」に挑むのは、

「惣一番」という名誉や特権が欲しいだけではない。船と積荷を失い船頭を辞めようとした源五郎、危急存亡の秋《とき》に立たされている日野屋と丹波篠山藩の人たちのためや、生きる意味を失った陽太郎が、新たな目標に向かって進むことで再起するためなのだ。それだけでなく、金があれば人間も商売も自由にできると考える淀屋や、領民や家臣の生活など考えず私腹を肥やした丹波篠山藩の重臣らの傲《ごう》慢《まん》に勝利することで、武士、商人、職人、船頭、何より人の「一分」を守ってきた人たちが、自分たちの正しさを証明するためでもある。クライマックスの「新酒番船」の競走は、勝負の行方が、そのまま陽太郎たちの人生を左右するので、その緊迫感に圧倒されることだろう。

どん底に叩き落とされても絶望せず、自暴自棄にもならず、再起の道を探ろうとした陽太郎たちは、人生で最も大切なのは諦めない心であり、人にはどんな時でも曲げてはいけない「一分」があると気付かせてくれるのである。

参考文献

『ものと人間の文化史　1　船』須藤利一編　法政大学出版局
『三大遊郭　江戸吉原・京都島原・大坂新町』堀江宏樹　幻冬舎新書
『大阪名所むかし案内　絵とき「摂津名所図会」』本渡　章　創元社
『城と城下町　2　大坂　大阪』渡辺　武　学研プラス
『日本酒の近現代史　酒造地の誕生』鈴木芳行　吉川弘文館

二〇一九年六月　光文社刊

光文社文庫

長編時代小説
一《いち》　分《ぶん》
著者　坂《さか》岡《おか》　真《しん》

2023年2月20日　初版1刷発行

発行者　三宅貴久
印刷　堀内印刷
製本　ナショナル製本

発行所　株式会社　光文社
〒112-8011　東京都文京区音羽1-16-6
電話　(03)5395-8149　編集部
8116　書籍販売部
8125　業務部

ISBN978-4-334-79490-3　Printed in Japan

組版　萩原印刷